Das geheimnisvolle Kind

© 2017 Charlotte Lindermayr

(Ich trage still an meiner Last)

© 2017 Charlotte Lindermayr

Autor:

Charlotte Lindermayr

Impressum

Bibliografische Information der Deutschen Nationalbibliothek: Die Deutsche Nationalbibliothek verzeichnet diese Publikation in der Deutschen Nationalbibliografie; detaillierte bibliografische Daten sind im Internet über dnb.d-nb.de abrufbar.

TWENTYSIX - der Self-Publishing Verlag Eine Kooperation zwischen der Verlagsgruppe Random House GmbH und der Books on Demand GmbH

© 2017 Charlotte Lindermayr

Herstellung und Verlag:
BoD – Books on Demand, Norderstedt

ISBN: 9 78 3740727857
Cover-Bild:	shilmar
Lektorat:	Dr. Inge Pröll, München

Liverpool 1988

Ein Sonntag im Mai.
Schon den ganzen Vormittag regnete es in Strömen.

Am Morgen hatte Molly ihre blaue Latzhose und ihr Lieblingsshirt angezogen und sich von ihrer Mum die strohblonden, etwas widerspenstigen Haare zu kleinen Zöpfen flechten lassen.

So saß sie nun schon eine Weile in ihrem Versteck im Keller des kleinen Reihenhauses hinter einem bunten Stoffvorhang und überlegte, wie sie diesen tristen Tag hinter sich bringen sollte.

Sie schaltete ihre Taschenlampe ein und betrachtete die Stofftiere, die nebeneinander vor ihr aufgereiht saßen.

Da es jetzt ganz still war, konnte sie hören, wie nebenan die Waschmaschine vollgestopft und im großen Kessel hin und wieder die brodelnden Betttücher umrührt wurden.

Vor einer Woche hatte sie ihren zehnten Geburtstag gefeiert und ihre beiden Schulfreundinnen Abygail und Daisy waren am Nachmittag gekommen. Später hatten sie sich zusammen in der Eisdiele vergnügt, was ihre Mutter nicht oft erlaubte.

Ihren Vater hatte Molly nie kennengelernt, doch hin und wieder überlegte sie, wie er wohl sein mochte und ob er gut aussah, denn auch ein Foto hatte sie noch nie gesehen.

Insgeheim beneidete sie ihre Freundinnen. Sie waren Zwillinge und lebten mit ihren Eltern und dem kleinen Bruder in einem schönen Haus mit Garten, wo ein kleines Gehege stand, in dem drei Kaninchen umher hüpften.

Von all dem konnte Molly zwar nur träumen, aber ihre Mum liebte sie über alles.

Wenn sie sich mal beim Spielen ein Knie verletzt hatte, wurde sie von ihr getröstet und abends bekam sie fast immer eine `Gute Nacht-Geschichte` vorgelesen. Später wurde dann die Tür nur angelehnt, weil sie allein im Dunkeln nicht einschlafen mochte.

Ihre Mutter Liz Bennett war 32 Jahre alt und arbeitete tagsüber in der Kantine der Stadtverwaltung.

Sie war allseits beliebt und fast jeder im Rathaus kannte auch Molly.

Nach der Schule ging sie manchmal zu ihr in die Küche und bekam dann ein leckeres Mittagessen. Dies war eigentlich nicht erlaubt, aber man sah darüber hinweg.

Molly betrachtete jetzt ihren kleinen Plüschbären Alex und flüsterte: »Na, was meinst Du? Wird es heute den ganzen Tag regnen, oder können wir wenigstens am Nachmittag raus gehen«?

Alex sah sie mit seinen kleinen schwarzen glänzenden Knopfaugen ungerührt an.

Molly hob fragend die Schultern, schob den Vorhang beiseite und sagte laut: »Du weißt es also auch nicht«.

Sie stand jetzt auf und ging die Treppe nach oben.

Als sie in die Küche kam und zum Fenster lief, sah sie, dass sich die Sonne durch die Wolken geschoben hatte und nun vorsichtig ihre Strahlen in den kleinen dunklen Innenhof ausbreiteten.

Schnell zog sie sich ihre braune Fließjacke über, holte ihre Gummistiefel aus der Kammer unter der Treppe hervor und lief hinaus.

Überall standen große Pfützen im Hof. Molly tappte langsam hinein und merkte, dass ihre Ringelsocken nass wurden. Schnell sprang sie wieder hinaus und überlegte, was sie jetzt tun könnte.

Plötzlich hörte sie am Gartenzaun eine Fahrradklingel. Es war Mick Graham, der Sohn des Schuldirektors.

Er war schon neunzehn und machte bald seinen High-School-Abschluss. Oft jobbte er am Wochenende in der Stadtbücherei und brachte ihr manchmal etwas zum Lesen mit.

Er grinste breit, als sie auf ihn zugelaufen kam und rief: »Hallo Mick, wie geht es Dir«?

Lächelnd hielt er ihr ein Buch von Astrid Lindgren entgegen. »Ich habe Dir etwas mitgebracht. Hier, das kannst Du haben«.

Molly strahlte: »Danke Mick«. Dann verstaute sie schnell das Buch unter ihrer Jacke, denn es hatte wieder einmal zu nieseln begonnen.

Mick schaute auf seine Armbanduhr. »Ok Molly, ich muss weiter und grüß Deine Mum von mir. Schönes Wochenende Euch beiden«. Er trat in die Pedalen und bog kurz darauf um die nächste Straßenecke.

Molly sah ihm nach. Mick war ziemlich groß und ein bisschen schlaksig. Deshalb trug er meistens etwas zu weite Stoffhosen, die an den schmalen Hüften durch einen Gürtel zusammen gehalten wurden. Er hatte kurze schwarze Haare und tiefblaue Augen.

Sie fand diesen Mick, seit sie ihn kannte, sehr nett.

Er hatte immer ein freundliches Wort für sie übrig und ihr auch schon mal eine Zuckerwatte auf dem Jahrmarkt gekauft, nachdem sie festgestellt hatte, dass ihr geringes Taschengeld nicht für die kleine Nascherei reichte.

Als sein Vater Vincent irgendwann mitbekam, dass sich sein Sohn hin und wieder um ein zehnjähriges Mädchen kümmerte, stellte er ihn zur Rede und fragte ihn, was dies solle. Er hatte in seiner Stellung schließlich einen Ruf zu verlieren und könne es nicht dulden, dass das jemand mitbekam.

Aber Mick war das egal. Dieses kleine freundliche Mädchen hatte es ihm irgendwie angetan. Auch wusste er, dass Molly keinen Vater hatte und dass tat ihm besonders leid.

Sein eigener war zwar oft streng, aber ein Leben ohne ihn konnte er sich auch nicht vorstellen.

Doch bald würde er ohnehin nach London gehen, so hoffte er wenigstens. Die Einschreibungen an der Uni liefen bereits und im Herbst wäre es dann soweit.
Er wollte Archäologie studieren und später an Ausgrabungen teilnehmen.

Molly war wieder ins Haus gegangen. Die beiden Katzen Momo und Lucy blinzelten ihr verschlafen von der Ofenbank entgegen.

»Molly, wo bist Du? rief Liz. »Warst Du nicht eben noch unten«?
Sie antwortete: »Ja, aber jetzt bin ich hier. Wann essen wir eigentlich«?

Schwitzend kam Liz die Treppe nach oben. »Das dauert noch ein bisschen, ich hatte bis eben noch mit der Wäsche zu tun«.

Molly setzte sich auf die Bank. »Schau mal, was ich gerade bekommen habe«. Stolz hielt sie ihr das Buch entgegen.

»Hast Du das auch von diesem Mick«? fragte Liz. Molly nickte. »Ja, ist er nicht nett zu mir«?

Ihre Mutter wiegte den Kopf. »Also ich weiß nicht Molly. Dieser junge Mann ist neun Jahre älter als Du und eigentlich schon erwachsen.

In diesem Alter hat man normalerweise andere Interessen als kleine Mädchen wie Dich«.

Molly zog schmollend die Lippen zusammen. »Na und? Er ist einfach nur nett. Was ist denn daran falsch«?

»Ich habe Dir schon mehrmals gesagt, dass ich das nicht möchte«, seufzte Liz. »In einigen Jahren wirst Du das besser verstehen, glaube mir«.

**

Mick war inzwischen mit quietschender Fahrradbremse zu Hause angekommen und hatte gleich in den Briefkasten gesehen.

`Wieder nichts`. dachte er enttäuscht, als er den verrosteten Deckel öffnete.

Er wollte auf keinen Fall den ganzen Sommer zu Hause verbringen und weg aus dem überbehüteten Elternhaus.

Sein Vater Vincent hoffte zwar immer noch, dass Mick wie er selbst, Lehrer wurde, aber das ließ er sich nicht einreden.

Abends saß er oft an seinem Schreibtisch und las alte Bücher. Er recherchierte über Sir Arthur Evans und die Minoer von Knossos auf Kreta, auch wenn seine Theorien und die Umbauten der Ausgrabungen bis heute sehr umstritten waren.

Und er hoffte, später auch einmal spektakuläre Funde zu machen und wollte so schnell wie möglich noch einmal diese schöne Insel bereisen.

Im letzten Jahr hatte er dort während einer Studienreise Stella kennengelernt und sich sofort in sie verliebt.

Wenn er an ihre schlanke grazile Figur, ihr feingeschnittenes Gesicht und ihre dunklen langen Haare dachte, wurde ihm fast schwindelig.

Während der Touristensaison leitete sie Führungen, ansonsten lebte sie in den Tag hinein. Hatte sie frei, schlief sie lange und jobbte dann abends hin und wieder in der Inselhauptstadt Heraklion in einigen Tavernen.

Irgendwie beeindruckte dass Mick, obwohl er wusste, dass so ein Leben auf Dauer für ihn nichts war.

Auf jeden Fall wirkte sie immer entspannt. Aber das mochte auch am Wetter liegen, denn in seiner Heimat war es eben oft nass und nebelig.

Auf Kreta hingegen konnte man von Mai bis Oktober baden, die frische salzhaltige Luft des Mittelmeeres einatmen und dieses mediterrane Klima genießen.

Mick beneidete Stella, denn niemand drängte sie, irgendetwas zu tun, was sie selbst nicht wollte. Jedenfalls im Moment nicht.

Er hatte ihr nun schon drei Briefe geschrieben, aber bisher keine Antwort erhalten. Das bedrückte ihn, aber er hoffte trotzdem, dass sie ihn nicht vergessen hatte.

Er begrüßte kurz seine Mutter Margarethe mit einem Kuss auf die Wange und sie sagte, dass es später etwas zu essen geben würde.

Darüber war er keineswegs böse und verließ sofort wieder das Haus, denn er wusste, dass sein Vater bald kommen und ihm wieder eine wohlwollende Predigt über das notwendige Lernpensum vor den Abschlussprüfungen halten würde. Darauf hatte er jetzt absolut keine Lust.

Er nahm sein Fahrrad und machte sich auf den Weg zu seinem Freund Fred Bailey. Dessen Vater Steve besaß etwas außerhalb der Stadt ein kleines Gestüt mit acht Pferden. Fred hatte an den Wochenende selten Zeit, denn er musste oft im Stall mithelfen.

Als er Mick schon von weitem erkannte, steckte er die Gabel in den Misthaufen und setzte sich auf eine kleine Holzbank. Mick rief ihm zu: »Servus Fred«.

Dann stellte er sein Fahrrad ab und fragte: »Hast Du eine Limonade für mich«?

Fred nickte, ging ins Haus und kam mit zwei Gläsern und einem Krug zurück. »Was treibt Dich um diese Zeit hierher«?

Mick sah ihn an. »Ach, mein Vater hätte mir wieder eine seiner Gardinenpredigten über die Effizienz des Lernens gehalten und deshalb habe ich mich verdrückt. Aber ich wollte Dich eigentlich fragen, ob wir heute Abend mal ins Kino gehen wollen. Da läuft ein Western. Hast Du Lust«?

Fred überlegte: »Ja, meinetwegen, warum auch nicht. Aber morgen früh muss ich zeitig raus, weil mein `Alter` mit mir zum `Fliegenruten-Fischen` will«.

Mick schob sein Base-Cup nach hinten, trank hastig sein Glas leer und stellte es wieder auf den Tisch. »Ok, dann bis später. Wir treffen uns um acht am Kino«. Kurz darauf war er wieder auf dem Heimweg.

Als er in die Straße einbog, sah er schon von weitem am Wohnhaus einen Krankenwagen mit Blaulicht, der direkt vor der Garage parkte.

Erschrocken fuhr er immer schneller und erkannte gerade noch, dass seine Mutter auf der Trage lag.

Sein Vater stand mit aschfahlem Gesicht, versteinerter Miene und hängenden Armen daneben und brachte keinen Ton heraus. Mick rief ihm aufgeregt zu: »Dad, was ist denn passiert«?

Mit wässrigen Augen sah er ihn an und antwortete mit zittriger Stimme: »Als ich nach Hause kam, lag sie in der Küche. Der Arzt vermutet einen Schlaganfall«.

Mick fragte: »Wird sie durchkommen«? Der Arzt hob die Schultern. »Das können wir jetzt leider noch nicht sagen, aber es sieht nicht gut aus.

Kommen Sie in zwei Stunden mit Ihrem Vater ins Hospital. Dann wissen wir mehr«. Die Türen klappten zu, die Sirene wurde angeschaltet und sie fuhren los.

Reglos sahen sie dem Krankenwagen nach.

Inzwischen hatten sich einige neugierige Nachbarn neben sie gestellt.

Plötzlich sagte Vincent in scharfem Ton: »Hier gibt es nichts zu sehen. Verlassen Sie bitte alle sofort mein Grundstück«.

Dann drehte er sich abrupt um, packte Mick fast etwas zu grob am Arm und verschwand im Haus.

Die Tür fiel krachend ins Schloss.

**

Am späten Nachmittag waren die Grahams auf dem Weg ins Hospital.

Schweigend fuhren sie durch die Stadt und kamen schließlich am Besucher-Parkplatz zum Stehen.

Vincent nickte seinem Sohn aufmunternd zu und sagte leise: »Wir können nur hoffen, dass alles gut wird«.

Im Foyer des Krankenhauses kam ihnen der Notarzt entgegen, der Margarethe versorgt hatte.

Als er die Männer sah, erschrak er und lief schnell auf sie zu. Vincent sah ihn etwas ängstlich an. »Was ist los? Wie geht es meiner Frau«?

Der Arzt nahm ihn beiseite, führte ihn zu einem Wartebereich und bat ihn, sich zu setzen. Leise begann er:

»Mr. Graham, ich komme gerade nach einem weiteren Einsatz aus der Notaufnahme und habe soeben erfahren, dass ihre Frau verstorben ist. Man konnte ihr nicht mehr helfen«. Mick wurde kreidebleich und lehnte sich fassungslos zurück.

`Meine Mum soll tot sein? Das glaube ich nicht`. Jetzt sah er zu seinem Vater, der starr gerade ausblickte. Er nahm ihn um die Schulter und flüsterte: »Dad, was machen wir denn jetzt«?

Vincent stand wortlos auf und lief wie im Trance zum Ausgang. An der Tür drehte er sich noch einmal zu dem Notarzt um. »Bitte geben Sie Bescheid, dass ich morgen wiederkomme. Im Moment kann ich nicht denken«.

Dann ging er hinaus und lies sich auf eine Besucherbank fallen. Er stützte den Kopf auf die Arme und begann zu schluchzen.

Mick stand vor ihm und wusste nicht, was er machen sollte. `Wenn ich doch nur irgendetwas tun könnte. Wäre ich bloß zu Hause geblieben, dann hätte ich Mum vielleicht noch helfen können«. dachte er vorwurfsvoll. `Aber nein, ich musste ja unbedingt zu Fred fahren`.

Er setzte sich neben seinen Vater. »Komm Dad, wir fahren wieder heim«. Langsam gingen sie zurück zum Auto.

Als Mick die Haustür aufschloss, hörte er bereits das Telefon läuten. Er ging hin und hob ab.

Am anderen Ende war ein anderer Arzt aus dem Hospital, der seinen Vater verlangte.

Mick sah hinüber zu seinem Dad, der gebückt auf dem Rand des Fernsehsessels kauerte und sagte leise: »Es tut mir leid, Sie können ihn im Moment nicht sprechen, aber ich bin der Sohn. Kann ich ihm vielleicht etwas ausrichten«?

»Na gut«, antwortete der Arzt. »Sagen Sie ihm bitte, dass seine Frau und somit Ihre Mutter auf dem Weg in die Gerichtsmedizin ist, da die Todesursache bisher nicht vollständig geklärt werden konnte«.

Mick erschrak. »Wie meinen Sie denn das«?

»Das ist reine Routine«, versuchte ihn der Arzt zu beschwichtigen. »Ihre Familie, aber auch wir müssen schließlich wissen, was wirklich passiert ist. Im Übrigen war Scotland-Yard auch bereits hier. Sie werden sich auch heute noch bei Ihnen melden und dann einen Bericht erstellen. So ist das nun mal«.

Mick schluckte resigniert: »Na gut, ich sage es meinem Vater«. Er legte auf und drehte sich um.

Langsam ging er zu ihm und kniete sich vor ihn hin.

»Dad, Mum ist jetzt in der Gerichtsmedizin, weil man angeblich die Todesursache nicht kennt. Und Scotland-Yard wird auch gleich zu uns kommen«.

In diesem Moment klingelte es auch schon an der Tür. Er lief hin und öffnete.

Vor ihm standen zwei Polizisten, die sich als Detective-Chief-Inspector Henry Parker und Detective-Sergeant Emma Reynolds vorstellten. Sie betraten das Haus und gingen zu Vincent, der noch immer zusammen gesunken dasaß.

DCI Parker zog sich einen Stuhl heran. »Mr. Graham, es tut uns sehr leid, aber wir müssen dennoch kurz mit Ihnen sprechen«.

Vincent sah langsam zu ihm auf. »Was wollen Sie denn wissen«? Henry Parker begann: »Wir müssen wissen, wann genau Sie nach Hause gekommen sind und wo Sie vorher waren«. Vincent flüsterte: »Ich bin Direktor der Grundschule II hier in Liverpool. Ich habe heute Morgen wie jeden Tag um 7.00 Uhr das Haus verlassen und bin zur Arbeit gefahren. Gegen 14.00 Uhr war ich wieder da und habe Margarethe reglos in der Küche gefunden, den Notarzt angerufen und den Rest wissen Sie ja«.

Parker fragte weiter: »Wieso am Sonntag? Was tun Sie da in der Schule? Die dürfte doch geschlossen gewesen sein«.

Vincent lehnte sich matt zurück. »Ja natürlich, ist sie auch. Aber ich hatte eine Menge Paplerkram auf dem Schreibtisch, den ich am Vormittag erledigen konnte, ohne lästige Anrufe zu bekommen.

Aber wieso fragen Sie mich das? Soweit ich vom Notarzt weiß, hatte meine Frau einen Schlaganfall. Warum ermittelt jetzt Scotland-Yard«?

Henry Parker rieb sich seinen Dreitagebart. »Naja, wir haben einen Anruf aus dem Hospital bekommen, dass es durchaus möglich ist, dass Ihre Frau irgendetwas Giftiges geschluckt hat. Die Symptome glichen einem Schlaganfall, aber das wird gerade geklärt. Und deshalb sind wir jetzt auch hier«.

Vincent sah ihn erschrocken an. »Was? Margarethe wurde vergiftet? Wollen Sie das ernsthaft behaupten«?

Henry Parker antwortete: »Mr. Graham, das ist wie gesagt noch nicht sicher. Aber haben Sie bitte Verständnis dafür, dass wir bei einem solchen Verdacht sofort das Umfeld Ihrer Frau abklopfen müssen«.

Detective-Sergeant Emma Reynolds sah nun zu Mick.

»Und Sie? Was haben Sie heute in der fraglichen Zeit gemacht«?

Mick hatte sich an ein Sideboard gelehnt und starrte die Polizistin einen Moment ungläubig an.

Schließlich sagte er: »Ich war heute von neun bis zwölf in der Bücherei. Einmal im Monat ist dort auch sonntags geöffnet.

Danach bin ich mit dem Fahrrad nach Hause gefahren. Normalerweise esse ich dann gemeinsam mit meinem Dad etwas. Aber sie sagte, dass er noch in der Schule ist und später heimkommt. Also bin ich zu meinem Schulfreund Fred Bailey gefahren. Sie wohnen etwas außerhalb der Stadt und haben ein kleines Gestüt.

Als ich wieder heimkam, sah ich auf der Straße den Krankenwagen stehen«.

Reynolds sagte nun: »Geben Sie uns bitte die genaue Adresse Ihres Freundes«.

DCI Parker winkte ab: »Schon ok, die habe ich bereits. Meine Tochter nimmt dort Reitstunden«.

Nun wandte er sich wieder an Vincent: »Das war erst einmal alles. Wir hoffen natürlich auch für Sie, dass sich dieser Verdacht nicht bestätigt. Aber hier ist meine Visitenkarte Mr. Graham. Sollte Ihnen etwas Wichtiges einfallen, können Sie mich oder meine Kollegin jederzeit erreichen«.

Kurz darauf gingen sie zu ihrem Dienstwagen und ließen Vincent und Mick ratlos zurück.

**

Molly war am nächsten Tag auf dem Weg in die Schule. Ein bisschen plagte sie das schlechte Gewissen, denn obwohl sie wusste, dass eine Schulaufgabe in Mathematik bevorstand, hatte sie nicht geübt.

Und ihr war klar, dass ihre Klassenlehrerin, die ihr so manche Schusseligkeit nachsah, nicht da war.

Sie hatte vor kurzem ein Kind bekommen und ihre Vertretung war jetzt der Direktor, Vincent Graham persönlich.

Schon von weitem sah sie am Haupteingang Abygail und Daisy stehen, die auf sie zu warten schienen. Schnell lief sie zu den beiden hin.

Daisy rief aufgeregt: »Molly, wir haben eine Freistunde, weil Mathe ausfällt«. Ihr fiel ein Stein von Herzen und fragte überrascht: »Wieso denn das«?

Jetzt antwortete Abygail: »Wir haben gerade von Miss Wilkinson erfahren, dass Mr. Graham einen Trauerfall in der Familie hat und deshalb die ganze Woche nicht kommen wird. Das heißt für uns, eine ganze Woche keine Mathematik. Ist das nicht toll«?

Molly sah erschrocken in ihr lächelndes Gesicht mit der großen Zahnlücke.»Was hast Du denn«? fragte Daisy erstaunt.»Freust Du Dich denn gar nicht«?

Molly schluckte einen Moment.»Was für einen Trauerfall? Etwa sein Sohn Mick«?

Daisy hob die Schultern:»Keine Ahnung. Das wissen wir nicht. Vielleicht hat ja Mr. Graham eine alte Mutter.

Jetzt sollen wir erst einmal in den Aufenthaltsraum kommen. Dort wird uns der Ersatzstundenplan gezeigt«.

Langsam schoben sie sich nun mit den anderen lärmenden Kindern durch die Flure.
Als Miss Wilkinson schließlich den Raum betrat, setzten sich auf die umlaufenden Holzbänke und verstummten, als sie ihre Miene sahen.

»Guten Morgen«, begann sie leise.»Wir haben soeben erfahren, dass die Frau von unserem Direktor, Mrs. Graham verstorben ist. Er wird deshalb diese Woche nicht kommen. Für Euch fällt somit Mathematik aus, aber die Stunden werden bald nachgeholt«. Die Kinder schwiegen.

»So, ich lasse jetzt den neuen Stundenplan austeilen«. Kurz darauf ging sie zur Tür und drehte sich noch einmal um.»Ich muss jetzt in meinen

Unterricht. Bitte verhaltet Euch ruhig und geht in der nächsten Pause in Eure Klassenzimmer«. Leise schloss sie wieder die Tür.

Molly dachte an Mick. `Wie es ihm wohl gehen mochte`? Gleich nach der Schule würde sie mit dem Fahrrad zum Marktplatz fahren und in der Bücherei nachsehen. Vielleicht war er dort.

Der Vormittag verging und als die Pausenklingel ertönte, lief sie so schnell sie konnte nach Hause. Dann fütterte sie hastig die Katzen und war kurz darauf auf dem Weg zum Marktplatz.

Plötzlich sah sie Mick, der mit gesenktem Kopf an einem kleinen Imbiss stand und eine Cola trank.

Ein etwa gleichaltriger Jugendlicher hatte den Arm um seine Schulter gelegt und redete beschwichtigend auf ihn ein. Molly bremste und blieb vor ihm stehen.

Mick sah sie an: »Hallo Molly, was machst Du denn hier«?

Sie schluckte verlegen: »Ich wollte Dich in der Bücherei besuchen, weil ich gehört habe, was passiert ist. Und es tut mir sehr leid für Dich«. Mick sah seinen Freund Fred an: »Das ist Molly Bennett, ich bringe ihr manchmal ein Buch mit, weißt Du«.

An sie gewandt sagte er nun: »Ich danke Dir, aber dort bin ich die ganze Woche nicht. Am besten, Du fährst jetzt erst mal nach Hause. Irgendwann schaue ich wieder bei Euch vorbei«.

Molly lächelte unsicher, drehte ihr Fahrrad um und fuhr schnell wieder heim. Ihre Mutter sollte nicht wissen, dass sie allein in der Innenstadt unterwegs war.

**

Liz Bennett kam am späten Nachmittag erschöpft nach Hause. Eine Kollegin war wieder nicht zur Arbeit gekommen und die Putzfirma hatte sich auch verspätet. So blieb mal wieder alles an ihr selbst hängen.

Als sie die Haustür aufschloss sah sie, dass Molly in der Küche saß und weinte.

»Was ist denn los? rief Liz erschrocken. »Hast Du Dir wehgetan«? Molly schüttelte wortlos den Kopf und schluchzte erneut. Liz drängte weiter: »Nun sag doch was los ist. Hat Dich jemand geärgert«?

Molly sah sie aus ihren nussbraunen Augen traurig an. »Nein Mum, aber Micks Mum ist gestorben. Er ist jetzt allein mit seinem Dad. So wie bei uns, nur anders herum«.

Liz ließ sich auf einen Stuhl fallen und starrte sie ungläubig an. »Das ist ja furchtbar«. Sie stand auf und nahm ihre Tochter in den Arm.

Nach einer Weile fragte sie: »Hast Du Hunger«? Molly schüttelte erneut den Kopf.

Liz sagte leise: »Ich muss noch mal schnell weg. Ich bin bald wieder zurück, dann essen wir Spaghetti«.

Schnell verließ sie das Haus und stand kurz darauf vor der Tür von Vincent Graham. Zögernd drückte sie auf den Klingelknopf.

Erst rührte sich nichts und sie wollte fast schon wieder gehen, als doch Schritte näherkamen. Die Tür wurde geöffnet und Vincent sah sie entgeistert an. Er war blass und hatte tiefe Augenringe. »Hallo Vincent«, sagte Liz.

Als er sich gefasst hatte, antwortete er: »Was tust Du denn hier«? Er sah sich um, die Straße war menschenleer.

Kurzerhand zog er sie in den Flur und fragte, als die Tür zu war: »Weiß jemand, dass Du hier bist«?

Sie schüttelte den Kopf. »Nein. Molly hat mir vorhin erzählt, was passiert ist. Ich wollte Dich auch nur fragen, wie es Dir geht«.

Resigniert antwortete er: »Wie soll es mir schon gehen, natürlich schlecht. Und außerdem ermittelt auch noch Scotland-Yard, weil die Möglichkeit besteht, dass es kein Schlaganfall gewesen war und Margarethe stattdessen irgendetwas geschluckt haben könnte«.

Sie sah ihn erschrocken an. »Was hat sie denn genommen«? Vincent hob die Schultern. »Keine Ahnung, aber ich bitte Dich, jetzt keinesfalls noch einmal zu mir nach Hause zu kommen. Du weißt, dass ich neugierige Nachbarn habe. Und wenn Dich jemand sieht, wirst Du womöglich in die Sache mit hineingezogen«.

Liz sah ihn traurig an. »Vincent, ich finde dieses ewige Versteckspiel schrecklich und irgendwann muss ich es Molly sagen. Sie wird älter und ich möchte nicht, dass sie oder Dein Sohn es später selbst herausfinden, dass Du auch ihr Vater bist. Das verzeihen uns die Kinder nie«.

Ohne seine Antwort abzuwarten, öffnete sie die Haustür und lief davon.

**

Detective-Sergeant Emma Reynolds saß am Morgen seit über einer Stunde am Schreibtisch und sah immer wieder auf die Uhr. `Komisch`, dachte sie. `Sonst ist Parker immer vor mir da`.

Sie rührte sich in ihren Kaffee drei Stück Zucker hinein und goss einen großen Schwall Milch darüber.

Gut, dass das gerade niemand sah. Schließlich kämpfte sie, seit sie ein Kind war, mit ihrem Übergewicht und die Hose ihrer Uniform saß bereits sehr eng.

Am Abend zuvor war sie allein gewesen. Ihr Freund Riley, mit dem sie seit einem reichlichen Jahr zusammen wohnte, war mit einer Montagecrew in Leicester unterwegs und wollte heute wieder nach Hause kommen.

So hatte sie vor dem Fernseher eine große Pizza gegessen und zu allem Überfluss auch noch Cola getrunken. Mit vollem Magen und einem Koffeinschub lag sie später im Bett und konnte nicht einschlafen.

Umso gewissenhafter hatte sie sich am Morgen geschminkt und ihre langen dunkelbraunen Haare hochgesteckt.

Jetzt beugte sie sich wieder über einen Unfallbericht vom Vortag.

Eigentlich gehörte dies nicht zu ihren Aufgaben, aber gleich drei Kollegen waren krank geworden und die Urlaubszeit hatte inzwischen auch begonnen. Sie musste aushelfen.

Zwei Jugendliche hatten mit ihren Mopeds einen Fahrradfahrer absichtlich von der Straße abgedrängt und er war gestürzt.

Sie wollte noch die Zeugenliste durchsehen, denn irgendwie musste man schließlich solchen Rowdys das Handwerk legen.

Das Telefon riss sie aus ihren Gedanken.
Am anderen Ende war DCI Parker. »Guten Morgen Emma. Ich bin wegen der Sache Margarethe Graham in der Gerichtsmedizin, kommen Sie bitte sofort hierher«.

Dann legte er wieder auf.
Emma schob sofort ihren Stuhl zurück, zog sich die Jacke über und verließ das Büro. Als sie mit dem Dienstwagen den Innenhof der Police-Station verließ, seufzte sie, denn wegen einer Baustelle hatte sich vor und hinter der Ausfahrt ein dicker Stau gebildet.

Jetzt blieb ihr nichts anderes übrig, als das Blaulicht einzuschalten, wenn sie schnell bei Parker sein wollte. Schließlich wurde ihr Platz gemacht und sie konnte nach der Kreuzung zügig weiterfahren.

An der Gerichtsmedizin sah sie das Auto von ihrem Kollegen quer vor dem Haupteingang stehen.

`Typisch Parker`, dachte sie. `Er meint wirklich, dass er sich alles erlauben kann, aber irgendwann wird auch er an seine Grenzen stoßen. Er muss nur mal den Richtigen erwischen`.

Sie betrat das Gebäude und lief einen langen schmalen Flur entlang.

An einer großen doppelflügeligen Tür angekommen, sah sie durch die Glasscheiben und erkannte ihren Chef, der zusammen mit einem Arzt an einem Tisch mit Unterlagen stand und ihm zuhörte.

Sie klopfte kurz an und drückte die Tür auf. Die Männer drehten sich zu ihr um. DCI Parker sagte sofort: »Ach, da sind Sie ja«.

Dann wandte er sich an den Arzt: »Dr. Hughes, das ist Detective-Sergeant Reynolds. Wir bearbeiten zusammen den Fall Graham. Vielleicht könnten sie noch einmal kurz zusammenfassen, was Sie in der Sache herausgefunden haben«. Der Arzt setzte seine Lesebrille ab und begann:

»Wir haben gerade die Obduktion abgeschlossen und mehrere Bluttests durchgeführt.

Margarethe Graham hat über einen geschätzten Zeitraum von zehn Wochen ein Pflanzengift zu sich genommen. Sie muss schon seit Tagen müde und schlapp gewesen sein, was man aber auch mit einer Grippe oder Heuschnupfen verwechseln könnte. Daran litt sie sowieso sicher schon seit einigen Jahren. Aber dieses Pflanzengift wird sie sich bestimmt nicht selbst ins Essen gerührt haben. Nur wieso haben ihr Sohn und ihr Ehemann davon nichts gegessen? Also auf die Erklärung bin ich sehr gespannt. Naja und wegen der wochenlangen Einnahme kam es dann gestern zu einer Gehirnblutung.

Sie muss ungefähr eine Stunde allein in der Küche gelegen haben und das war definitiv zu lange.

Hätte man diese bedauernswerte Frau eher gefunden, würde sie vielleicht noch leben. Aber sie wäre jetzt ein Pflegefall, soviel kann ich mit Sicherheit sagen«.

Henry Parker sah seine Kollegin ernst an. »So Emma, jetzt ist es ein Fall für Scotland-Yard. Wir fahren sofort zu Vincent Graham und werden ihm das Ergebnis von Dr. Hughes präsentieren. Mal sehen, was er dazu sagt«.

Er grübelte kurz: »Sein Sohn, dieser Mick geht noch zur Schule, oder«? Emma nickte. »Ja. Ich schlage vor, dass wir den Jungen gleich mitverhören«.

DCI Parker wiegte den Kopf. »Nein. Das werden wir nicht tun, sondern wir werden getrennt mit den beiden sprechen«. Kurz darauf verließen sie das Gebäude.

Draußen zündete sich Henry eine Zigarette an und blies nachdenklich den Rauch in die noch kalte Morgenluft.

Kopfschüttelnd sagte er: »Die arme Frau. Mein Gott, wer macht denn sowas«?

Er sah sie wieder grübelnd an. »Emma, Sie fahren ins Büro und versuchen, möglichst viel über die Lebensumstände von Mrs. Graham herauszufinden.

Das müsste uns doch bei den Ermittlungen helfen. Vielleicht gibt es jemanden, den wir jetzt noch nicht auf dem Schirm haben, außer dem Ehemann und den Sohn.
Ich fahre gleich zu den Grahams und die Spurensicherung muss her. Wir werden sofort eine Hausdurchsuchung machen«.

Hastig trat er seine Zigarette aus, ging zurück und telefonierte in einem der Büros.
Als er wieder herauskam, sagte er: »Alles klar, das Team kommt in einer halben Stunde. Wir treffen uns dann wieder im Büro«.

Er setzte sich in seinen Ford, schob mit einer Hand das Blaulicht aufs Dach und fuhr mit quietschenden Reifen davon. Er wollte unbedingt vor den Kollegen am Wohnhaus sein.

**

Liz Bennett hatte schlecht geschlafen. Erschöpft saß sie nun im Morgenmantel in ihrer gemütlichen Küche und trank Kaffee.

Lange hatte sie überlegt, wie es zu dem Drama um Vincent Grahams Frau hatte kommen können.

Aber sie dachte auch über sich selbst nach und erinnerte sie sich, als sie Vincent kennengelernt hatte.

Sie war eine junge Frau mit gerade einmal 21 Jahren. Nie würde sie vergessen, als er eines Tages an einem Nachmittag mit dem Bürgermeister in der Kantine, vor ihr gestanden war, nachdem sie gerade zwei Schulklassen mit Kuchen und Kakao versorgt hatte.

Vincent hatte sie mit seinen grauen Augen so intensiv angesehen, dass ihr schwindelig geworden war.

Kurz darauf trafen sie sich regelmäßig heimlich etwas außerhalb der Stadt in einem kleinen Gasthof. Hin und wieder verreisten sie auch an den Wochenenden, wenn Schulausflüge anstanden.

Vincent log seiner Frau vor, dass er die Landheime inspizieren müsse. In Wirklichkeit war er aber mit ihr in einer Pension in Brighton am Meer oder in London.

Doch dann wurde sie schwanger.

Anfangs wollte er sie dazu überreden, dass Kind abzutreiben, aber darüber ließ Liz absolut nicht mit sich reden.

Jedoch wurde ihr auch klar, dass er, wie anfangs oft behauptet, nicht wirklich die Absicht hatte, sich von seiner Frau zu trennen.

Oft lag sie abends im Bett und weinte um ihn, nachdem er sich wochenlang nicht mehr gemeldet hatte.

Als dann schließlich ihre kleine Molly zur Welt kam, war sie zuerst überglücklich, aber als sie mit dem Baby in die ausgekühlte Wohnung nach Hause kam, fühlte sie sich alleingelassen und einsam.

Niemand fragte, wie es ihr ging. Niemand half ihr, wenn sie nächtelang am Kinderbett saß und Molly wieder einmal hohes Fieber hatte. Und niemand fragte, wie sie finanziell zurechtkam.

Von Vincent nahm sie trotz allem nie Geld an, da hatte Liz ihren Stolz.

Doch Molly war ihr Sonnenschein und der Grund, warum es sich lohnte zu kämpfen.

Irgendwann stand Vincent an einem späten Abend mit einem Blumenstrauß vor der Tür.

Er entschuldigte sich bei ihr und sie ließ ihn herein. Stolz hielt er dann seine kleine schlafende Tochter im Arm und versprach ihr, sich bald von Margarethe zu trennen und für sie und das Baby da zu sein.

Alles begann wieder von vorn. Heimliche Telefonate, heimliche Treffen, aber dabei blieb es.

Und jetzt war plötzlich wieder alles anders.

Margarethe war gestorben.

Liz nippte an ihrer Kaffeetasse und grübelte. Sie konnte sich einfach nicht vorstellen, dass Vincent etwas damit zu tun haben sollte.

**

DCI Henry Parker hatte gerade seinen Dienstwagen in der Garageneinfahrt der Grahams abgestellt, als Mick aus dem Haus kam. Erstaunt sah er den Kommissar an.

»Guten Morgen Sir, kann ich Ihnen helfen? Mein Vater ist, soweit ich weiß, noch gar nicht aufgestanden«.

Parker antwortete: »Dann wird es besser sein, dass Sie ihn schnell wecken, denn wir werden jetzt eine Hausdurchsuchung bei Ihnen machen«.

Mick erschrak: »Wieso denn das? Muss das sein, es ist doch sowieso schon alles schlimm genug«.

Der Inspector überlegte: `An seiner Stimme hört man, dass er keine Ahnung hat, worum es wirklich geht, oder er wäre ein exzellenter Schauspieler`.

Laut sagte er: »Ja, es muss leider sein und Sie können hier jetzt ebenfalls nicht weg, denn wir brauchen auch noch einmal Ihre Aussage«.

Mick schluckte: »Meine? Ich habe Ihnen doch schon alles gesagt«.

»Bitte regen Sie sich nicht unnötig auf«, sagte er beschwichtigend. »Wir machen schließlich auch nur unsere Arbeit«.

Inzwischen waren zwei weitere Dienstfahrzeuge von Scotland-Yard eingetroffen. Sechs Beamte mit Koffern stiegen aus und gingen zu Haustür.

Mick eilte hinzu. »Warten Sie bitte. Ich hole erst meinen Vater«. Dann schloss er auf und lief schnell die Treppe nach oben.

Die Polizisten verteilten sich im Haus und in der Garage. Vincent Graham war inzwischen nach unten gekommen und lief auf DCI Parker zu, der gerade in der Küche den Gewürzschrank inspizierte.

Schwer atmend fragte er: »Mr. Parker, was soll denn das? Sie zeigen mir jetzt einen Durchsuchungsbeschluss. Anderenfalls verlassen Sie auf der Stelle mein Haus«.

Der Inspector hielt ihm ein Dokument entgegen und sagte ruhig: »Mr. Graham, wir müssen dies tun. Bitte lassen Sie uns ins Wohnzimmer gehen und reden. Dann erkläre ich Ihnen alles«.

Vincent schüttelte den Kopf: »Ich verstehe nicht, was Sie jetzt hier suchen. Glauben Sie mir, ich habe bestimmt nichts zu verheimlichen«. Er ließ sich in einen Sessel fallen und sah den Kommissar immer noch ungläubig an.

Im Esszimmer konnte man hören, wie Schränke geöffnet und Schubladen aufgezogen wurden.

Henry Parker begann: »Mr. Graham, ich war heute Morgen in der Gerichtsmedizin bei Dr. Hughes und kenne nun die Todesursache Ihrer

Frau. Sie muss über einen längeren Zeitraum ein Gift zu sich genommen haben.

Es kam zu einer Gehirnblutung, woran sie gestorben ist, aber auch weil sie etwa eine Stunde nicht versorgt werden konnte«.

Vincent wurde blass. »Wollen Sie etwa behaupten, dass sie noch leben könnte, wenn ich oder mein Sohn Mick dagewesen wäre«?

Der Inspector holte einen Moment Luft. »Das habe ich Dr. Hughes auch gefragt. Er sagte zwar ja, aber sie wäre jetzt höchstwahrscheinlich ein schwerer Pflegefall«.

Vincent sah ihn immer noch ungläubig an: »Wie soll sie das Gift denn genommen haben«?

Henry Parker antwortete mit ernster Miene: »Vielleicht haben Sie oder Ihr Sohn eine plausible Erklärung dafür«. Vincent sprang wütend auf, ballte die Fäuste in den Hosentaschen und lief im Wohnzimmer aufgeregt hin und her.

Plötzlich blieb er stehen und drehte sich zu dem Kommissar um. »Ist das eine Anschuldigung? Ich rufe jetzt sofort meinen Anwalt an und bis dahin werden wir beide nichts mehr aussagen«.

Henry Parker stand auf. »Wie Sie wollen Mr. Graham. Rufen Sie ihn bitte an und wir reden dann auf dem Revier weiter. Bis jetzt war es eigentlich nur eine Befragung und vielleicht hätte es auch eine logische Erklärung gegeben. Die Hausdurchsuchung wird von uns selbstverständlich weiter durchgeführt. Das muss Ihnen klar sein«.

Vincent lief zum Telefon und wählte eine Nummer. Plötzlich klopfte ein Beamter an die Tür und trat ein, ohne eine Antwort abzuwarten. »Sir, bitte kommen Sie in die Garage. Wir haben da etwas gefunden«.

Der Inspector lief sofort hinter ihm her. Vincent lies den Hörer wieder los und eilte den Polizisten nach.

Als er schließlich sah, dass zwei Beamte über einem kleinen Kanister gebeugt, Fotos machten, fragte er aufgeregt: »Was haben Sie da gefunden«?

Henry Parker hielt ihn zurück und sagte schroff: »Mr. Graham, bleiben Sie zurück, bis das Beweisstück gesichert ist. Aber Sie können mir gleich die Frage beantworten, ob Ihnen der Kanister bekannt ist«.

»Ja natürlich«, antwortete Vincent gereizt. »Aber das, was auf dem Etikett drauf steht, ist da schon seit vielen Jahren nicht mehr drin. Ich benutze den Kanister für das Rasenmäher-Benzin«.

Vincent Parker sah ihn frostig an. »Wir werden das in Kürze feststellen. Sie und Ihr Sohn fahren jetzt mit uns zur Police-Station«. Ohne seine Antwort abzuwarten, drehte er sich um und ging ins Haus zurück.

Er suchte Mick, der eingeschüchtert neben einem Polizisten im Esszimmer wartete. »Kommen Sie bitte mit«. Dann ging er zu seinem Dienstwagen, nachdem Vincent und Mick Graham auf der Rückbank eines anderen Polizeiautos saßen.

**

Detective-Sergeant Emma Reynolds saß nun schon zwei Stunden an ihrem Schreibtisch und recherchierte über die Familie Graham, insbesondere über das Leben von Margarethe.

Alles was sie bisher herausgefunden hatte war, dass sie eigentlich aus Norwich stammte, früher den Nachnamen Patel trug und nun seit 17 Jahren mit Vincent Graham verheiratet war.

Sie arbeitete zweimal in der Woche in einem kleinen Supermarkt und wie ihr der Leiter Jeff Saunders am Telefon versicherte, war sie immer zurückhaltend, höflich und vor allen Dingen eine zuverlässige Mitarbeiterin.

Oft sprang sie kurzfristig ein, wenn eine seiner jungen Angestellten anrief und ihm sagte, `Ihr Kind sei krank`.

Margarethe Graham kam.

»Und sie war gerne unter Menschen«, plauderte Jeff Saunders weiter.

Aber er erzählte Emma auch, dass ihrem Mann dieser Job `ein Dorn im Auge` war.

»Der feine Direktor wollte seine Frau lieber zu Hause behalten, wissen Sie«, flüsterte er nun mit gesenkter Stimme.

»Warum reden Sie denn plötzlich so leise«? fragte Emma etwas irritiert. »Ist das ein Geheimnis oder kann Ihnen jemand zuhören«?
Jeff Saunders räusperte sich: »Nein, das nicht. Aber ich habe Zwillinge und einen Sohn auf seiner Schule. Ich möchte doch nicht, dass meine Kinder später irgendetwas ausbaden, wenn herauskommt, dass ich über ihn etwas gesagt habe«.
»Was sollte denn das sein«? fragte sie skeptisch weiter.
»Ich glaube, Sie reden sich selbst etwas ein«.
Saunders antwortete darauf hörbar genervt: »Naja, wie auch immer. Mehr kann ich Ihnen über Margarethe Graham sowieso nicht sagen und ich bin sehr betroffen, dass sie nie mehr kommen wird«.

Emma Reynolds beendete das Gespräch und lehnte sich zurück. `Naja, das war jetzt auch nichts wirklich Neues`.

Dann sah sie sich noch einmal die Daten aus dem Einwohnermeldeamt an, die ihr zugefaxt worden waren:

`Margarethe und Vincent Graham hatten 1971 geheiratet, aber der Sohn ist schon neunzehn. Das bedeutet, dass er unehelich zur Welt kam. Zu dieser Zeit war das nicht gerade üblich, muss aber eigentlich auch nichts heißen`.

Während sie noch grübelte, ging die Tür des Büros auf und DCI Parker kam herein. Achtlos warf er seine Jacke achtlos an die Seite. »Wir haben

Vincent und Mick Parker mitgebracht und werden sie jetzt getrennt verhören«, sagte er hastig. »Sie bestehen allerdings auf ihren Rechtsanwalt und das ist kein geringerer als Daniel Baker. Wir müssen uns also mal wieder auf eine Wortklauberei einstellen, die es in sich haben wird«.

Henry ließ sich jetzt auf seinen Stuhl fallen und rieb sich die Augen. »Das fehlt mir gerade noch«, murmelte er.

Er sah Emma an. »Wir haben übrigens in der Garage einen grünen Kanister mit einem Etikett gefunden. Was wirklich darin war oder ist, wird gerade im Labor geklärt. Haben Sie auch etwas Interessantes herausgefunden«?

Sie nahm das Fax, ging um den Schreibtisch herum und erklärte ihm, was sie in der kurzen Zeit recherchieren konnte. Henry Parker grübelte. Laut sagte er: »Familie Patel aus Norwich, irgendetwas sagt mir das«.

In diesem Moment klopfte es und ein Polizist öffnete auch schon die Tür. »Sir, der Anwalt der Grahams ist bereits da und macht vorn bei Constable Miller einen riesen Aufstand. Er will eine Dienstaufsichtsbeschwerde einreichen. Bitte kommen Sie schnell«.

Der Kommissar verdrehte die Augen: »Auch das noch, aber ich habe nichts anderes von ihm erwartet«.

Schnell stand er auf und verließ das Büro.
Das Telefon klingelte, Emma hob ab.

Am anderen Ende war Riley und sagte gutgelaunt: »Guten Morgen mein Schatz. Bin gerade nach Hause gekommen und wollte Dich fragen, ob ich Dich heute Nachmittag von der Arbeit abholen kann.

Bei dem schönen Wetter könnten wir doch ein Eis essen gehen. Na, was meinst Du«?

»Ja, warum nicht«, sagte sie. »Ich muss aber schauen, wann ich hier wegkomme. Wir haben nämlich einen neuen Fall. Weißt Du was? Am besten, Du legst Dich erstmal aufs Ohr und nach der Mittagspause rufe ich Dich an, ok«?

Schnell legte sie wieder auf, denn Henry Parker eilte gerade wieder ins Büro.

Und Emma wusste, dass er es nicht mochte, wenn man privat telefonierte, zumindest wenn es nicht unbedingt notwendig war.

»Haben Sie schon etwas vom Labor gehört«? rief er. Emma lief rot an: »Nein Sir, noch nichts«.

Parker drängte: »Na los, fragen Sie nach. Ich brauche jetzt gute Argumente gegenüber Rechtsanwalt Baker, oder wir müssen Vincent und Mick Graham sofort wieder nach Hause lassen«. Emma hob wieder den Telefonhörer ab. Kurz darauf ratterte das Faxgerät.

Parker riss ungeduldig den Zettel ab und las wortlos das Ergebnis. »Es war wirklich nichts drin außer Zweitakter-Benzin«, sagte er enttäuscht. »Wir lassen sie gehen, denn wir haben nichts in der Hand«.

Kurz darauf verließen Vincent und Mick Graham im Beisein ihres Anwalts die Polizeidienststelle.

***

Am Nachmittag stand Liz Bennett in der Rathaus-Küche und räumte gedankenversunken die letzten Kaffeetassen in den großen Geschirrschrank.

Ihr war das Gerede der Angestellten in der Mittagspause über den Direktor Vincent Graham nicht entgangen.

Besonders irritiert war sie, dass es bei ihm angeblich eine Hausdurchsuchung gegeben hatte und er verhaftet worden sein soll. Liz wollte jedoch niemanden direkt danach zu fragen.

Sie überlegte nun schon eine Weile, wie sie es anstellen konnte, mit ihm zu sprechen, aber sie wollte nicht einfach zu seinem Haus gehen.

`Ich werde ihn am Abend anrufen, bestimmt kann er mir alles erklären`, beschloss sie.

Plötzlich stand Molly in der Tür. »Hallo Mum«, rief sie. »Wir hatten heute wieder eine Stunde eher aus, weil Mathe ausgefallen ist«. Sie nahm ihren kleinen Rucksack und stellte ihn ab.

Liz nahm sie in den Arm. »Na dann komm und setz Dich erst mal. Möchtest Du was essen«? Molly schüttelte den Kopf. «Ich habe keinen Appetit, sogar das Schulbrot ist noch in der Lunch-Box«.

Liz fühlte ihrer Tochter die Stirn und fragte besorgt: »Geht's Dir nicht gut«?

Molly antwortete traurig: »Ich habe nichts, aber Abygail und Daisy waren heute ziemlich gemein zu mir«.

Liz fragte: »Wieso denn das? Und was haben sie denn gesagt«?

Sie schluckte. »Sie haben gesagt, dass Mick und unser Direktor Schuld haben, dass Mrs. Graham nicht mehr lebt.

Und sie haben darüber gelacht, dass ich Mick nett finde«. Liz sagte sofort: »Molly, hör nicht auf sie. Nur woher haben die beiden denn so einen Unsinn«?

Molly zuckte mit den Schultern: »Ich weiß es nicht«.

Liz überlegte: »Weißt Du was? Ich habe jetzt sowieso Feierabend und wir beide gehen jetzt ein Eis essen. Na was meinst Du«?

Molly nickte zwar, aber so richtig freuen konnte sie sich jetzt nicht, obwohl ihre Mum nicht oft etwas mit ihr unternahm.

Als sie schließlich ein großes Erdbeereis mit Schlagsahne vor sich hatte, war sie etwas fröhlicher.

Liz nippte an ihrer Cappuccino-Tasse und beobachte ein junges Pärchen, das tuschelnd zwei Tische weiter saß.

Sie fand es ein wenig merkwürdig, denn er hatte hellblondes extrem kurz geschnittenes Haar, mehrere Piercings im Gesicht und war am Oberkörper reichlich tätowiert. Die junge Frau hingegen trug einen schicken Blazer. Liz lächelte vor sich hin. `Da sieht man mal, wo die Liebe so hinfallen kann`.

Ihre Gedanken wanderten jetzt wieder zu Vincent, wie es ihm wohl gehen mochte.

Plötzlich stieß ein Kellner, der beladen mit einem Tablett an ihnen vorbei gewollt hatte, an den Tisch.

Liz Glas kippte um und fiel klirrend zu Boden.

»Oh Entschuldigung, es tut mir sehr leid«, sagte er.

Liz lächelte.»Ach, kein Problem, das war doch bloß Wasser«. Schnell kam er mit Schaufel und Besen zurück.

»Darf ich Sie und Ihre Tochter auf einen Himbeer-Shake einladen? Geht natürlich aufs Haus«.

»Das ist sehr nett von Ihnen«, sagte Liz. »Aber Molly hatte gerade ein großes Eis«.

Der Kellner lächelte sie freundlich an.»Na gut, dann eben irgendwann. Vielleicht kommen Sie ja mal wieder. Ich heiße übrigens Richard«.

Liz sah ihn jetzt genauer an. Sie schätzte, dass er ungefähr so alt war, wie sie selbst. Und er war bestimmt 1,85 m groß und hatte ein paar graue Strähnen an den Schläfen.

Er zwinkerte Molly zu.»Das Eis für Dich und der Cappuccino für Deine Mum sind geschenkt«.

Schnell nahm er nun sein Tablett auf den Arm und ging weiter. Liz überlegte, ob sie ihm nachlaufen und das Geld trotzdem geben sollte.

Das Café war jedoch bis auf den letzten Platz besetzt und er eilte von Tisch zu Tisch.

Sie sah Molly an. »Na sowas, das ist mir ja noch nie passiert«. Molly hob die Schultern. »Mir auch nicht Mum. Du, können wir bald heimgehen? Ich muss noch meine Hausaufgaben machen«.

Sie standen auf und liefen durch die kleine Einkaufsstraße. Im Vorbeigehen streifte Liz ein Blick der Dame mit dem schicken Blazer, die ihr und Molly freundlich nachsah.

Als sie zu Hause ankamen, hörte Liz bereits das Telefon klingeln. Schnell schloss sie die Haustür auf, lief zum Apparat und hob ab. Erschrocken drehte sie sich zu Molly um. Die war aber bereits über die kleine Holztreppe in ihr Zimmer verschwunden. Am anderen Ende war Vincent.

»Hallo Liz, ich muss dringend mit Dir reden. Können wir uns heute Abend so gegen neun an der Fußgänger-Brücke Paradise-Street treffen? Es ist sehr wichtig«.

«Sag mal, was ist denn eigentlich passiert«? fragte sie erschrocken. »Das erzähle ich Dir später« sagte er hastig.

»Kannst Du kommen«? »Ok, aber wirklich nur kurz«, sagte sie leise. »Ich lasse Molly am Abend nicht gern allein. Sei bitte pünktlich«.

Als sie wieder aufgelegt hatte, dachte sie nach. Schließlich hatte er sich nun schon fast ein Jahr nicht mehr mit ihr verabredet. Zu groß war seine Angst, von jemandem mit ihr gesehen zu werden.

Jetzt fiel ihr wieder dieser nette Kellner Richard ein.

»Warum habe ich eigentlich nie so einen Mann kennengelernt«? dachte sie wehmütig. »Das Leben könnte so einfach und schön sein«.

Später erledigte sie ihre Hausarbeit, sah kurz nach Molly, die sich nach einem kleinen Lunch geduscht hatte und nun im Bett lag.

Als Liz ihr Zimmer betrat, hatte sie das Buch von Astrid Lindgren vor sich. »Schau Mum, ich habe daraus schon zwei Geschichten gelesen«.

Liz lächelte: »Na gut Molly, aber jetzt solltest Du schlafen, es ist schon halb neun«.

Sie setzte sich zu ihr ans Bett und nahm ihr Gesicht in ihre Hände. »Gute Nacht und träum was Schönes«.

Molly nickte und fragte: »Was mach ich denn, wenn Daisy und Abygail morgen in der Schule wieder gemein zu mir sind«?

Liz sah sie mitfühlend an. »Ich weiß auch nicht, aber vielleicht haben sie es schon wieder vergessen und jetzt schlaf erst mal darüber. Das wird schon wieder«.

Sie stand langsam auf, löschte das Licht und lehnte wie jeden Abend die Tür nur an.

Dann ging sie die Treppe nach unten, zog sich ihre Jacke über und wartete noch einen Moment.

Nichts war zu hören. Molly schien bereits zu schlafen.

Leise zog sie die Haustür hinter sich zu.

**

Mick saß mit seinem Freund Fred in einem kleinen Pub in der Innenstadt.

Wortlos saßen sie sich anfangs gegenüber und tranken Bier, bis Fred sagte: »Hey Mick, es tut mir echt Leid für Dich und auch für Deinen Vater. Wisst Ihr inzwischen, woran Deine Mum gestorben ist«?

Mick lehnte sich zurück. »Mum hat angeblich über einen längeren Zeitraum was Giftiges geschluckt und jetzt rätselt Scotland-Yard, was es war«, sagte mit ernster Miene. »Sie haben heute bei uns eine Hausdurchsuchung gemacht und Dad und ich waren deshalb auch auf dem Kommissariat.

In der Garage haben sie dann einen kleinen Kanister entdeckt, indem früher mal ein Pflanzenschutzmittel war.

Dad hatte darin, solange ich denken kann, aber immer nur Benzin für den Rasenmäher aufbewahrt.

Als unser Rechtsanwalt schließlich kam, durften wir sofort gehen, aber die Zeit in diesem Verhörraum war fürchterlich. Immer wieder die gleichen Fragen«.

Fred bekam große Augen. »Du willst mir doch wohl nicht ernsthaft erklären, dass Scotland-Yard Euch zwei verdächtigt, etwas mit dem Tod Deiner Mum zu tun zu haben«? Mick nickte langsam und nippte jetzt an seinen Bier. »Doch, es ist für mich zwar auch unfassbar, aber genau das ist der Fall«.

Er drehte seinen Kopf zum Fenster und sah hinaus.

An diesem schönen Frühlingsabend flanierten bereits viele Leute durch die Stadt.

Plötzlich stutzte er. `War das nicht gerade sein Vater da drüben auf der anderen Straßenseite? Er ging unter der Woche normalerweise abends nie raus. Und wer war die Frau, die ihm gegenüber stand`?

Sie kam ihm zudem bekannt vor. Da drehte sie sich langsam um. Mick traute seinen Augen nicht, als er Liz Bennett, die Mutter der kleinen Molly erkannte.

Fieberhaft begann er zu überlegen: `Was hat er denn mit ihrer Mum zu tun? Mit der Schule konnte es nicht zusammenhängen. Dann würden sie sich schließlich nicht abends in der Innenstadt treffen`. Inzwischen waren sie in auf der Fußgängerbrücke in der Paradise-Street in der Menschenmenge verschwunden.

»Mick, was hast Du plötzlich«? fragte Fred. »Hast Du jemanden gesehen, den Du kennst«?
Mick schluckte. »Ach nichts. Ich glaube, ich habe mich gerade geirrt«. Er wusste jedoch, dass das nicht der Fall war. Er hatte Liz Bennett erkannt.

Noch heute würde er seinen Vater danach fragen. Gerade er, der immer wieder herumnörgelte, wenn er mitbekam, dass er Molly hin und wieder mal ein Buch vorbeibrachte.

»Los Fred, wir trinken einen Scotch«, sagte er schnell.

»Den kann ich nach dem heutigen Scheißtag wirklich gebrauchen«. Dann ging er zum Tresen und kam kurz darauf mit zwei Gläsern an den Tisch zurück.

Fred fragte nun: »Hast Du eigentlich schon was von der Uni in London gehört«?

Mick schüttelte den Kopf: »Nein, aber ich warte jeden Tag darauf. Nur jetzt weiß ich nicht, was ich machen soll. Mum ist tot und wenn ich weggehe, ist Dad allein«.

»Ok«, sagte Fred. »Aber Du kannst doch deswegen nicht alle Deine Lebenspläne aufgeben. Warte mal noch eine Weile ab, das wird schon wieder«.

Freundschaftlich klopfte er ihm auf die Schulter. »Du, ich muss bald nach Hause. In zwei Tagen haben wir Prüfung und ich habe fast noch nichts gelernt«.

Mick lächelte: »Und das willst du wohl noch heute Abend aufholen«?

Fred überlegte kurz »Hast ja recht. Komm, wir trinken noch ein Bier«.

**

Vincent Graham und Liz Bennett hatten sich inzwischen in einem kleinen Park auf eine versteckte Bank gesetzt.

Sie sah ihn erwartungsvoll an und fragte ungeduldig: »Vincent, nun rede endlich. Was ist passiert«?

»Die Polizei war heute bei uns im Haus«, sagte er mit ernster Miene. »Sie verdächtigen meinen Sohn und mich an Margarethes Tod Schuld zu sein.

Liz, sie werden jetzt mein ganzes Leben durchforsten und bestimmt auch die Sache mit uns erfahren. Ich bin erledigt und man wird mit dem Finger auf mich zeigen, wenn das herauskommt«.

Sie sprang auf und sagte erregt: »Ach, darum geht es.
Der Direktor, der Saubermann. Vincent, ich habe es doch immer gewusst. Du denkst nur an Dich. Was glaubst Du eigentlich? Soll ich für Dich lügen oder unsere Tochter verleugnen? Das mache ich bestimmt nicht.

Und warum sollte unsere Beziehung überhaupt etwas mit dem Tod von Deiner Frau zu tun haben«?

Aufgebracht stand sie jetzt vor ihm. Vincent sah sie erstaunt an, denn so hatte er sie noch nie erlebt. All die Jahre hatte sie sich nach ihm, seinen Terminen und seiner freien Zeit gerichtet. »Bitte Liz, beruhige Dich doch«, flüsterte er. »So war das doch nicht gemeint«.

Sie beruhigte sich nicht und fragte gereizt: »Nein? Wie denn dann«? Sie wickelte sich ihr Tuch fest um den Hals und sah ihn an. »Weißt Du was Vincent? Soeben ist mir klar geworden, das einzige

wirklich Gute mit Dir war Molly. Ich muss jetzt sowieso nach Hause.
Nur sei Dir über eins im Klaren. Sollte mich Scotland-Yard, warum auch immer, nach meinem Verhältnis zu Dir fragen, werde ich die Wahrheit sagen, denn ich habe nichts zu verheimlichen. Mach`s gut«.

Sie drehte sich abrupt um und ging mit schnellen Schritten davon.

Vincent stand mit hängenden Armen da und brachte kein Wort mehr heraus. Eigentlich wusste er, dass sie im Grunde doch recht hatte. Sollte er sich das eingestehen? Mit einem flauen Gefühl im Magen ging er langsam nach Hause.

Als er daheim ankam, wunderte er sich, dass das Küchenfenster hell erleuchtet war und sah Mick am Tisch sitzen. Er ging hinein, zog sich langsam seinen Mantel aus und setzte sich ihm gegenüber.

»Hallo Großer, was machst Du denn um diese Zeit noch hier unten? Morgen früh ist Schule und...«.

Mick unterbrach ihn schroff: »Dad, ich habe Dich mit Molly Bennetts Mutter vorhin in der Innenstadt gesehen.

Hast Du mir nicht immer wieder gepredigt, dass es Deinem Ruf schadet, wenn ich nett zu der Kleinen bin?

Aber einen Tage nach Mum`s Tod triffst Du Dich mit ihr am Abend in der Stadt. Ist das nicht ein wenig seltsam«? Vincent räusperte sich verlegen, dann sah er ihm direkt in die Augen. »Mick, ich muss Dir etwas sagen«.

Er beugte sich nach vorn und sah seinen Vater fragend an. »Was denn«? Vincent holte einen kurzen Moment Luft. »Es kommt sowieso alles raus«. Nach einer weiteren kurzen Pause begann er: »Ich habe Deine Mum jahrelang mit Liz Bennett betrogen. Und die kleine Molly ist Deine Schwester«. Mick ließ sich wieder nach hinten gegen die Holzlehne des Küchenstuhls fallen. Einen Moment war er sprachlos. Doch plötzlich sprang er auf und lief wie ein Tiger im Käfig in der Küche auf und ab.

Irgendwann blieb er ruckartig vor seinem Vater stehen. »Warum Dad? Hast Du Mum nicht geliebt, oder war für Dich unsere Familie nicht gut genug«?

Vincent sah ihn ernst an. »Nein Mick, das war nicht so. Ich habe Deine Mutter sehr geliebt, aber plötzlich sah ich Liz bei einem Termin im Rathaus.

Es hat mich getroffen wie ein Blitz und ab da konnte ich einfach nicht anders. Sie ging mir nicht mehr aus dem Kopf. Ich weiß nicht, ob Du das verstehen kannst«.

Mick lehnte sich an das Küchenbuffet hinter sich und verschränkte die Arme.

»Weißt Du Dad, seit ich Stella letztes Jahr auf Kreta kennengelernt hatte, kenne ich auch dieses Gefühl.

Als ich wieder hier war und Dir und Mum davon erzählt habe, hast Du sofort alles mit einer

Handbewegung abgetan und mir erklärt, dass das eine jugendliche Kinderei sei und ich mir dieses Mädchen aus dem Kopf schlagen soll. Und ausgerechnet Du erwartest jetzt von mir, dass ich Dich verstehen soll und mal eben Deinen jahrelangen Betrug an Mum akzeptiere«?

Vincent schluckte. »Ich kann es nicht ändern Mick, aber das Schlimmste wäre, dass Du mich deshalb verachtest. Bitte tu das nicht«.

Mick schüttelte den Kopf. »Genau das ist Dein Problem Dad. Es geht immer nur um Dich und um Deine eigene Zufriedenheit. Hast Du Dir je Gedanken gemacht, was andere Menschen wollen?

Was Mum wollte, oder was ich wirklich möchte? Ich vermute, auch Liz Bennett hast Du nie danach gefragt und die kleine Molly schon gar nicht. Weiß sie eigentlich, dass Du ihr Vater bist? Lass mich raten, nein«.

Vorwurfsvoll sah er seinen Vater an, der inzwischen sichtlich betreten auf den Küchentisch starrte.

Vincent konnte sich nicht erinnern, wann er je so in die Enge getrieben worden war.

Schließlich sagte er: »Mick, ich habe heute nichts mehr dazu zu sagen, aber bitte vergiss nicht, dass ich trotz allem Dein Vater bin und auch bleibe«.

Mick ging zur Tür und drehte sich noch einmal ihm um.

Dann sagte er gedehnt: «Gute Nacht Dad«.

Mit wütenden Schritten stampfte er nach oben in sein Zimmer.

**

DCI Henry Parker hatte schlecht geschlafen, nachdem seine Tochter in der Nacht über Magenschmerzen geklagt und sich mehrmals übergeben hatte.

Seine Frau ließ sie danach mit im Schlafzimmer übernachten und er war auf der Couch im Wohnzimmer gelandet. Stundenlang lag er wach und seine Gedanken kreisten sofort wieder um den Fall Margarethe Graham.
Er grübelte, wie sie an dieses Pflanzengift gekommen sein könnte.
Am nächsten Morgen saß er in einem kleinen Frühstücks-Pub, hatte eine Tageszeitung vor sich, nippte an seinem Kaffee und aß nebenbei Speck mit Ei und Bohnen.

Ständig hatte er den Namen Patel im Kopf und dann erinnerte er sich wieder genau.
Ein Kommissar aus Norwich hatte seinerzeit wegen einer Schlägerei zwischen zwei Brüdern ermittelt.
Er wusste noch, dass es um eine erhebliche Erbschaft gegangen war. Dabei war einer der beiden schwer verletzt worden. Er war seither querschnittsgelähmt und auf ständige Hilfe angewiesen.

Schnell trank Parker jetzt seinen Kaffee aus und saß kurz darauf in seinem Dienstwagen.

Als er die Bürotür öffnete, war Emma bereits in ein Telefonat vertieft. Als sie auflegte, sagte sie: »Guten Morgen Sir. Sie haben mir gestern erzählt, dass sie den Namen Patel schon einmal gehört hatten.

Ich habe deshalb gleich die Akte aus dem Archiv kommen lassen und in Norwich angerufen. Der damalige Ermittler ist vor einem halben Jahr pensioniert worden.

Also bleibt uns nichts weiter übrig, als die Unterlagen selbst gründlich durchzusehen«.

Parker antwortete: »Na dann mal los. Vielleicht finden Sie noch etwas heraus, was uns weiterbringt. Wenn Vincent und sein Sohn nichts damit zu tun haben, muss jemand anderes die Frau vergiftet haben«.

Er ließ sich auf seinen Bürostuhl fallen, nachdem er sich eine Tasse Kaffee eingeschenkt hatte.

Plötzlich läutete ihr Telefon ein weiteres Mal.
»Detective-Sergeant Reynolds«, sagte sie, während sie in der Akte blätterte. Doch dann verdrehte sie die Augen.
Es war wieder der Leiter des kleinen Discountmarktes Jeff Saunders. »Guten Morgen Miss Reynolds. Ich hätte Ihnen etwas zu berichten«. Emma lehnte sich langsam zurück und trank einen Schluck aus ihrer Kaffeetasse. »So? Was denn«?

Geheimnisvoll begann er: »Stellen Sie sich vor. Gestern Abend war ich mit meiner Frau im Kino. Danach wollten wir uns noch ein bisschen die Füße vertreten und Sie werden nicht glauben, wen ich an der Paradise-Street gesehen habe«.

Sie fragte gelassen: »Nun sagen Sie schon, wen denn«?

Er machte eine kurze Pause und antwortete genüsslich: »Vincent Graham höchstpersönlich«.

Emma fragte: »Na und? Schließlich ist er ein freier Mann«.

Jeff Saunders flüsterte fast: »Ja sicher, aber eine Frau war bei ihm, die ich kenne. Sie heißt Liz Bennett. Ihre Tochter und meine beiden Mädchen gehen zusammen zur Schule. Vielleicht interessiert es Sie, dass Liz alleinstehend ist«.

Emma entgegnete: »Sie lassen wohl nichts unversucht, um Vincent Graham zu denunzieren? Was haben Sie eigentlich gegen ihn«?

Jeff Saunders sagte nun mit deutlich beleidigter Stimme: »Nichts habe ich gegen ihn. Ich finde es nur reichlich seltsam, dass er mit einer anderen Frau ausgeht, wo doch seine eigene gerade vor einem Tag verstorben ist«. Kurz angebunden antwortete sie: »Na gut Mr. Saunders. Dann wissen Sie ja auch bestimmt, wo diese Frau wohnt und arbeitet«. Hörbar verschnupft murmelte er: »Sie ist Leiterin der Rathauskantine hier in Liverpool«.

Emma sagte nun etwas versöhnlicher: »Danke für die Info. Auf Wiederhören«. Schnell legte sie auf.

DCI Henry Parker hatte interessiert das Telefonat verfolgt. Sie schüttelte den Kopf. »Das war wieder der Chef des Supermarkts Jeff Saunders, in dem Margarethe Graham stundenweise gearbeitet hat.

Ich hatte ihn gestern angerufen, um etwas über sie außerhalb der Familie zu erfahren. Er erklärte mir, dass Margarethe Graham eine sehr nette Mitarbeiterin war.

Und immer höflich, bescheiden und naja das Übliche halt. Aber irgendetwas hat er scheinbar gegen ihren Mann. Er wollte mir gestern eigentlich gar nichts dazu sagen, weil er Angst hätte, seine Kinder würden es in der Schule bei ihm ausbaden, falls er es erfährt.

Ich halte das aber für Unsinn. Und heute ruft Saunders an und sagt mir mit verschwörerischer Stimme, dass er ihn gestern Abend mit einer gewissen Liz Bennett, die alleinstehend ist, an der Paradise-Street gesehen hat«.

Parker rieb sich das Kinn: »So schlecht finde ich das gar nicht. Vielleicht haben wir jetzt einen Ansatz. Wissen Sie was? Ich fahre mal da hin und schau mir diesen Saunders genauer an. Und Sie machen sich auf den Weg zu Liz Bennett. Fragen Sie sie doch einfach, was sie mit Vincent Graham zu tun hat. Vielleicht ist es harmlos, vielleicht aber auch nicht. Haben Sie ihre Adresse«?

Emma antwortete: »Noch nicht, aber er sagte, dass sie in der Rathauskantine arbeitet. Und ich denke, dass sie jetzt dort ist. Aber Sir, mich stört etwas an diesem Jeff Saunders. Wie ich schon sagte, er lässt nichts aus, um Vincent Graham ein Bein zu stellen«.

Henry sah sie etwas misstrauisch an. »Warum denken Sie das«? Emma wiegte den Kopf. »Er hat so etwas seltsam Hämisches in seiner Stimme, aber vielleicht bin ich auch zu voreilig. Keine Ahnung«.

Parker nahm seine Jacke vom Stuhl. »Na gut Emma, wir werden es herausfinden. Ich fahre gleich los und wir treffen uns in zwei Stunden im Schnellrestaurant an der Blundell-Street, ok«? Ohne ihre Antwort abzuwarten, verließ er das Büro.

Kurz darauf parkte er am Supermarkt. Vor dem Eingang war ein großer Blumenstand aufgebaut und ein Getränkelieferant war damit beschäftigt kistenweise Wein abzuladen. Henry schlug den Kragen seiner Jacke hoch, denn der einsetzende Wind war um diese Jahreszeit noch sehr kalt.

Am Eingang sah er sich um. `Wenn Saunders hier der Chef ist, finde ich ihn wahrscheinlich eher in einem Büro, als zwischen Supermarktregalen`. Tatsächlich entdeckte er eine unscheinbare weiße Tür, an der mit gedruckten Buchstaben `Office` stand.

Er klopfte an und jemand rief: «Herein«. Hinter einem mit Ordnern und Lieferscheinen überladenen Schreibtisch saß ein kleiner untersetzter Mann, der dem Aussehen nach mindestens Mitte Fünfzig war und einen kräftigen grau melierten Vollbart trug.

Sein schütteres Haar war etwas länger und über den Kopf gekämmt, um seine nicht zu übersehende Glatze zu verdecken. Erstaunt sah er ihn an. »Sir, für Kundschaft ist hier kein Zutritt«.

Henry holte seine Dienstmarke hervor und hielt sie ihm entgegen: »DCI Henry Parker von Scotland-Yard. Sie haben gerade mit meiner Kollegin Detective-Sergeant Reynolds telefoniert. Ich bin ihr Vorgesetzter. Und ich nehme doch an, dass Sie Jeff Saunders sind«?

Er nickte und antwortete etwas erschrocken: »Ja das ist richtig. Bitte nehmen Sie doch Platz«.

Er wies auf einen etwas wackelig wirkenden Holzstuhl.
Henry Parker steckte seine Dienstmarke wieder ein.

Dabei sah er ihm direkt in die Augen, was ihn sichtlich verunsicherte.

Saunders räusperte sich verlegen: »Also, was kann ich denn für Sie tun? Eigentlich habe ich doch Ihrer Kollegin schon alles erzählt«.

»Ja, das mag sein«, antwortete der Inspector. »Aber nach diesem Gespräch wollte ich Sie eben persönlich dazu befragen. Vielleicht fällt Ihnen ja auch noch etwas Wichtiges ein, was Sie meiner Kollegin noch nicht erzählt haben. Kann doch sein, oder«?

Saunders hob die Schultern. »Ich wüsste nicht, was das sein sollte«. Parker begann: »Also, fangen wir doch noch einmal von vorn an. Seit wann arbeitete Margarethe Graham hier im Supermarkt«?

Saunders überlegte: »Das war vor etwa fünf Jahren. Wir hatten kurz vor Weihnachten ein Inserat in der Stadtzeitung aufgegeben und Aushilfen für die Adventzeit gesucht. Es hatten sich nur vier Leute gemeldet und eben auch Margarethe Graham. Im Jahr darauf haben gleich zwei langjährige Mitarbeiter selbst gekündigt, weil sie von einer anderen Supermarktkette abgeworben worden sind. Also habe ich sie gefragt, ob sie nicht weiterhin bei uns arbeiten will, wenigstens ein paar Stunden in der Woche. Sie musste aber erst mit ihrem Mann sprechen.

Eine Woche später kam sie wieder zu mir und sagte, dass sie bleibt. Ihrem Mann war das wohl nicht recht, aber ihr gefiel es bei uns. Das ist alles«.

Der Kommissar fragte weiter: »Was hat sie hier genau gemacht? War Sie nur in bestimmten Abteilungen tätig, oder hat sie überall da ausgeholfen, wo es gerade geklemmt hat«?

Saunders nickte: »Im Prinzip ja, außer an der Fleischtheke. Da haben wir Fachverkäuferinnen. Margarethe war entweder an einer Kasse oder vorn in unserem Backshop«. Parker horchte auf: »Margarethe? Waren Sie etwa per Du«? Saunders schien ein wenig rot zu werden und antwortete schnell: »Ja, wir haben einmal im Jahr mit allen Mitarbeitern und ihren Familien ein Sommerfest mit Barbecue, Eis und Kuchen für die Kinder. Na Sie wissen schon. Margarethe kam als Einzige immer allein, ihrem Mann schien das nicht zu passen und da habe ich ihr mal das `Du` angeboten. Üblich ist das eigentlich nicht, aber bei ihr hatte ich da keine Bedenken«.

»Woher wollen Sie wissen, dass dieses Fest ihrem Mann nicht passte«? fragte er nun. »Vielleicht hatte er einfach nur beruflich etwas anderes zu tun? Schließlich ist er Direktor einer Schule, oder hat Margarethe Ihnen das direkt gesagt«?

Jeff Saunders schluckte: »Naja, nicht direkt. Aber man hatte einfach so das Gefühl«.

Der Kommissar sah nun unauffällig mit einem kurzen Blick unter den Schreibtisch. Saunders hatte alte ausgetretene braune Lederschuhe an, dessen Absätze reichlich abgenutzt waren. Und er schätzte, dass er höchstens Größe 37 haben konnte.

`Aha`, dachte er. `Das sind genau die Typen, die ich mag. Kleiner Mann versucht sich mit `Hallo, ich weiß was`, wichtig zu machen`.

Nach einer kurzen Pause begann er erneut: »Und nun zu gestern Abend. Sie haben also gesehen, dass sich Vincent Graham mit dieser Liz Bennett in der Paradise-Street getroffen hat? Um welche Zeit war das«?

Jeff Saunders antwortete schnell: »Ich weiß nicht, ob die beiden sich dort getroffen haben. Ich habe sie dort gesehen. Wir kamen gerade aus dem

Kino, also war es gegen viertel vor zehn, schätze ich«.

Henry Parker lehnte sich zurück. »Und was haben Sie da genau gesehen«?

Saunders grübelte: »Sie gingen dicht nebeneinander her, haben miteinander geredet und sind dann in einen kleinen Park in der Nähe abgebogen«.

Parker fragte weiter: »Haben die beiden Händchen gehalten oder hat er sie vielleicht umfasst«?

Saunders schüttelte den Kopf. »Nein«, sagte er nun leise. »Es könnte also genauso auch ein völlig harmloses Treffen gewesen sein«, sagte nun Parker. »Und selbst wenn es nicht so wäre, geht es weder Sie noch uns etwas an, auch wenn Sie das einen Tag nach dem Tod seiner Frau für nicht besonders pietätvoll halten«. Jeff Saunders schluckte verlegen.

Henry Parker stand auf. »Mr. Saunders, alles was Sie mir hier gesagt haben ist lächerlich, sind reine Mutmaßungen und Privatsache der Familie Graham und dieser Miss Bennett. Das geht niemanden etwas an.

Und ich kann Sie nur warnen, etwas zu behaupten, was Sie nicht wirklich genau wissen. Mr. Graham wird sich im Zweifel ganz bestimmt dagegen zu wehren wissen«. Er grüßte kurz und verließ schnell das Büro.

Nun war er auf dem Weg in das Schnellrestaurant an der Blundell-Street. Er brauchte jetzt dringend einen Kaffee und einen Zigarillo.

Insgeheim interessierte es ihn aber schon, wer diese Liz Bennett war und in welchem Verhältnis sie zu Vincent Graham stand.

**

Sergeant Emma Reynolds war inzwischen am Rathaus angekommen und ging in den Kantinenraum.

Um diese Zeit waren alle Stühle auf die Tische gestellt und die Putzfrau war damit beschäftigt, den Boden zu reinigen. In der Küche wurden gerade Geschirr und Bestecke in Körbe verstaut. Durch eine schmale Seitentür lief sie hinein und sah sich um.

Ein junger Koch schob gerade mehrere Bleche, beladen mit frischen Gemüse in einen Konverter. Eine Frau lief auf sie zu, die ihr bekannt vorkam. Emma holte schnell ihre Dienstmarke aus dem Mantel. »Ich bin Detective-Sergeant Emma Reynolds von Scotland-Yard und muss in einer wichtigen Angelegenheit mit Liz Bennett sprechen. Wo finde ich sie«?

Die Frau vor ihr lies erschrocken das leere Tablett sinken. »Ich bin Liz Bennett. Worum geht es denn«?

Emma überlegte fieberhaft, wo sie sie schon einmal gesehen hatte. »Können wir kurz ungestört reden? Es dauert bestimmt nicht lange, denn wie ich sehe, haben Sie zu tun«.

Liz nickte: »Ja, dann setzen wir uns in den Aufenthaltsraum. Candy müsste bereits mit der Putzerei fertig sein«. Sie gingen zurück, niemand war zu sehen.

Der Boden glänzte nass und roch nach einem zitronenartigen Reinigungsmittel. Liz stellte zwei Stühle ab. »So, jetzt können wir reden. Aber sagen Sie mal, habe ich Sie nicht neulich in einem Café mit Ihrem Freund gesehen«?

Emma lächelte. »Ja das war ich und jetzt fällt mir auch wieder ein, dass Sie mit Ihrer Tochter da waren. Dieser Kellner hatte doch irgendwas verschüttet«.

Liz nickte. »Meine Tochter Molly hatte an diesem Tag ein bisschen Stress mit ihren Schulfreundinnen, da war ein Erdbeereis genau die richtige Therapie«.

Emma sah sie jetzt ernst an. »Mrs. Bennett, wir ermitteln in einem Mordfall. Es geht um Margarethe Graham.

Sie sind angeblich gestern Abend mit ihrem Ehemann an der Fußgängerbrücke Paradise-Street gesehen worden. Stimmt das und in welchem Verhältnis stehen Sie zu ihm«?

Liz sah sie unbehaglich an und wurde schlagartig rot im Gesicht. Als Emma das sah, sagte sie schnell:

»Sie brauchen keine Angst vor mir zu haben. Sagen Sie einfach die Wahrheit, dann passiert Ihnen auch nichts«.

Liz lehnte sich zurück. »Ich bin übrigens nicht verheiratet. Miss ist völlig ausreichend. Und ich habe immer gewusst, dass das nicht gut geht«. Emma hakte nach: »Was geht nicht gut«?

Mit zittriger Stimme begann Liz: »Gestern rief Vincent mich an und sagte, dass wir uns sofort treffen müssen.

Und wie Sie ja bereits wissen, war das an der Fußgängerbrücke an der Paradise-Street. Ich hatte über zehn Jahre ein Verhältnis mit ihm und er ist auch der Vater von Molly«.

Emma machte sich bereits Notizen und fragte weiter, ohne aufzusehen: »Was meinen Sie denn mit `hatte` ein Verhältnis? Und was wollte Vincent Graham gestern so dringend mit Ihnen besprechen«?

»Er sagte, dass Scotland-Yard wegen Margarethe ermittelt«, antwortete sie resigniert. »Er fürchtet sich jetzt vor dem Gerede der Leute, falls sein Verhältnis zu mir herauskommt. Er hatte mir jahrelang versprochen, seine Frau zu verlassen. Aber wie ich gestern feststellen musste, wollte er das nie wirklich. Er war und ist immer nur auf sich selbst und seine Karriere bedacht.

Wir haben uns in den letzten Jahren ohnehin nur sehr, sehr selten gesehen. Und gestern Abend habe ich diese Beziehung endgültig beendet«.

Emma sah sie jetzt an. »Weiß Molly eigentlich, dass er ihr Vater ist«?

Liz schüttelte traurig den Kopf. »Nein«, sagte sie leise. »Und so wie es jetzt ist, bin ich mir nicht sicher, wie ich es ihr überhaupt je beibringen soll«.

Emma stand auf und dachte: `Liz Bennett kommt als Tatverdächtige sicher nicht in Frage. Sie tut mir irgendwie leid`.

Sie drehte sich noch einmal zu ihr um und hielt ihre Visitenkarte hin.

»Hier Miss Bennett, unter dieser Telefonnummer können Sie mich tagsüber erreichen«.

Liz nickte: »Danke. Ich muss jetzt sowieso zurück in die Küche«. Sie steckte die Karte in ihre Schürzentasche und ging.

**

Vincent saß am Morgen grübelnd in seinem Arbeitszimmer. Seinen Tee, den er sonst um diese Zeit gerne trank, hatte er kalt werden lassen.

Schon eine ganze Weile starrte er das Telefon an, wie lange, wusste er nicht.

Er überlegte, wie er Margarethes Mutter Stacy, die hochbetagt in einer Einliegerwohnung bei ihrem Sohn Liam lebte, beibringen sollte, dass ihre Tochter nun schon zwei Tage tot war.

Heute musste es aber sein, denn er wollte auf keinen Fall warten, bis sie es von Scotland-Yard erfuhren.

Zu Margarethes Brüdern Liam und Howard hatte er seit vielen Jahren keinen Kontakt mehr. Nur sie fuhr ab und zu hin, um ihre Mutter zu besuchen und nach Howard zu sehen. Mit Schrecken dachte er noch immer an die Schlägerei nach der Beisetzung seines Schwiegervaters.

Liam, der als Ältester der drei Geschwister bereits Jahre zuvor das große Haus und das Grundstück zugesprochen bekommen hatte, lachte Howard regelrecht aus, als er ihn nach der Trauerfeier zur Rede gestellt hatte und fragte, wie ein finanzieller Ausgleich für ihn und seiner Schwester aussehen könnte.

Margarethe und Vincent hatten es ein bisschen taktlos gefunden, zu diesem Zeitpunkt über ein solches Thema zu reden, aber in Howard brodelte es einfach schon zu lange.

Schon immer fühlte er sich durch seine Eltern ungerecht behandelt und nun sollte Liam alles ganz allein für sich haben.

Ein Wort gab das Andere und schließlich riss Howard seinen Bruder zu Boden. Vincent versuchte, mit allen ihm zur Verfügung stehenden Kräften die Schlägerei zu beenden. Doch ohne Erfolg.

Schließlich standen sich die Brüder keuchend gegenüber. Liam holte noch einmal aus und traf ihn mit einem Faustschlag am Kinn. Er kippte rückwärts und fiel krachend über einen Hocker.

Die Trauergäste sahen sich entsetzt an, denn er rührte sich nicht mehr. Er war bewusstlos und wurde kurz darauf ins Hospital gebracht.

Seitdem saß er im Rollstuhl, war ständig auf Hilfe angewiesen und lebte von einer Lebensversicherung, die Liam ihm schließlich doch übertragen hatte, um einen jahrelangen Rechtsstreit zu vermeiden.
Margarethe hatte kurz darauf Rechtsanwalt Baker eingeschaltet und dafür gesorgt, dass Liam sowohl ihr als auch dem kleinen Bruder einen Pflichtteil aus der Erbmasse zahlen musste.

Seitdem redete er mit ihr kein Wort mehr und verlies demonstrativ das Haus, wenn er mitbekam, dass Margarethe ihre Mutter besuchte.

Schließlich nahm Vincent den Hörer ab und wählte die Telefonnummer der Familie Patel in Norwich.

Er hoffte insgeheim, dass nicht Liam selbst, sondern seine Frau Rosie am anderen Ende abnahm. Doch dieser Wunsch wurde nicht erfüllt.

Eine energische Männerstimme meldete sich schroff: »Patel«.

Er räusperte sich kurz. »Hallo Liam, hier ist Vincent Graham«. Eine Weile war es ruhig, denn auch Liam war von diesem Anruf überrascht.

»Hallo Vincent«, sagte er kurz angebunden. »Warum rufst Du hier an? Schickt Margarethe Dich etwa aus irgendeinem Grund vor«?

Vincent schluckte. »Nein Liam. Ich möchte Euch darüber informieren, dass Margarethe vorgestern verstorben ist«.

Jetzt war es Liam, der im ersten Moment nicht wusste, was er sagen sollte. Geschockt fragte er:

»Was? Margarethe ist tot? Woran ist meine Schwester gestorben«?

Vincent lehnte sich jetzt in seinem Schreibtischstuhl zurück. »Hör auf Liam«, sagte er verächtlich. »Von wegen Deine Schwester. Seit der Beerdigung von Eurem Dad habt Ihr kein Wort mehr miteinander geredet und nur noch über Anwälte kommuniziert. Tu jetzt bloß nicht so, als ob Margarethe Dir irgendetwas bedeutet«.

Liam fauchte ins Telefon: »Daran war sie doch selbst Schuld. Alle wollten immer nur Geld.

Wer hat mich denn gefragt, wie ich das Haus und das Grundstück all die Jahre erhalte? Und wer Mum mehrmals in der Woche zur Physiotherapie bringt und ihre Medikamente bezahlt.

Du hast doch keine Ahnung, wie das ist. Mum ist seit Jahren dement, außer ihrem kleinen Kräutergarten tut sie nichts mehr. Und wenn Rosie sich nicht tagsüber um sie kümmern würde, müssten wir sie in ein Pflegeheim geben, aber das will ich nicht. So und nun sage mir, woran Margarethe gestorben ist«.

Vincent antwortete mit unbehaglicher Stimme: »Naja, das ist nicht so einfach zu erklären. Ich habe sie leblos in der Küche gefunden, als ich von der Arbeit kam. Sie hatte einen Schlaganfall erlitten. Scotland-Yard sagte, das...«.

Liam unterbrach ihn: »Wie bitte? Was hat Scotland-Yard damit zu tun? Ist sie etwa keines natürlichen Todes gestorben«? Vincent sagte nun hastig: »Jetzt lass mich doch erklären. Man hat Margarethe in die Rechtsmedizin gebracht und festgestellt, dass sie über mehrere Wochen, wahrscheinlich unwissentlich, etwas Giftiges genommen haben muss. Inzwischen wurde auch bei uns eine Hausdurchsuchung gemacht, aber sie haben natürlich nichts gefunden.

Liam, ich bin selber ratlos und ich habe absolut keine Ahnung, wer ihr das angetan haben könnte. Es wäre aber durchaus möglich, dass sich Scotland-Yard in Kürze bei Euch meldet. Schließlich seit ihr nach Mick und mir Margarethes nächste Angehörige«.

Liam fragte: »Wann und wo wird sie beigesetzt? Ich muss es schließlich Mum sagen«.

»Beigesetzt wird sie hier in Nottingham«, antwortete er leise. »Aber wann, weiß ich noch nicht. Das hängt von den Ermittlungen ab«.

Liam räusperte sich kurz: »Na gut, Ich werde jetzt mit Rosie und dann mit Mum reden. Mal sehen, wie sie es aufnimmt. Sollte es aber etwas

Neues geben, rufe uns an«. Ohne zu grüßen legte er einfach auf.

Vincent rief: »Hallo Liam? Bist Du noch dran«?
Der durchgehende Ton sagte ihm, dass Liam das Gespräch einfach so beendet hatte.

`So ein arroganter Idiot`, dachte er grimmig, aber er war heilfroh, dass er dieses Gespräch hinter sich gebracht hatte.

Er stand auf, brachte das Geschirr in die Küche und sah sich um. Seit zwei Tagen war nichts mehr aufgeräumt worden. Tassen und Teller türmten sich im Abwaschbecken. Mick hatte mehrere Dosen geöffnet und achtlos stehen gelassen.
Schmerzlich wurde ihm nun klar, mit welcher Selbstverständlichkeit Margarethe den Haushalt geführt und ihnen in dieser Hinsicht immer den Rücken freigehalten hatte.

Er sah aus dem Fenster und überlegte, was sie bloß genommen haben konnte, dass zu diesem fürchterlichen Schlaganfall geführt hatte.
Jetzt fiel ihm jedoch auch sein Streit mit Liz ein.
`Was hatte er sich nur bei allem gedacht und von ihr erwartet`?

Seinem Sohn Mick hatte er bisher immer gepredigt für gewisse Grundsätze im Leben zu stehen, bodenständig und ehrlich zu sein. War davon überhaupt noch etwas übrig?

Und wie sollte es beruflich für ihn weiter gehen, wenn herauskam, dass er mit Liz Bennett, der Leiterin der Rathauskantine noch ein Kind hatte?

Über das Gerede der Leute mochte er gar nicht nachdenken.

Und was wurde aus Molly selbst? Er hatte sie einige Male unterrichtet und natürlich aus den Augenwinkeln beobachtet, wie sie schnell und clever ihre Aufgaben löste.

Vor ihm begann sich alles wie unüberwindliche Berge aufzutürmen und er hatte im Moment nicht den Hauch einer Ahnung, wie er seine Probleme lösen sollte.

**

Mick war nach der Schule mit dem Fahrrad auf dem Weg nach Hause.

Abends konnte er lange nicht einschlafen, denn er wollte einfach nicht glauben, was ihm sein Vater erzählt hatte. `Molly Bennett ist also meine Halbschwester`.

Im Grunde tat ihm die Kleine leid, denn sie war ja all die Jahre ohne Vater aufgewachsen. Er hatte sich überlegt, dass er ab jetzt noch mehr auf sie achten wollte.

Jetzt wusste er auch, warum er dieses Mädchen auf eine Weise mochte, die er sich selbst nie erklären konnte.

Am Haus angekommen, lehnte er sein Fahrrad an den Gartenzaun und öffnete wie jeden Tag, den Briefkasten.

Mehrere Umschläge und Prospekte quollen ihm entgegen. Hastig sah er nach, ob für ihn etwas dabei war.

Ein gelber Brief, der auf der Rückseite mit blauen Ranken bemalt war, fiel ihm auf.

Schnell drehte er den Umschlag um und plötzlich klopfte ihm das Herz bis zum Hals. `Stella`, dachte er glücklich. `Dich schickt der Himmel`. Sie hatte ihm endlich geantwortet.

Er schloss die Haustür auf und rannte nach oben in sein Zimmer. Dort angekommen, warf er sich auf sein Bett, riss den Umschlag auf und begann zu lesen. Kurz darauf ließ er das Papier sinken und starrte an die Decke seines Zimmers.

Monatelang hatte er darauf gewartet, dass sie sich meldete und jetzt erfuhr er, dass sie für vier Jahre in die USA ging.

Stella hatte ein Stipendium an einer Uni in Los Angeles bekommen und er sollte jetzt verstehen, dass sie das nicht ausschlagen konnte und wollte.
Natürlich verstand Mick das, aber nun schien sie endgültig für ihn verloren.

`So weit weg`, dachte er betrübt. `Keine acht Wochen wird es dauern und sie hat dort einen Freund. Ganz bestimmt sogar`.

Eigentlich wollte er sich heute auf seine morgige Prüfung in Geschichte konzentrieren, aber ihm war plötzlich alles egal.

Er stand von seinem Bett auf und ging nach unten. Im Kühlschrank fand er eine Packung Orangensaft, die er öffnete und daraus trank.

Schnell verließ er dann das Haus in Richtung Innenstadt. Wohin er jetzt ging, wusste er selbst nicht, aber alles war besser, als jetzt hier allein zu sein.

Als er an der Bücherei vorbeikam, dachte er: `Eigentlich bin ich ja erst wieder Sonntag dran, aber vielleicht können sie Hilfe gebrauchen`. Der Tresen war gerade nicht besetzt, auch sonst war niemand zu sehen.

Plötzlich entdeckte er zwischen zwei Bücherregalen drei kleine Mädchen und erkannte in einer Molly.

Sie hatten ein großes illustriertes Buch vor sich und kicherten laut. Als Abygail Mick sah, stieß sie die anderen Mädchen an und deutete mit dem Kopf in seine Richtung.

»Hallo Molly, hallo Mädels«, sagte Mick leise.
Molly sah etwas unsicher Abygail und Daisy an, denn sie war sich nicht sicher, ob sie eine Bemerkung machen würden. Aber das trauten sich die beiden Schwestern doch nicht.

Molly antwortete nun: »Hallo Mick«. Dann stellte sie schnell das Buch wieder in das Regal.

Jetzt kam Toby, der Leiter der Bücherei um die Ecke und sagte erstaunt: »Mick, was machst Du denn hier«?

Er antwortete schnell: »Ich wollte mal sehen, ob ich Euch ein bisschen unter die Arme greifen kann«.

Toby lächelte. »Du kommst mir wie gerufen. Anne ist krank geworden und deshalb bin ich heute ganz allein hier. Könntest Du den Tresen besetzen? Ich muss noch eine Lieferung auspacken, weißt Du«?

Mick zwinkerte Molly kurz zu und ging zur Ausleihe.

Die Mädchen liefen nun auch zum Ausgang. Draußen sagte Daisy: »Molly, wir wollten uns wegen neulich bei Dir entschuldigen. Es war nicht so gemeint, ok«?

Molly begann zu lächeln. »Wollt Ihr noch mit zu meiner Mum kommen? Bestimmt ist noch Kuchen da. Na, was meint ihr«?

Plötzlich hupte neben ihnen ein Auto an der Straße. Es war Jeff Saunders. Aufgebracht rief er: »Daisy. Abygail. Ihr kommt sofort mit nach Hause«.

Abygail sah Molly an. »Tut mir leid, aber vielleicht kommen wir morgen mit«.

Schnell stiegen sie zu ihrem Vater ins Auto und fuhren davon. Molly sah ihnen nach.

**

Detective-Sergeant Emma Reynolds war auf dem Weg zur Blundell-Street.

Als sie dort ankam, saß ihr Kollege Henry Parker bei herrlichem Sonnenschein mit einer großen

Tasse Kaffee auf der kleinen Terrasse des Schnellrestaurants.
Nachdenklich blies er blaue Kringel mit seinem Zigarillo in die frische kalte Luft.

Emma zog mit einem Ruck die Handbremse an. Sie stieg aus und lief auf ihn zu, während ihr der Geruch von frischem Brot und gebratenen Hackfleisch in die Nase stieg. Schon seit einiger Zeit knurrte ihr der Magen.

»Hallo Sir, ich hole mir schnell ein kleines Menü und dann können wir reden, ok«?
Henry antwortete: »Wissen Sie was? Bringen Sie mir auch eins mit, ja«? Emma nickte und kehrte kurz darauf mit einem Tablett mit Burgern und Kartoffelchips an den Tisch zurück.

Sie setzte sich und trank erst einmal einen großen Schluck Cola. »Ich habe vorhin noch mal über Margarethes Grahams Familie recherchiert. In den Akten stand so gut wie nichts, da es nur um eine Amtsanfrage wegen des aktuellen Wohnsitzes der Grahams ging.

Begründet wurde die wegen einer Schlägerei zwischen zwei Brüdern, dessen Schwester eben Margarethe Graham, geborene Patel ist. Es endete in einem Fiasko, denn einer der beiden, Howard, sitzt seitdem im Rollstuhl.

Henry unterbrach sie: »Ja, das weiß ich schon. Was haben Sie noch herausgefunden«?

»Also, ich habe auf der hiesigen Polizeistation angerufen«, sagte sie ruhig. »Wie gesagt, der damalige Ermittler, ein gewisser Callum Smith, ist zwar in Pension, aber sie haben mir seine private Telefonnummer gegeben. Und ich habe ihn auch erreicht.

Soweit er weiß, haben die Grahams zu dem älteren Bruder, der Liam heißt, seitdem keinen Kontakt mehr. Nur Margarethe hat gelegentlich noch die gemeinsame Mutter besucht, die bei ihm im Haus wohnt. Und jetzt kommt es Sir«.

Theatralisch beugte sie sich zu Henry Parker. Er lehnte sich zurück und verschränkte die Arme vor sich.

»Nun sagen Sie schon und spannen Sie mich nicht weiter auf die Folter«.

»Margarethe Graham hat mit Rechtsanwalt Baker eine Klage wegen ihres und Howards Erbteil geführt.

Letztendlich musste Liam Patel an den jüngeren Bruder eine Lebensversicherung über 100.000 Pfund wegen seiner dauernden Behinderung abtreten.

Und dann an ihn und sie selbst noch einmal jeweils 80.000 Pfund als Pflichtteil auszahlen. Das ist doch eine Menge Geld. Und Liam Patel ist selbstständiger Handelsvertreter. Das wird er sicher nicht so leicht aus dem Ärmel geschüttelt haben.

Margarethe war mehrmals im Jahr bei ihrer Mutter Stacy und somit auch im Haus von Liam. Ich gehe davon aus, dass dann auch gelegentlich etwas gegessen wurde.

Also für mich hat Liam Patel ein Motiv. Wir sollten schnell herausfinden, wann Margarethe das letzte Mal dort war«.

Henry Parker nickte. »Das wäre zumindest ein Ansatz.

Ich werde nachher gleich noch einmal zu Vincent Graham fahren und ihn fragen, wann sie ihre Mutter das letzte Mal besucht hat. Sollte der Aufenthalt in das Zeitfenster passen, als sie, na sagen wir mal krank wurde, knöpfen wir uns ihren Bruder persönlich vor«.

Hastig biss er von seinem Burger ab, schob sich ein paar Chips in den Mund und trank seinen Kaffee aus.

Dann legte er Emma einen Geldschein auf den Tisch. »Also gut, ich mache mich jetzt wieder auf den Weg zu Vincent Graham«.

Emma nahm ihn am Arm. »Warten Sie bitte. Ich habe ja auch Liz Bennett in der Rathauskantine besucht. Darüber haben wir auch noch nicht gesprochen und sie sollten wissen, was sie mir erzählt hat«.

Er stutzte: »Ach ja, was kam denn dort noch zu Tage«?

»Sie werden staunen«, sagte Emma. »Vincent Graham hat über viele Jahre seine Frau betrogen. Und Liz Bennetts Tochter ist auch sein Kind«.

Der Kommissar ließ sich wieder auf seinen Stuhl fallen. »Was? Eine Affäre ok, aber gewissermaßen eine zweite Familie«? Emma nickte. »Ja und meiner Meinung nach ist sie ziemlich enttäuscht, denn Vincent Graham hat ihr wohl jahrelang versprochen, seine Familie für sie zu verlassen. Irgendwelche eifersüchtigen Rachegelüste gegen Margarethe Graham habe ich aber nicht heraus gehört. Und ich glaube ihr das auch«.

Parker sah sie an: »Und wenn doch? Margarethe ist jetzt tot, Vincent Graham ist frei. Für mich ist das auch ein Motiv. Und…«. Henry machte eine kurze Pause.

»Liz Bennett kann bestimmt gut kochen. Vielleicht kennt sie sich mit irgendwelchen Sachen aus, die man nicht herausschmeckt«.
Emma sah ihn ungläubig an. »Ich habe mit Liz gerade gesprochen. Ich müsste mich vollkommen in ihr täuschen«.

Er lächelte. »Liebe Kollegin, denken Sie bitte daran, dass Mörder schon immer jahrelang unter uns gelebt haben, ohne das einer was gemerkt hat.

Man sieht es ihnen sehr oft nicht an und keiner von denen hat ein Schild auf der Stirn, wo drauf steht, dass sie etwas Schlimmes getan haben«.

Er wollte schon gehen, da fiel ihm noch etwas ein.

»Übrigens war ich vorhin bei diesem Jeff Saunders in dem Supermarkt. Meiner Meinung nach wird er uns in diesem Fall nicht weiterbringen.

Fahren Sie bitte dann gleich ins Büro und beantragen eine Dienstreise. Wir besuchen unangemeldet Familie Patel in Norwich. Morgen früh geht's los«.

Er drehte sich um und war kurz darauf unterwegs zu Vincent Graham.

Emma sah ihm nach und überlegte, wie sie Riley am Abend erklären sollte, dass sie morgen nicht frei hatte, sondern mit dem Detective-Chief-Inspector nach Norwich fahren musste.

Sie dachte immer noch über Parkers letzte Worte nach. `Alles würde sie glauben, aber Liz Bennett eine Mörderin`? Diesen Gedanken fand sie völlig absurd.

Sie steckte Parkers Geldschein ein, brachte das Tablett zur Geschirr-Rückgabe und ging zu ihrem Dienstwagen.

**

Vincent Graham hatte notdürftig die Küche aufgeräumt und sich dabei überlegt, dass es ihn nicht weiter brachte zu Hause zu bleiben.

Er wollte so schnell wie möglich zurück an seinen Arbeitsplatz, denn hier konnte er sowieso nichts tun.

Er ging in sein Büro, wählte die Telefonnummer des Sekretariats und erklärte Miss Hunt, dass er schon morgen wieder seinen Dienst aufnehmen würde.

Heute wollte er kurz vorbeikommen, um die Stundenpläne und die Post der letzten Tage durchzusehen.

Als er den Hörer wieder aufgelegt hatte, klingelte es an der Haustür. Vincent zuckte erschrocken zusammen.

`Wer konnte das um diese Zeit sein? Schließlich erwartete er niemanden, oder hatte Mick etwa wieder einmal seinen Schlüssel vergessen`?

Leise ging er hin und sah vorsichtig durch den Spion. Als er DCI Parker erkannte, schluckte er. `Was will der denn schon wieder`? Er drehte mit einem Ruck den Knauf herum und sah den Inspector fragend an: »Guten Tag DCI Parker. Was kann ich für Sie noch tun«?

Der Inspector hatte die Arme hinter seinem Rücken verschränkt und nickte »Das wünsche ich Ihnen auch Mr. Graham. Ich habe noch ein paar Fragen an Sie. Darf ich hereinkommen«?

Vincent trat wortlos an die Seite und deutete mit der Hand in Richtung Esszimmer. Sie setzten sich.

Henry Parker begann: »Mr. Graham, wir haben im Umfeld der Familie Ihrer Frau ermittelt. Wir brauchen auch sicherlich nicht mehr die Schlägerei Ihrer beiden Schwager und den Erbschaftsstreit zwischen Margarethe und ihrem Bruder im Detail erörtern. Doch nun zu meiner Frage. Würden Sie jemandem aus der Familie Patel zutrauen, Ihrer Frau etwas angetan zu haben«?

Vincent schreckte auf: »Sie meinen Liam, Margarethes Bruder? Jemand anderes wäre meines Wissens körperlich nicht dazu in der Lage«.

Der Kommissar sah ihn an. »Ich habe Liam Patel bisher noch nicht persönlich kennengelernt, aber können Sie sich das wirklich vorstellen«?

Vincent wiegte den Kopf: »Keine Ahnung. Ich hoffe nicht, dass er so weit gehen würde, aber meine Hand würde ich für ihn bestimmt nicht ins Feuer legen«.

Jetzt machte Henry eine Pause und sah ihn ernst an.

Dann sagte er betont leise: »Meine Kollegin Detective-Sergeant Reynolds war heute übrigens bei Liz Bennett«.

Vincent schien leicht zusammen zu zucken. »Und? Was ist mit dieser Frau«? Parker verschränkte die Arme.

»Was mit ihr ist? Soll ich es Ihnen sagen, oder reden wir besser wie vernünftige Menschen darüber? Wissen Sie, grundsätzlich interessiert mich ihr Liebesleben absolut nicht, aber wenn es für die Ermittlungen in einem Mordfall wichtig sein könnte, ist das etwas anderes«.

»Liz hat mit der Sache doch nichts zu tun«, antwortete Vincent schroff. »Da gibt es nichts zu reden«.

Parker entgegnete: »Naja, Sie haben ihr angeblich jahrelang versprochen, Margarethe für sie zu verlassen und jetzt sind Sie plötzlich auf eine etwas unübliche Weise ein freier Mann«.

Vincent setzte sich aufrecht hin. »Wollen Sie etwa behaupten, dass ich oder Liz irgendetwas Unrechtes getan haben«?

Er sprang auf, lief im Esszimmer wütend auf und ab und blieb nun vor dem Inspector stehen.

»Ja, es stimmt. Ich habe meine Frau betrogen und Liz versprochen, meine Familie für sie zu verlassen. Und ich habe sie immer wieder mit Ausreden hingehalten.

Aber zu einer Gewalttat dieser Art wäre ich niemals fähig und auch Liz sicher nicht. Das müssen Sie glauben«.

Parker hakte weiter nach.

»Ich habe noch eine ganz andere Frage, die ich Ihnen leider routinemäßig stellen muss«. Er machte eine kurze Pause. »Hatte Ihre Frau eigentlich eine Versicherung, die jetzt nach Ihrem Tod zur Auszahlung kommt«?

Vincent lehnte sich an die Zimmertür. »Ja, sie hatte eine Lebensversicherung«, sagte er heiser. »Aber wie hoch die Auszahlungssumme ist, kann ich Ihnen im Moment nicht sagen. Ich habe nämlich noch gar nicht daran gedacht«.

Ihm wurde schwindelig bei dem Gedanken, dass jemand Margarethe aus finanziellen Gründen etwas angetan haben könnte.

»War das alles Mr. Parker«? fragte er erschöpft.

Der Inspector stand auf. «Noch nicht ganz Mr. Graham. Wann war ihre Frau eigentlich das letzte Mal in Norwich bei ihrer Familie«?

Vincent überlegte: »Das war zu Ostern, also vor ungefähr drei Wochen. Sie war aber nur zwei Tage dort«. Henry fragte weiter: »Hat sie im Haus Ihres Schwagers übernachtet«? Vincent schüttelte den Kopf.

»Nein. Seit dem Streit mit Liam buchte sie immer ganz in der Nähe ein Zimmer in einer Pension.

Nur tagsüber war sie bei ihrer Mutter und besuchte dann noch ihren Bruder Howard in seinem Appartement«.

Henry Parker nickte und dachte bei sich: `Das passt ja genau mit dem Ergebnis von Dr. Hughes aus der Gerichtsmedizin zusammen`.

Er nickte. »Danke Mr. Graham, das war im Moment alles«.

Vincent ließ sich auf einen Stuhl fallen. »Sollten Sie noch weitere Fragen haben, rufen Sie mich bitte vorher an oder Sie informieren am besten gleich meinen Anwalt.

Ohne ihn sage ich ab sofort nichts mehr aus«.
Henry Parker drehte sich noch einmal zu ihm um.
»Ok Mr. Graham. Dann wollen wir mal hoffen, dass jetzt alle Fragen geklärt sind und Ihr Mr. Baker nicht noch bemüht werden muss. Einen schönen Tag noch«.

Als die Haustür wieder zu war, lehnte sich Vincent von innen dagegen und dachte: `Die wissen also schon alles. Liz hat es ihnen tatsächlich erzählt`.

Er musste jetzt hier raus. Schnell holte er seine Jacke und den Aktenkoffer und machte sich auf den Weg zur Schule.

**

Liz hatte sich freigenommen. Sie wollte Molly nach der Schule abholen und mit ihr einen Stadtbummel machen, denn sie hatte bemerkt, dass ihr Mädchen weniger als sonst aß und kaum noch etwas erzählte.

Jetzt sah sie auf die Uhr. Der Unterricht war in einer halben Stunde aus, sie musste sich also beeilen.

Sie nahm ihren Mantel von der Garderobe und lief zum Bus. Während der Fahrt durch die Stadt grübelte sie, ob es richtig gewesen war, ihre Beziehung zu Vincent so abrupt zu beenden.

Andererseits hätte ihr schon lange klar sein müssen, dass er seine Familie nie aufgeben würde.

`Wie konnte ich nur so dumm sein. Ich war im Grunde doch immer nur ein Anhängsel`, dachte sie frustriert.

Als der Bus vor dem Haupteingang der Schule hielt, stieg sie stieg aus und hörte, dass die Klingel bereits laut ertönte und viele Kinder herauskamen.

Plötzlich sah sie Vincent, der zu einem Seiteneingang lief und sofort dahinter verschwand.

Er hatte den Kragen seiner Jacke nach oben geschlagen und sie hatte das Gefühl, als ob er nicht erkannt werden wollte.

Doch nun kam Molly, zusammen mit Daisy und Abygail. Sie ging lächelnd auf sie zu. »Hallo Ihr drei«.

Molly stutzte: »Mum, was machst Du denn hier«?

Liz fragte gespielt: »Oh, ich störe Dich hoffentlich nicht«. Molly sagte schnell: »Nein, aber Du hast doch heute Morgen gar nicht gesagt, dass Du kommst«.

Liz sah sie an. »Ich wollte mit Dir etwas essen gehen und dann einen kleinen Stadtbummel machen. Na, was meinst Du«? Molly hob die Schultern. Ihr kleiner Rucksack wippte dabei hin und her. »Ja, von mir aus«.

Abygail und Daisy verabschiedeten sich.

Liz nahm ihre Tochter an der Hand und sie gingen zu einem kleinen Pub auf der anderen Straßenseite, in dem leckere Tagesgerichte angeboten wurden.

Sie fanden gerade noch einen kleinen Tisch im hinteren Bereich und setzten sich. Sie bestellte am Tresen zwei Menüs und kam mit zwei Gläsern Kirschschorle an den Tisch zurück.

Molly sah sie fragend an: »Mum, wieso sind wir hier«? Liz antwortete: »Naja, ich möchte auch mal Zeit mit Dir verbringen. Außerdem ich muss Dir etwas Wichtiges sagen«.

Molly hob die Augenbrauen: »Was denn? Ist es etwa eine Überraschung«? Liz schluckte. »Ja, so kann man es auch nennen«. Molly bohrte nun weiter:

»Sag schon Mum, was ist es«? Liz zögerte einen Moment, da kam eine Bedienung und stellte ihnen die Teller auf den Tisch. »Lass uns erst einmal essen«, sagte sie schnell. Molly lehnte sich schmollend zurück.

»Ach Mum, ich möchte es jetzt wissen«.
Liz schüttelte den Kopf: »Nein, jetzt essen wir, aber ich verspreche Dir, dass ich es Dir sage, wenn wir zu Hause sind. Ehrenwort«. Molly wusste, dass es keinen Zweck hatte, weiter zu fragen. Sie nahm daher ihre Gabel und stocherte in den Chips herum.

Danach schlenderten sie durch ein Einkaufszentrum und kamen drei Stunden später wieder nach Hause.
Liz schloss die Tür auf und stellte die Einkaufstüten ab.

Sofort fragte Molly: »Mum wir sind jetzt zu Hause. Was ist das nun für eine Überraschung«?
Liz seufzte: »Komm mit in die Küche«.

Auf der Eckbank hatten sich die beiden Katzen zusammen gerollt und blinzelten nun verschlafen, als sich Molly zwischen sie setzte.

Liz nahm sich einen Stuhl und sah sie ernst an.
»Ich möchte Dir etwas über Deinen Vater erzählen«.

Molly bekam große Augen, doch bevor sie etwas sagen konnte, begann Liz: »Ich war eine junge Frau, als ich einen Mann kennengelernt habe, der aber zu dieser Zeit schon verheiratet war und auch eine Familie hatte.

Ich habe mich trotzdem sofort in ihn verliebt und er sich auch in mich. Naja, irgendwann war ich eben schwanger und dann kamst Du auf die Welt«.

Molly fragte nun leise: »Und wer ist mein Dad? Warum hat er mich nie besucht«? Liz schluckte.

»Du kennst ihn und seinen Sohn auch«. Sie machte eine kurze Pause. »Dein Vater ist Vincent Graham und Mick ist Dein Halbbruder«. Molly sah ihre Mutter ungläubig an.

»Was? Unser Schuldirektor ist mein Dad? Und...«.
Ihr verschlug es einen Moment die Sprache. »Mick ist mein Bruder«?

Llz nickte langsam. »Ja Molly, Mick ist Dein Bruder«.
In Molly stiegen die Tränen nach oben und kullerten ihr jetzt die Wangen herunter.

Liz nahm sie sofort in den Arm. »Komm her mein Schatz. Du brauchst doch nicht zu weinen«.

Molly schluchzte leise und flüsterte jetzt: »Hat Mick das gewusst«? Liz antwortete: »Das weiß ich nicht, aber vielleicht hat er es irgendwie gespürt. So nett, wie er immer zu Dir war«.

Molly sah sie an: »Aber warum hat Mr. Graham, ähm mein Dad, uns nie besucht? War ich ihm egal«?

Liz schüttelte den Kopf: »Nein, ganz bestimmt nicht, aber wie Du ja weißt, ist er Schuldirektor. Es sollte einfach keiner wissen, denn er fürchtete all die Jahre um seinen Ruf und seine Frau sollte auch nichts erfahren.

Mir hat das wirklich nicht gefallen, aber was konnte ich schon tun«?

Molly sah sie traurig an. »Hat er wenigstens mal nach mir gefragt? In der Schule hatte ich ja nur selten bei ihm Unterricht und ihn nicht oft gesehen. Meistens war er, glaube ich, bei Miss Hunt im Sekretariat, oder in seinem Büro«.

Liz nickte: «Ja natürlich hat er nach Dir gefragt. Übrigens, der Kuschelbär Alex ist von ihm. Einen Tag vor Deinem dritten Geburtstag, Du hast tief und fest geschlafen, kam er abends und hat ihn in Dein Bett gesetzt. Weißt Du noch, wie Du aufgewacht bist und ihn in den Arm genommen hast«?

Molly nickte. Sie wusste es noch genau.

»Und Mick? Weiß er jetzt, wo seine Mum nicht mehr lebt, dass ich seine Schwester bin«?

Liz sah sie fragend an: »Keine Ahnung Molly, aber ich bin der Meinung, dass ihr beide ein Recht darauf habt zu wissen, dass ihr Geschwister seid«.

Über Mollys Gesicht ging nun ein Lächeln. »Mick ist mein Bruder. Ich habe einen Bruder«.

Sie fiel ihrer Mutter um den Hals und hielt sie fest. Auch Liz kamen nun die Tränen und eine Last fiel von ihr ab. Sie war froh, es ihrer Tochter endlich gesagt zu haben.

**

Detective-Sergeant Emma Reynolds saß im Büro und hatte gerade mit Riley telefoniert.

Wütend hatte er den Telefonhörer aufgelegt, nachdem sie ihm gesagt hatte, dass es am kommenden Tag mit einem gemeinsamen Ausflug ans Meer nichts werden würde.

Sie konnte schließlich nicht ahnen, dass er einen Tisch in einem kleinen romantischen Lokal reserviert hatte, um ihr einen Heiratsantrag machen.

Lange hatte er darüber nachgedacht, wenn er abends in allein in seiner Pension im Bett lag.

Sein Job in einem kleinen metallverarbeitenden Betrieb war hart und wenn er tagelang irgendwo in England auf Montage unterwegs war, fehlte ihm seine Freundin immer öfter.

Ihm wurde klar, dass er eine eigene Familie haben wollte und war sich inzwischen sicher, dass Emma die Richtige für ihn war.

Als junger Mann zog er oft durch Kneipen und Bars, ging zum Fußball oder auf Konzerte, aber die Zeiten hatten sich geändert. In zwei Monaten wurde er dreißig und viele seiner Freunde waren inzwischen verheiratet und hatten schon Kinder.

Emma wunderte sich ein wenig über seine heftige Reaktion. Sonst hatten sie meistens nur ein kleines Picknick gemacht und waren abends wieder nach Hause gefahren.

Jetzt saß sie über einem Formular und versuchte es auszufüllen. Sie musste es nachher noch dem diensthabenden Leiter in der Behörde vorlegen und wusste, dass DCI Parker nicht amüsiert war, wenn sie das nicht erledigt hatte.

Andererseits war sie aber auch gespannt, was sie in Norwich erwartete. Sie grübelte: `Was mag dieser Liam Patel wohl für ein Typ sein? Ob er vielleicht doch seiner Schwester etwas angetan hatte? Naja, bei der Menge Geld wäre das nicht ausgeschlossen. Aber Margarethe etwas ins Essen zu tun, woran sie sterben musste`?

Sie schüttelte den Kopf.

Das Telefon klingelte. Es war Dr. Hughes von der Gerichtsmedizin. »Ist DCI Parker da«? fragte er.

»Nein noch nicht«, sagte sie schnell. »Aber er müsste eigentlich bald kommen«. Der Doktor sagte nun: »Ich schicke Ihnen den endgültigen Obduktionsbericht und die Testergebnisse von Margarethe Graham per Fax, ok«?

Sie fragte aufgeregt: »Oh vielen Dank. Haben Sie vielleicht noch etwas Wichtiges herausgefunden«?

Hughes antwortete: »Ja schon, aber lesen Sie selbst. Sie werden staunen. Ich habe leider keine Zeit, der nächste Fall wartet bereits«.

Emma fragte nun: »Was für ein Fall«?

»Ich habe heute wieder einmal acht mutige Medizinstudenten hier«, seufzte er. »Die sollen an einer Obduktion eines Senioren teilnehmen, der sich nach seinem Tod der Forschung zur Verfügung gestellt hat. Aber wahrscheinlich kippt wieder die Hälfte dieser Helden dabei um«. Er grüßte schnell und legte wieder auf.

Das Fax arbeitete, als DCI Henry Parker herein kam.

»Hallo Emma, na wie sieht`s denn aus? Haben Sie alle Formalitäten für morgen früh klären können«? Er warf seinen Mantel über den Stuhl und stellte sich neben seine Kollegin. Interessiert sah er nun zu, wie sie ein Blatt nach dem anderen dem Gerät entnahm.

»Was ist das«? fragte er. Emma lächelte wissend.

«Das ist der Abschlussbericht von Dr. Hughes über Mrs. Graham. Und ja, ich habe das Formular für die Dienstreise ausgefüllt. Ich muss sie nur noch zur Genehmigung weiterleiten«.

Inzwischen war alles ausgedruckt. Schnell sortierte sie die Blätter und tackerte sie mit einem geschickten Griff zusammen. »Hier bitte Sir«, sagte sie, sichtlich mit sich selbst zufrieden.

Henry Parker setzte sich hinter seinen Schreibtisch, während Emma mit dem Antrag für Norwich kurz das Büro verlies.

Als sie wieder zurückkam, saß er noch immer da und las den Bericht von Dr. Hughes. Schließlich legte er die Unterlagen auf den Schreibtisch und sah sie an. »Emma, auf so etwas wäre ich nicht gekommen. In Margarethes Magen wurden Reste einer grünen Substanz entdeckt. Anfangs dachte Hughes wohl an Salat.

Jetzt stellte sich heraus, dass es Bärlauch-Pesto war. Nur dieses bestand zum Teil aus einer giftigen Pflanze, die auch `Herbstzeitlose` genannt wird.

Normalerweise wird einem davon sofort schlecht. Das Pesto war aber so geschickt mit richtigem Bärlauch versetzt, dass Margarethe erst einmal nichts davon gemerkt hat, sondern eben erst nach Wochen.

Allerdings müsste sie das in der letzten Zeit ziemlich oft gegessen haben und nun frage ich mich, ob sie immer nur für sich allein gekocht hat. Ihr Mann und ihr Sohn wären schließlich sonst auch vergiftet worden. Der Täter oder die Täterin wussten offenbar genau, was sie taten.

Es kann also kein Zufall gewesen sein.
Dazu müssen wir unbedingt noch einmal Vincent Graham befragen, nur der redet nicht mehr mit uns ohne seinen Rechtsanwalt Baker. Aber wir müssen das klären, bevor wir nach Norwich fahren. Bestellen Sie ihn noch für heute hier ein, egal wann.

Gleichzeitig soll die Spurensicherung nochmals zu Grahams Haus fahren und nach diesem Zeug, ähm Pesto in Gläsern, Dosen oder im Gefrierschrank suchen.

Denn das Zeug kann man, so steht es zumindest hier, nur im Herbst frisch ernten«.

Er nahm den Telefonhörer. »Ich rufe den Staatsanwalt an«. Nachdem er den erneuten Durchsuchungsbeschluss beantragt hatte, wählte er die Nummer seiner Frau.

Sie sollte nicht mit dem Abendessen warten, denn heute würde es bestimmt länger dauern.

»Bei allem Respekt Sir«, sagte Emma vorsichtig. »Ich muss auch mit Riley reden, bevor ich zu den Grahams fahre. Er war heute Vormittag sowieso schon bedient, weil wir eigentlich morgen ans Meer wollten. Ich hatte diesen freien Tag schon vor zwei Wochen beantragt. Riley hatte wohl irgendeine Überraschung geplant«.

Parker nickte: »Ja natürlich, machen Sie das«.
Er verließ das Büro, um den Beschluss für eine erneute Durchsuchung bei den Grahams selbst abzuholen.

Wohl war ihm nicht, denn er konnte sich bereits lebhaft vorstellen, wie Rechtsanwalt Baker versuchen würde, sein Veto einzulegen. Als er zurückkam, saß Emma am Schreibtisch und starrte vor sich hin.

»Was ist denn los«? fragte er. Sie stand genervt auf. »Ach, Riley ist stinksauer und will es einfach nicht verstehen. Aber das kann ich jetzt auch nicht ändern, er wird sich schon wieder beruhigen.

Schließlich hat er gewusst, was ich für einen Beruf habe. Ich werde heute Abend noch einmal versuchen, mit ihm in Ruhe zu reden«.

Henry sah sie verständnisvoll an. »Das kenne ich nur zu gut. Meine Frau hat auch eine gewisse Zeit gebraucht, sich an diese unvorhersehbaren Einsätze zu gewöhnen.

Ich könnte Ihnen aber anbieten, dass wir irgendwann mal zusammen einen Tee trinken. Sozusagen einen Erfahrungsaustausch unter Angehörigen. Vielleicht hilft das«. Sie sah ihn erstaunt an. Noch nie hatte er so persönlich mit ihr gesprochen. »Oh, danke Sir«.

Doch jetzt musste sie sich wieder auf ihren Job konzentrieren. Schließlich sollte sie noch einen Termin für Vincent Graham und diesen Rechtsanwalt Baker auf dem Kommissariat vereinbaren.

Das durfte sie nicht vermasseln.

**

Mick war schon seit einigen Stunden bei seinem Freund Fred. Sie hatten einige Prüfungsaufgaben besprochen und sich am Nachmittag im Garten unter einen blühenden Kirschbaum auf eine Bank gesetzt.

Fred hatte vorher in einer kleinen naheliegenden Wassertränke einige Flaschen Bier kalt gestellt.

»Na los Mick, jetzt erzähl schon. Was ist passiert«?

Mick sah nach oben und beobachtete eine summende Biene, die von einer Blüte zur anderen flog, um den süßen Nektar herauszuholen.

»Eigentlich weiß ich gar nicht, wo ich jetzt anfangen soll. Neulich am Abend, als wir in der Stadt waren, hatte ich zu Hause noch ein Gespräch mit meinem Vater. Was er mir da gesagt hat, hat mein ganzes Leben auf den Kopf gestellt«.

»Wie auf den Kopf gestellt«? staunte Fred. »Was kann er schon in so kurzer Zeit sagen, dass alles ändert«?

Mick sah ihn resigniert an. »Das konnte ich mir auch nicht vorstellen, aber er hat es geschafft«.

Fred fragte weiter: »Ja und wie? Nun sag schon und las Dir nicht jedes Wort aus der Nase ziehen«.

»Gib mir mal ein Bier, dann erzähle ich es Dir in Ruhe«.

Fred stand auf und sagte gereizt: »Du kannst ja richtig `nervtötend` sein«. Er holte schnell zwei Flaschen aus der Tränke und öffnete die Schnappverschlüsse.

»So und wenn ich jetzt nichts höre, wasche ich Dir den Kopf darin«.

Mick begann: »Mein Vater hat seit zehn Jahren ein Verhältnis mit einer anderen Frau«.

Fred, der gerade seine Flasche angesetzt hatte, um zu trinken, verschluckte sich vor Schreck und begann zu husten. Auch er kannte Vincent Graham, solange er denken konnte. Und wenn ihm das nicht sein bester Freund und Sohn des Direktors gerade selbst erzählen würde, niemals hätte er es geglaubt. Da war er sich sicher.

»Das hat er Dir wirklich gesagt«?
Mick sah ihn an: »Und noch viel mehr«. Fred lehnte sich zurück. »Was denn noch um Himmels Willen«?

Mick sah wieder nach oben zu den Kirschblüten und antwortete, ohne seine Freund anzusehen. »Er hat mit dieser Frau eine Tochter«.

Fred nahm nun einen kräftigen Schluck aus seiner Bierflasche, setzte sie wieder ab und rief:

»Donnerwetter, das hätte ich Deinem Vater gar nicht zugetraut«.

Mick antwortete: »Fred, ich bin im Moment nicht besonders stolz auf meinen Vater, weißt Du? Was er mir, seit ich lebe, alles über Prinzipien und Ehrlichkeit im Leben gepredigt hast, brauche ich Dir nicht zu sagen.

Du kennst ja so manche Story. Naja, ich bin jetzt erwachsen und werde es verkraften, aber...«.

Fred nahm ihn am Arm: »Aber«?
Mick sah ihn an: »Naja, das kleine Mädchen. Ich habe sozusagen eine Halbschwester«.

Fred fragte nun neugierig: »Weißt Du ihren Namen«?
Mick nickte: »Es ist die kleine Molly Bennett«.

Fred sprang auf, fasste sich an den Kopf und begann zu lachen:

»Mick, jetzt wird mir einiges klar. Fast jeder hat sich gefragt, was Du mit diesem Kind hast. Sie hing Dir ja manchmal regelrecht am Gürtel und wenn Du nicht all die Jahre mein bester Freund gewesen wärst, hätte ich bestimmt auch gelegentlich einen dummen Spruch darüber abgelassen«.

Mick sah ihn an und fragte gereizt: »Auch? Wer hat das getan«? Fred winkte ab: »Ach Mick, das ist doch kalter Kaffee. Sie ist Deine Schwester und da sieht man mal wieder, dass Blut eben doch dicker als Wasser ist.

Mensch Junge, sieh es doch mal positiv. Schließlich hast Du gerade Deine Mum verloren, aber jetzt weißt Du, dass Du eine Schwester hast. Und eine Hübsche noch dazu«. Er setzte sich wieder und klopfte seinem Freund auf die Schulter.

Mick fragte erstaunt: »Sag mal Fred, willst Du mich auf den Arm nehmen«?

Fred sah ihn direkt an: »Nein Mick, ich meine das wirklich ehrlich. Und was willst Du auch tun? Ändern kannst Du es sowieso nicht. Glaube mir, es gibt bestimmt Schlimmeres im Leben, als zu erfahren, dass man eine Schwester hat«.

Mick sah ihn zweifelnd an: »Und was ist mit meiner Mum? Er hat sie schließlich jahrelang mit dieser Frau betrogen«.

Fred schüttelte den Kopf: »Mick, damit muss Dein Vater klarkommen, aber nicht Du. Er wird ja wohl gewusst haben, was er macht, denn ein One-Night-Stand war die kleine Molly ganz sicher nicht«.

Mick schüttelte wieder den Kopf. »Ich verstehe Dad nicht, aber das habe ich ihm ja schon an dem Abend gesagt«.

Fred trank nun wieder einen Schluck aus seiner Bierflasche und sagte: »Mensch Alter, bei Dir ist ja was los«.

Mick schwieg und begann erneut zögerlich: »Eigentlich wollte ich Dir noch was erzählen«. Fred warf die leere Flasche ins Gras: »Was denn noch«?

»Ich habe Post von Stella bekommen«.
Fred fragte nun gedehnt: »Und? Was hat sie Dir denn geschrieben«? Mick sah nach unten. »Sie geht im Herbst zum Studium nach Los Angeles. Ich glaube nicht, dass ich sie wiedersehen werde«.

Fred drehte sich zu ihm um und grübelte einen Moment. »Das heißt doch, dass sie noch mindestens drei Monate auf Kreta ist, oder«? Mick nickte. »Ja, vermutlich schon«.

Jetzt grinste Fred: »Na und? Warum machen wir nicht in den Ferien einen Trip dorthin? Du hast mir ja schon einiges erzählt. Ich würde mir das auch gerne mal ansehen. Triff Dich mit ihr und dann weißt Du wirklich Bescheid. Wir machen zwei Wochen Inselhopping. Na was meinst Du«? Jetzt staunte Mick, aber je länger er darüber nachdachte, desto besser fand er die Idee.

Inzwischen war es Abend geworden. »Sei mir nicht böse«, sagte Fred. »Aber ich muss Dad noch im Stall helfen. Wir sehen uns morgen bei der Prüfung und denke daran: Für fast jedes Problem gibt es eine Lösung, aber Dieses machst Du auf keinem Fall zu Deinem«.

Mick war jetzt ein bisschen erleichtert.
»Fred, Du bist ein echter Freund. Ich danke Dir«.

**

DCI Henry Parker saß mit Vincent Graham und seinem Rechtsanwalt Baker im Verhörraum des Kommissariats.

Wie erwartet wurde Protest gegen eine erneute Durchsuchung eingelegt, aber nachdem der Staatsanwalt den Obduktionsbericht der Toten gelesen hatte, stimmte er sofort zu, den Ehemann erneut zu befragen und im Haus der Grahams nach Beweisen dafür zu suchen.

DCI Parker begann: »Mr. Graham, der leitende Arzt Dr. Hughes hat festgestellt, dass Ihre Frau über mehrere Wochen immer wieder ein Bärlauch-Pesto gegessen haben muss. Diese war mit einer giftigen Pflanze vermischt, die dem essbaren Bärlauch sehr ähnlich ist.
Die Pflanze heißt `Herbstzeitlose`. Haben Sie in der letzten Zeit immer getrennt gegessen? Schließlich wären sonst Sie und Ihr Sohn auch vergiftet worden«.

Vincent sah erst den Inspector und dann seinen Anwalt überrascht an. »Margarethe hat schon viele Jahre getrennt gekocht. Sie war ja Vegetarierin.

Mein Sohn und ich dagegen nicht. Mick kam am Mittag aus der Schule, ich meistens erst abends. Und auch an Wochenenden haben wir nur selten gemeinsam gegessen«.

Parker fragte weiter: »Na und Sie haben dieses Pesto nie probiert«?

Vincent lächelte gequält: »Wissen Sie, dass Margarethe nur noch vegetarisch gegessen hat, habe ich nicht verstanden. Und was sie sich da unter ihre Spaghetti gerührt hat, wusste ich nicht. Ich habe einfach nicht darauf geachtet, oder besser gesagt, es hat mich nicht interessiert. Mick und ich haben da eher ein gutes Rindersteak oder ein Fischfilet vorgezogen«.

Parker lehnte sich zurück: »So? Es hat Sie also nicht interessiert«.

Vincent sagte jetzt in scharfem Ton: »Detective Chief-Inspector Parker, ich weiß genau, worauf Sie anspielen.

Ich habe mit meinem Anwalt darüber gesprochen. Er weiß, was Sie gerade meinen«.

Baker sah nun den Inspector gereizt an: »Wissen Sie eigentlich, wie viele Familien täglich getrennt essen und trotzdem keine Ehe-oder Familienkrise haben?

Nur weil Mrs. Graham dieses Zeug gegessen hat und ihr Mann und der Sohn nicht, heißt das noch lange nicht, dass es von einem der beiden durch sie auf den Teller von ihr gelangt ist. Sie stellen hier gerade eine These auf, die völlig absurd ist«.

Parker lehnte sich zurück und antwortete gelassen: »Ich stelle doch keine These auf, aber wir wollen den Mörder von Margarethe Graham finden. Ihr direktes Umfeld wird hierbei natürlich als erstes unter die Lupe genommen. Das werden Sie doch verstehen, Mr. Baker«.

Der Anwalt richtete sich in seinem Stuhl gerade auf. »Ich weise hiermit im Namen meines Mandanten jeglichen Vorwurf in diese Richtung zurück. Vincent Graham hat nichts damit zu tun«.

Parker beugte sich leicht nach vorn und fragte nun provozierend: »Und Mick Graham? Sprechen Sie nicht für ihn«?

Vincent sprang auf. »Das ist eine Unverschämtheit. Margarethe war seine Mutter, Mick hat sie geliebt und sie hatten ein enges Verhältnis. Warum sollte er ihr denn so etwas antun«?

Er ließ sich wieder auf seinen Stuhl fallen, stützte seinen Kopf in die Hände und begann zu schluchzen.

Baker antwortete nun in energischem Ton: »DCI Parker, Schluss jetzt mit diesen unsinnigen Verdächtigungen. Wir haben nichts mehr zu sagen«.

Plötzlich klopfte es an die Tür und ein Polizist betrat den Raum. Er deutete mit der Hand, dass

Henry Parker kurz herauskommen sollte. Der schob nun absichtlich laut seinen Stuhl zurück und ging.

Draußen stand der Staatsanwalt, der durch eine Glasscheibe das Gespräch mit verfolgt hatte.

Er sagte ruhig: »Detective-Sergeant Reynolds hat gerade angerufen. Es wurden im Haus tatsächlich mehrere Gläser mit einer grünen Kräutersoße gefunden. Die Sachen sind natürlich auf dem Weg ins Labor.

Aber wir müssen trotzdem Mr. Graham gehen lassen, denn wir wissen nicht, wie dies dorthin gelangt ist und ob der Inhalt überhaupt kontaminiert ist. Margarethe könnte es auch von jemandem anderen bekommen und dann gegessen haben. Auch habe ich keineswegs den Eindruck, dass Vincent Graham nicht die Wahrheit sagt«.

Der Inspector sah ihn zweifelnd an: »Und wenn er uns nur etwas vorgemacht hat? Wissen Sie, wie viele Lügner hier in all den Jahren meiner Dienstzeit schon saßen«?

Der Staatsanwalt nickte. »Ja ich weiß, aber dennoch beenden Sie das Verhör. Und zwar sofort. Ich mache mir im Moment nämlich eher Sorgen um den Sohn.

DS Reynolds sagte mir, dass er gerade von einem Freund zurückgekommen war und dann zitternd wie Espenlaub die Durchsuchung verfolgt hat.

Und das Laborergebnis haben wir sowieso in ein paar Stunden. Fluchtgefahr besteht meines Erachtens auch bei beiden nicht. Mein Gefühl sagt mir jetzt, dass wir mit Margarethes Ehemann und seinem Sohn als Täter auf dem Holzweg sind. Fahren Sie also morgen mit Ihrer Kollegin nach Norwich, vielleicht bringt uns das weiter«.

Er nickte ihm zu und ging wortlos den Flur entlang.

Parker sah ihm nach und grübelte: `Es hat keinen Zweck.

Machen wir für heute Schluss und sehen, was der neue Tag bringt`. Er betrat nun wieder den Raum und erklärte das Verhör für beendet.

Rechtsanwalt Baker stand auf und kommentierte dies mit dem Satz:

»Eine vernünftige Entscheidung DCI Parker. Ich schlage vor, dass Sie sich ab jetzt um die Ermittlungen nach dem wahren Täter kümmern«.

Der Inspector musste sich eine weitere Bemerkung verkneifen, denn dieser Baker wartete nur darauf, dass er wieder eine Dienstaufsichtsbeschwerde gegen ihn einreichen konnte.

Vor zwei Jahren hatte er sich schon einmal hinreißen lassen und konnte sich dann nur mit großer Mühe aus der Affäre ziehen.

Inzwischen war Emma Reynolds auch zurückgekommen. Erschöpft setzte sie sich, während ihr Kollege sich noch einmal die Aufzeichnung auf Band anhörte. Am Schluss drückte er die Stopptaste und sagte: »Der

Staatsanwalt hat wahrscheinlich recht. Vincent und Mick Graham waren es nicht«.

Emma sah ihn an. »Ja, ich sehe das genauso. Mick Graham war fix und fertig, als wir gingen. Ich habe ihn noch gefragt, ob ich einen Arzt holen soll, aber er wollte natürlich nicht«.

Parker winkte ab: »Sein Vater soll ihn beruhigen. Er wird es schon verkraften«.

Jetzt sah er auf die Uhr. Mittlerweile war es schon kurz vor neun am Abend. »Sagen Sie mal Emma, haben Sie Lust mit mir ein Bier zu trinken? Das hätten wir uns doch heute verdient«.

Emma überlegte kurz: »Ach was soll`s. Riley ist sowieso schon sauer und ob ich jetzt eine Stunde später komme oder nicht, spielt auch keine Rolle mehr«.

Sie nahmen ihre Jacken, verließen das Büro und gingen zu Fuß zu einem Pub drei Straßen weiter.

Als sie dort ankamen, hörten sie schon von weitem, dass eine Live-Band irischen Folk spielte.

Sie betraten die verrauchte Kneipe und setzten sich an den Tresen. Henry Parker bestellte zwei Guinness und sagte: »Ich weiß schon gar nicht mehr, wann ich das letzte Mal hier war«. Er sah nun zu seiner Kollegin, die wortlos geradeaus starrte. Er folgte ihrem Blick.

Ein Mann, der mehrere Piercings im Gesicht hatte, saß am anderen Ende der Theke und flirtete mit einer jungen Frau. Er dachte jetzt: `Nach Emmas Reaktion kann das eigentlich nur Riley sein`.

Vorsichtig stieß er sie an und fragte leise: »Ist das Ihr Freund«? Sie nickte langsam.

«Hey«, sagte er weiter. « Jetzt kommen Sie schon. Sie waren nicht zu Hause und er trinkt eben zufällig hier ein Bier. Das muss doch nichts heißen. Außerdem tun wir gerade dasselbe«.

Emma entgegnete: »Ja, aber ich flirte nicht mit Ihnen«. Henry stellte sein Glas ab und lief, ohne etwas dazu sagen, zu ihm hin. Als er vor ihm stand, sah der ihn erstaunt an und fragte: »Kenne ich Sie«?

Henry antwortete lächelnd: »Sie sind Riley, der Freund meiner Kollegin Emma, oder«?

Das junge Mädchen neben ihm hatte sich schnell ihre Handtasche genommen und rutschte langsam von ihrem Barhocker. »Ok Riley, vielleicht sehen wir uns mal wieder«.

Er nickte ihr zu, stellte sein Glas ab und sagte in etwas zynischem Ton: »Ah, na sieh mal einer an. DCI Parker oder? Ich denke, Sie machen immer noch Überstunden«?

»Ja, aber jetzt haben wir Dienstschluss und trinken ein Bier. Wir hatten wirklich einen anstrengenden Tag«.
Riley fragte: »Wer ist denn wir«? Parker antwortete: »Schauen Sie mal da rüber«. Riley drehte sich zur Seite und sah Emma.

Henry sagte nun: »Es tut mir leid, dass ich ihr morgen nicht frei geben kann, aber sie trifft wirklich keine Schuld.

Und heute haben wir schon Einiges hinter uns, das können Sie mir wirklich glauben. Na los Riley, geben Sie sich einen Ruck und kommen mit zu uns rüber«.

Etwas zögernd nahm der seine Jeansjacke von der Hockerlehne und lief hinter ihm her.

Als er bei Emma ankam, sagte er versöhnlich: »Tut mir leid Schatz, ich hab das ja so nicht gewusst«.

Ohne ihre Antwort abzuwarten, umarmte er sie.

**

Molly kam an diesem Abend nicht zur Ruhe. Draußen tobte ein heftiges Gewitter und der Wind peitschte den Regen ans Fenster.

Sie durfte länger als sonst aufbleiben und ihre Mutter hatte ihr auch eine Geschichte vorgelesen. Jetzt lag sie, noch immer hellwach im Bett und konnte nicht einschlafen.

Immer wieder sah sie zur angelehnten Tür, durch die ein schwacher Lichtschein in ihr Zimmer fiel. Aus dem Wohnzimmer im Erdgeschoss hörte sie leise den Fernseher quasseln.

Sie hatte nicht verstanden, warum ihre Mum noch gesagt hatte, dass sie vorläufig mit niemandem über ihren Dad reden sollte. `Also darf ich es Daisy und Abygail auch nicht sagen`? hatte sie gefragt.

Liz bat sie: ʿNoch nicht, warte bitte damit. Lass mich erst Deinen Vater fragen, ob es Mick auch schon weiß.
Die beiden haben es im Moment schließlich auch nicht leicht´. Molly kuschelte nun ihren Teddy fest an sich und schlief nach einer Weile doch ein.

Liz hatte sich, ganz gegen ihre Gewohnheit, an diesem Abend eine Flasche Rotwein aus dem Keller geholt. Dies tat sie sonst nur hin und wieder an den Wochenenden, denn wenn sie tagsüber arbeitete, musste sie sehr früh aufstehen.

Jetzt saß sie im Wohnzimmer und hatte eine kleine Schachtel auf dem Schoß, in der sie alte Fotos und Erinnerungen aufbewahrte.

Wehmütig betrachtete sie ein Bild aus dem Jahr 1977, als sie Vincent gerade kennengelernt hatte und sie mit dem Zelt am Meer unterwegs waren.

In einer kleinen malerischen Bucht hatten sie es aufgeschlagen, ein Lagerfeuer gemacht und Fisch gegrillt.

Liz lächelte, als sie die weite Jogginghose betrachtete, die Vincent damals immer in seiner Freizeit trug.

Das Telefon klingelte.
Sie schälte sich aus ihrer Wolldecke und hob den Hörer ab. »Liz Bennett«, sagte sie leise. Sie wollte nicht, dass Molly womöglich wieder aufwachte.

Da am anderen Ende nichts zu hören war, rief sie etwas lauter: »Hallo? Wer ist da«? Plötzlich antwortete eine Stimme: »Hallo Miss Bennett, hier ist Mick Graham«. Liz ließ vor Schreck fast ihr Rotweinglas fallen, das sie in der Hand hielt.

Sie räusperte sich etwas verlegen. »Hallo Mick«. Mehr fiel ihr in diesem Moment nicht ein.

Er begann: »Ich würde gerne kurz mit Ihnen sprechen. Meinen Sie, dass wir uns morgen Nachmittag treffen könnten«?

Liz war bei diesem Gedanken etwas unbehaglich, deshalb fragte sie: »Worum geht es denn«?

»Naja, ich habe einfach ein paar Fragen an Sie«, sagte er vorsichtig. »Und meinetwegen kann auch Molly dabei sein«. Liz atmete auf und dachte: `Also weiß er es auch`.

»Ja ok, dann treffen wir uns morgen um drei in dem Café` neben der Grundschule«?

Mick antwortete: »Gut Miss Bennett, ich werde pünktlich sein. Meinem Vater sage ich aber nichts davon. Auf Wiederhören«. Ohne ihren Gruß abzuwarten, beendete Mick das Gespräch.

Liz hielt einen Moment ratlos den Hörer in der Hand und legte ihn wieder vorsichtig auf den Apparat.

Sie begann zu grübeln. `Er weiß, dass ich diejenige bin, die mit seinem Vater zusammen war. Er weiß, dass sein Vater mit mir seine Mum betrogen hat. Und er weiß garantiert auch, dass Molly seine Schwester ist. Warum will er sich denn mit mir treffen? Seltsam`.

Nachdenklich setzte sie sich wieder auf ihre kleine Couch und nippte am Rotwein. Dann nahm sie sich eine Zeitschrift und blätterte darin.

Das tat sie eigentlich gerne, um sich zu entspannen. Sie interessierte sich für Strickmoden und suchte manchmal nach Dekorationsartikeln, die sie mit einfachen Mitteln selbst nachbasteln konnte.

Jetzt sah sie regelrecht durch die Zeitung hindurch, warf sie schließlich wieder hin und schüttelte den Kopf.

Mit einem unbehaglichen Gefühl schaltete sie den Fernseher und das Licht aus und ging zu Bett.

Am nächsten Morgen wurde sie endlich wach, nachdem sie den rasselnden Wecker zweimal ausgedrückt hatte. Jetzt war es wirklich Zeit aufzustehen, denn sie trank gerne noch gemütlich ihren Kaffee und musste für Molly ein Lunchpaket fertigmachen.

Heute war ein Tagesausflug in ein Museum ganz in der Nähe des Albert-Docks geplant, wo sie eigentlich als Betreuerin mit dabei sein wollte.

Allerdings hatten sich dafür schon genügend Erwachsene gemeldet und ihr wurde abgesagt. Der Elternsprecher Jeff Saunders hatte es ihr beiläufig während eines Treffens in der Schule mitgeteilt.

Liz hatte sich ein wenig über seine etwas schnippische Art und Weise geärgert. Auch fiel ihr mittlerweile auf, dass Abygail und Daisy ihre Molly nicht mehr besuchten und sie nicht bei der Familie Saunders war.

Noch vor kurzem war das anders. Die Kinder übernachten zusammen, fuhren auf der kleinen Seitenstraße Fahrrad oder spielten Badminton.

Doch jetzt hatte Liz keine Zeit mehr darüber nachzudenken. Mit einem lauten Klacken verschloss sie die Lunch-Box, trank schnell einen Schluck Kaffee und ging in Richtung Bad, aus dem Molly gerade verschlafen herauskam.

»Guten Morgen mein Schatz«, sagte sie zu ihr.

»Du musst Dich beeilen, sonst gehen die Kinder ohne Dich ins Museum«. Molly nickte wortlos und verschwand wieder in ihrem Zimmer.

Kurz darauf saß sie in der kleinen Küche am Fenster und kaute lustlos ihr Marmeladenbrot.

»Mum, ich habe heute noch keinen Hunger. Muss ich das jetzt wirklich aufessen«?

Liz lächelte: »Natürlich nicht. Ich habe Dir aber für später ein Frühstück in den Rucksack getan«.

Nachdem sie sich ihre Regenjacke übergezogen hatte, verließ sie das Haus.

Liz räumte schnell noch das Geschirr zusammen und machte sich auch auf den Weg zur Arbeit.

Während sie durch die Straßen lief, dachte sie nun wieder an das Telefonat mit Mick Graham. Sie wurde noch immer nicht daraus schlau, aber heute Nachmittag würde sie ja erfahren, was er noch wissen wollte.

Der Vormittag in der Rathauskantine verging. Liz hatte Bestellungen zu erledigen und ein Herr von der Hygieneaufsicht, der sich bereits vor mehreren Wochen angekündigt hatte, inspizierte alle Räume.

Da er nur wenig auszusetzen hatte, schrieb er schon zwei Stunden später sein Protokoll und aß nebenbei ein großes Stück von einem Schokoladenkuchen, den sie am Vortag selbst gebacken hatte. Er lobte ihren Führungsstil und das gesamte Team.

Liz hätte das normalerweise gefreut, aber heute sah sie ungeduldig auf die Uhr. Wenn sie pünktlich um drei mit Mick Graham im Café` sitzen wollte, musste sie sich jetzt wirklich sputen.

Endlich stand sie an der Stempeluhr des Rathauses, steckte ihre Personalkarte ein, um die Dienstzeit zu registrieren und machte sich auf den Weg.

**

Früh am Morgen waren die Kommissare unterwegs nach Norwich. Henry Parker hatte sich überlegt, über Landstraßen zu fahren, statt die triste Autobahnroute zu nehmen. Sie hatten bereits die Stadt verlassen und fuhren nun in Richtung Sheffield.

Langsam stieg die Sonne nach oben. Satte grüne Wiesen, die um diese Zeit noch nebelverhangen waren, säumten die Straßen.

Henry sah Emma von der Seite an, die schweigend aus dem Fenster schaute. »Und? Ist wieder alles ok mit Ihnen und Riley«?

Sie begann zu lächeln: »Ja bloß gut, dass wir in den Pub gegangen sind. Danke Sir«.

Parker antwortete: »Kein Problem, aber dafür hatte ich später zu Hause noch Diskussionen. Meine Frau war sauer, als sie merkte, dass ich Bier getrunken hatte.

Wissen Sie, unsere Tochter war wegen einer Magen-Darm-Geschichte eine Woche krank. Und sie musste sich allein darum kümmern, denn ich war ja fast nie da.

Das Schlimmste für Amy war allerdings, dass sie ihren Reitunterricht ausfallen lassen musste. Aber egal, das wird schon wieder«. Schweigend fuhren sie weiter.

Emma sah sich nebenbei noch einmal die Ermittlungsunterlagen an. »Ich bin wirklich auf diesen Liam Patel gespannt. Er scheint ein Choleriker zu sein«.

Parker entgegnete: »Na ich möchte Sie mal sehen, wenn Sie so viel Geld herausrücken müssten. Haben Sie eigentlich Geschwister«?

Emma schlug die Mappe zu: »Ich hatte mal einen kleinen Bruder. Er ist mit fünf Jahren an Leukämie gestorben. Für meine Eltern und auch für mich brachen schwere Zeiten an. Und mein Vater kam überhaupt nicht damit zurecht. Drei Jahre später ist er ausgezogen und Mum und ich haben ihn seitdem nicht mehr gesehen.

Irgendwann, ich hatte schon eine eigene Wohnung, bekam ich plötzlich eine Postkarte aus Australien.

Er hat noch einmal geheiratet und scheint ja wieder glücklich geworden zu sein. Mum habe ich davon nie etwas erzählt«. Henry schwieg, was sollte er schon dazu sagen.

Sie überquerten nun die Sutton-Bridge und fuhren weiter in Richtung Kings Lynn.

Plötzlich sahen sie am Straßenrand einen einladend wirkenden Pub. Henry bremste und hielt direkt vor der Tür. Dann stellte er den Motor ab. »Möchten Sie auch einen Kaffee oder einen Tee«? Emma nickte: »Ja klar, warum nicht«? Sie stiegen aus und betraten den Gastraum.

Der Wirt, ein kleiner dicker Mann, stand hinter dem Tresen und sah sie erstaunt an. »Guten Morgen die Herrschaften«, sagte er freundlich. »So früh habe ich selten Gäste, aber bitte setzen Sie sich doch«.

Henry Parker fragte: »Haben Sie ein Frühstück für uns? Am besten mit Toast, Schinken, Ei, Bohnen und allem was dazugehört«. Emma lächelte: »Na Sie haben ja einen gesunden Appetit Sir«.

Henry antwortete: »Naja, bei mir zu Hause roch es in den letzten Zeit nur nach Fencheltee und dazu gab es Zwieback. Da muss ich doch hier die Gelegenheit nutzen«.

Der Wirt nickte und verschwand in der Küche. Kurz darauf hörte man, wie er mit Pfannen und Töpfen auf dem Herd herum klapperte.

Henry fragte nun: »Wie alt ist eigentlich die Mutter von Margarethe Graham«?

»Die Akte liegt im Auto«, sagte Emma. »Aber ich glaube Anfang 80. Und wie schon gesagt, Stacy Patel, so heißt sie, ist seit einigen Jahren dement«.

Jetzt kam der Wirt an den Tisch und brachte Tee, Wasser und zwei voll beladene Teller.

Emma fragte: »Mein Gott, wer soll denn das alles essen«?

Henry steckte sich einen Kartoffelchip in den Mund und sagte kauend: «Na wer schon? Sie und ich«.

Emma hatte eigentlich vor ein paar Tagen wieder eine Diät begonnen, doch das wollte sie ihm natürlich nicht sagen. Aber es roch so gut. `Was soll` s`, dachte sie und nahm sich das Besteck.

Als sie wieder im Auto saßen, hing jeder seinen eigenen Gedanken nach.

Schnell kam Norwich in Sicht. Sie fuhren quer durch die Stadt. Ganz in der Nähe des Woodrow Pilling Parks bog Henry links ab. In einer Seitenstraße, der Stanmore-Road befand sich das Haus der Familie Patel. Sie stiegen aus und waren beide überrascht.

Emma staunte: »Jetzt wundert mich nichts mehr. Das Haus ist ja eine Villa und der Garten sieht aus wie ein Park.

Kein Wunder, dass Margarethe Graham und ihr Bruder Howard auch ein Stück vom Kuchen abhaben wollten«.

Henry zündete sich einen Zigarillo an und nickte. »Da haben Sie wahrscheinlich Recht, aber das kostet auch Unterhalt und bestimmt viel Arbeit. Und in diesem Fall sicher nicht wenig. Man muss es mögen«.

Sie gingen langsam zum Eingang, der durch ein zweiflügeliges schmiedeeisernes Tor verschlossen war. Eine kleine Kamera darüber war auf sie gerichtet.

Auf einem bronzefarbenen Schild stand mit geschwungener Schrift der Name `Patel`.

Parker drückte auf den Klingelknopf und sagte zu Emma: »Hoffentlich ist jemand da«.

Eine Weile rührte sich nichts, doch dann knackte kaum hörbar der Lautsprecher. »Ja hallo«? fragte eine Frauenstimme.

Der Inspector antwortete: »Hier sind Detective Chief-Inspector Parker und Detective Sergeant Reynolds von Scotland-Yard in Liverpool. Wir müssen mit Ihnen sprechen. Können Sie uns bitte öffnen«?

Es ertönte ein Summton und die Gartentür wurde entriegelt. Die Kommissare liefen auf einem Kiesweg, vorbei an Rosenbeeten, zum Haus.

Auf der Wiese daneben reckten Krokusse in verschiedensten Farben ihre Köpfchen in die Sonne und in einem blühenden Kirschbaum summten Bienen.

Emma flüsterte: »Das ist ja hier traumhaft«.

Henry lächelte ihr zu: »Ja, bis jetzt schon, nur hoffentlich wird es kein Alptraum«.

Schließlich standen sie vor der Haustür, die bereits geöffnet war. Eine Frau, Emma schätzte sie Anfang Fünfzig, erwartete sie bereits. »Guten Tag, was kann ich für Sie tun«? Sie holten ihre Dienstmarken hervor und hielten sie ihr entgegen.

Henry sagte freundlich: »Guten Tag, nun wie gesagt, wir sind von Scotland-Yard und ermitteln in einem Mordfall. Wie ist denn Ihr Name«?

Die Frau antwortete mit unsicherer Stimme: »Ich bin Rosie Patel«. Henry nickte: »Dürfen wir hereinkommen«? Sie trat an die Seite und deutete mit der Hand nach innen.

Die Kommissare betraten das geräumige Haus. Rosie ging voraus und blieb im Wohnzimmer stehen.

Große Rundbogenfenster gaben den Blick auf die Terrasse und den weitläufigen Garten frei. In einem Ohrensessel am Kamin saß eine kleine alte und sehr hagere Frau, die sie teilnahmslos ansah.

Rosie ging zu ihr hin. »Mum? Da sind zwei Kommissare von Scotland-Yard«.

An Henry Parker und Emma Reynolds gewandt, sagte sie: »Bitte setzen Sie sich doch. Kann ich Ihnen etwas anbieten, vielleicht einen Tee«?

Parker schüttelte den Kopf. »Machen Sie sich bitte keine Umstände, aber sagen Sie, ist Ihr Mann zufällig auch da«?

Rosie drehte sich um und schaute auf die große Westminster-Uhr.

Inzwischen war es halb drei am Nachmittag. »Liam wird ungefähr in einer halben Stunde kommen. Er ist noch bei einem Kunden in der Stadt, aber ich weiß leider nicht wo«.

Henry Parker sagte schnell: »Kein Problem Mrs. Patel. Wir haben Zeit«.

**

Liz Bennett betrat am Nachmittag das Café` und sah, dass Mick bereits an einem kleinen Bistrotisch saß und auf sie wartete. Als er sie erkannte, stand er auf und lächelte etwas unsicher. »Hallo Mick, da bin ich«.

Er stand auf. »Danke Miss Bennett, dass sie kommen konnten«. Sie setzten sich und schwiegen einen Moment.

Plötzlich wurden sie von einer freundlichen Stimme gefragt: »Was darf ich Ihnen bringen«?

Liz drehte sich um und erkannte sofort den netten Kellner Richard. Er sagte überrascht: »Ach hallo, da sind Sie ja wieder. Heute ohne Ihre Tochter«?

Liz nickte: »Ja, sie ist auf einem Tagesausflug mit der Schulklasse«. Er fragte: «Also heute kein Eis, oder«?

Liz überlegte: »Ich hätte gerne einen Milchkaffee und Sie Mick«? Er sagte: «Für mich bitte eine große Cola«.

Richard ging und Liz begann: »Ich bin sehr gespannt, worüber Sie mit mir reden möchten«. Er sah sie ernst an. »Können Sie sich das nicht denken«?

»Ja, eigentlich schon«, sagte sie etwas unbehaglich. »Was möchten Sie denn genau wissen«?

Mick fragte leise: »Wieso ausgerechnet mein Vater? Warum haben Sie sich nicht einen freien Mann gesucht«?

»Wissen Sie Mick«, sagte Liz. »Man kann sich das nicht immer aussuchen und ich denke, dass Sie ihren Vater genauso danach fragen könnten«.

Er stützte sich auf den Tisch: »Jeder Mensch hat eine Wahl denke ich, meinen Sie nicht auch«?

Inzwischen kam Richard mit den Getränken. »Bitte sehr die Herrschaften«. Unauffällig zwinkerte er dabei Liz zu und ging wieder. Sie war froh, dass Mick dies nicht gesehen hatte.

»Im Grunde haben Sie recht Mick, aber es ist nun einmal so, wie es jetzt ist. Niemand kann das ändern und ich werde mich bestimmt nicht dafür rechtfertigen«.

Mick sah sie mit einem Anflug von Verzweiflung an. »Haben Sie es eigentlich schon Molly gesagt«? Sie nickte und flüsterte: »Ja Mick, sie weiß seit gestern, dass Sie ihr Halbbruder sind«.

Er lehnte sich zurück. »Halbbruder, wie sich das anhört. Fast jeder weiß, dass ich die Kleine schon immer gemocht habe und jetzt habe ich überhaupt keine Ahnung, wie ich damit umgehen soll. Und meine Mum ist tot. Ich bin nur froh, dass sie es nie erfahren hat«.

Liz schluckte und wusste im Moment nicht, was sie sagen sollte. Plötzlich sah Mick erschrocken zum Eingang. »Oh Mann, da kommt mein Vater mit einem Kollegen«.

Liz drehte sich ruckartig um. Vincent hatte sie schon entdeckt, eilte mit hastigen Schritten an den Tisch und zischte: »Was macht Ihr hier zusammen«?

Mick lehnte sich zurück und antwortete mit gespielter Gelassenheit: »Wir reden Dad. Wir reden ehrlich über all das, was Du jahrelang nicht getan hast«.

Vincent sah nun Liz an. »Bist Du dergleichen Meinung«? Liz räusperte sich. »Mick hatte mich um das Gespräch gebeten, ich hatte keinen Grund es nicht anzunehmen«.

Er entgegnete bissig: »So ist das also. Dann will ich mal nicht weiter stören«. Abrupt drehte er sich um und verließ wieder das Café.

Mick sagte resigniert: »Bin mal gespannt, was er mir nachher zu Hause dazu sagt, aber im Grunde ist mir das jetzt egal. Ich sehe zu, dass ich ab Herbst einen Studienplatz in London bekomme und dann bin ich sowieso verschwunden«.

Sie sah ihn an: »Mick, ich kann Ihren Frust vollkommen verstehen und die Sache mit Ihrer Mutter tut mir wirklich leid, aber lassen Sie es bitte nicht an Molly aus«.

Er schüttelte den Kopf: »Nein Miss Bennett. Molly kann genauso wenig dafür wie ich, aber ich muss mich eben auch erst an die neue Situation gewöhnen«.

Jetzt trank er die Cola aus und holte sein Portemonnaie hervor. »Ich habe morgen eine Prüfung. Sind Sie mir böse, wenn ich jetzt wieder gehe«?

Liz fasste ihn am Arm: »Nein und die Cola bezahle ich«.

Als Richard wieder an den Tisch kam, gab sie ihm ein gutes Trinkgeld. Er fragte nun leise: »Darf ich Sie vielleicht mal zum Essen einladen«? Liz lächelte. »Ja, warum eigentlich nicht«?

Richard schob ihr eine Visitenkarte zu und flüsterte: »Rufen Sie mich doch einfach mal an, wenn Sie Zeit haben. Ich würde mich sehr freuen«. Er drehte sich lächelnd um und ging.

Liz sah jetzt auf die Uhr und dachte erschrocken: `Ich muss los. Bestimmt wird Molly schon auf mich warten`.

**

Vincent Graham war auf dem Heimweg. Er konnte es nicht fassen, dass sein Sohn es fertig gebracht hatte, sich mit Liz zu treffen.

Und er hatte ihn vollkommen unterschätzt. Noch am Abend, nachdem er ihm von seiner langjährigen Beziehung erzählt hatte, glaubte er, dass er die Situation im Griff hätte.

Zwar war ihm klar, dass Mick erst einmal geschockt und auch verletzt war. Schließlich hatte er ja eben erfahren, dass sein Vater neben seiner Mutter und ihm noch eine andere Frau und ein weiteres Kind hatte.

Aber er war sich sicher, dass er sich bald daran gewöhnen und es auch irgendwann akzeptieren würde.

Doch er hatte nicht damit gerechnet, ihn mit Liz ausgerechnet in seinem Lieblings-Café` anzutreffen.

`Oder hatte sich doch Liz mit ihm verabredet`? grübelte er jetzt. Das musste er heute noch herausfinden, aber wie? Jetzt stand er an einer roten Ampel, die kurz darauf umschaltete. Vincent legte ruckartig den Gang ein und wendete seinen Wagen mitten auf der Kreuzung. Mit quietschenden Reifen drehte er und wollte gerade wieder Fahrt aufnehmen. Zwei große Scheinwerfer kamen auf ihn zu und ein dumpfer Ton war zu hören.

Im gleichen Moment klirrten Scheiben und ihm wurde schwarz vor Augen.

Als er wieder wach wurde, sah er sich blinzelnd um. Er fühlte sich wie gelähmt und konnte sich nicht bewegen. Langsam drehte er seinen Kopf zur Seite und sah auf ein gekipptes Fenster, vor dem sich eine weiße Gardine leicht durch den Luftzug bewegte.

Er hatte das Gefühl, dass jeden Moment seine Lippen vor Trockenheit und Durst aufspringen würden.

Er blickte an sich herunter. Ein Fuß war fest verbunden und schräg nach oben gelagert. Kabel gingen von seinem Oberkörper weg und waren mit einem Monitor verbunden, der leise vor sich hin piepste.

Fieberhaft überlegte er: `Was ist eigentlich passiert `?

Plötzlich ging die Tür auf und eine Schwester schaute ihn freundlich an. »Hallo Sir, ich bin Anne. Schön, dass sie wieder wach sind. Na, da haben Sie ja noch mal Glück gehabt«.

Vincent flüsterte: «Wo bin ich«? Die Schwester beugte sich über ihn und sagte: »Sie hatten einen Unfall und sind im Stadthospital. Haben Sie Durst«?

Er zwinkerte mit den Augen. Anne nahm einen Plastikbecher mit Wasser vom Tisch, indem ein Strohhalm steckte und hielt ihn vorsichtig an seine

Lippen. Dann kontrollierte sie seinen Blutdruck und sagte: »Das wird schon wieder Mr. Graham. Nachher kommt gleich der diensthabende Arzt zu Ihnen, aber ich muss jetzt erst einmal weiter«. Sie nickte ihm aufmunternd zu und zog leise wieder die Tür hinter sich zu.

Vincent schloss die Augen. `Ich hatte also einen Unfall`.

Erst jetzt merkte er auch, dass er einen Verband am Kopf hatte und dass etwas an seiner Schläfe pochte, ja regelrecht dröhnte. Das konnte nur eine Platzwunde sein, die er sich beim Aufprall zugezogen hatte.

Während er noch überlegte, klopfte es leise an seine Tür. Er schluckte und versuchte etwas zu sagen, da wurde auch schon die Klinke herunter gedrückt.

Vor ihm stand Mick. »Hey Dad«, sagte er leise. Dann zog er sich einen Stuhl heran und setzte sich.

»Hallo Mick«, flüsterte Vincent. »Ich bin sehr froh, dass Du da bist. Wer hat Dir denn gesagt, dass ich hier bin«?

Er antwortete: »Das Krankenhaus hat angerufen, als ich gerade wieder nach Hause kam. Wie geht es Dir? Hast Du Schmerzen«?

Er sah ihn an. »Es geht schon. Meinst Du, Du kommst daheim allein zurecht, solange ich hier bleiben muss«? Mick grinste: «Nein Dad, bestelle mir bitte eine Nanny«. Er brummte: »Ich werde mich ab jetzt daran gewöhnen, dass Du erwachsen bist«.

Er sah auf seinen Nachttisch. »Ich brauche ein Telefon. Könntest Du Dich darum kümmern«?

Mick beugte sich nach vorn. »Jetzt brauchst du erst einmal eine Zahnbürste, Rasierzeug und Seife. Und wahrscheinlich viel Schlaf. Um Dein Telefon kümmere ich mich morgen, ok«? Vincent nickte erschöpft und dachte: `Er hat ja recht. Mick hat recht`. Ohne noch etwas zu ihm sagen zu können, schlief er wieder ein.

**

Henry Parker und Emma Reynolds saßen im Wohnzimmer der Familie Patel. Rosie hatte Tee und gesalzene Cracker auf den großen Couchtisch gestellt und sagte nun:

»Liam muss jeden Moment kommen, aber vielleicht kann ich Ihnen auch weiterhelfen«.

Parker begann: «Ja vielleicht«. Er wollte gerade weitersprechen, als die Haustür hörbar klappte.

Eine dunkle Männerstimme rief: »Rosie? Bist Du da«?

»Ach Liam«, sagte sie erleichtert. »Komm bitte ins Wohnzimmer. Wir haben Besuch«.

Als er den Raum betrat, dachte Emma: `So habe ich ihn mir nicht vorgestellt, eher gutaussehend, groß und schlank`. Warum, das wusste sie selber nicht. Er kam ihr irgendwie bekannt vor, aber wahrscheinlich täuschte sie sich. Vor ihnen stand nun ein kleiner, etwas dicklich wirkender Mann, der mit Sicherheit bereits auf die Sechzig zuging. Er hatte weiße Leinenhosen an und sein Handgelenk zierte eine dicke goldene Panzerkette.

Liam Patel war bestimmt einen Kopf kleiner als seine Frau und höchstens 1,65 m groß.

An seine Frau gewandt, sagte er in scharfem Ton, der keinen Widerspruch zuließ: »Rosie, wir hatten doch ein für alle Mal geklärt, dass keine fremde Person das Haus ohne mein Wissen betritt«.

Nun sah er die Kommissare an. »Wer sind Sie«?
Henry stand auf, hatte bereits seine Dienstmarke in der Hand und hielt sie ihm entgegen.

Schroff sagte er: «Guten Tag Mr. Patel. Detective-Chief-Inspector Parker und Detective-Sergeant Reynolds von Scotland-Yard in Liverpool. Wir ermitteln in einem Mordfall und hätten ein paar Fragen an Sie. Wenn Sie es natürlich wünschen, bekommen Sie eine offizielle Vorladung und wir setzen das Gespräch in einer Police-Station fort. Ist Ihnen das lieber«?

Er hatte inzwischen auch einen konsequenten Ton in seiner Stimme, denn eine derartige Begrüßung wollte er sich nicht bieten lassen. Sie standen sich nun direkt gegenüber.

Liam räusperte sich etwas verlegen und entgegnete: »Ähm, nein natürlich nicht. Bitte nehmen Sie doch wieder Platz«. Henry ging langsam zurück zur Couch und setzte sich neben seine Kollegin.

Liam verschränkte im Stehen die Arme: »Dann bitte, wie können wir Ihnen weiter helfen«?

Der Kommissar sah ihn an und bemerkte, dass sich inzwischen auf Liams Glatze kleine Schweißperlen breit machten. Er überlegte einen Moment: `Was ist denn mit dem los`?

Henry begann: »Also gut Mr. Patel. Wir möchten Ihnen mitteilen, dass Ihre Schwester Margarethe vor drei Tagen verstorben ist. Unser Beileid«. Er machte eine kurze Pause.

Liam stand regungslos da. Henry Parker lehnte sich zurück und sah ihn ernst an. »Es scheint Sie ja nicht gerade zu erschüttern, dass Ihre Schwester gestorben ist. Vor allen Dingen auf so eine tragische Weise«.

Liam hob die Schultern. »Na und? Was haben meine Frau und ich damit zu tun«?

Henry sagte weiter: »Die Obduktion hat ergeben, dass sie über mehrere Wochen oft ein Bärlauch-Pesto gegessen haben muss, dass mit einer sehr ähnlichen aussehenden giftigen Pflanze vermischt war«.

Liam ging nun zu einem kleinen Tresen und holte eine Scotch-Flasche hervor. Ruhig schraubte er den Deckel ab, warf sich Eiswürfel ins Glas, goss Schnaps darüber und fragte scheinbar gelassen: »Für Sie beide auch«?

Henry ging nicht darauf ein.

Stattdessen sagte Liam: »Wissen Sie, mit meinen Geschwistern bin ich bis an mein eigenes Lebensende fertig. Das können Sie mir glauben«.

Henry wandte sich an Rosie: »Wann war Margarethe das letzte Mal hier im Haus«?

Bevor sie antworten konnte, sagte Liam: »Sie war zu Ostern hier beim Mum. Margarethe tauchte auf wie ein Geist und war am anderen Tag wieder verschwunden«.

Jetzt trank er sein Glas mit einem Ruck aus und setzte es absichtlich laut auf dem Tresen wieder ab.

Henry sah erneut Rosie an. »Die nächste Frage beantworten Sie bitte selbst Mrs. Patel. Hat Margarethe hier im Haus gegessen«?

Rosie schüttelte den Kopf: »Nein, natürlich nicht. Weder mein Mann noch ich möchten das. Wir haben ihr aber nie den Besuch bei ihrer Mutter verwehrt.
Schließlich hatte Mum, zumindest meiner Meinung nach, nichts mit den Streitereien aus der Vergangenheit zu tun«.

Emma sah zu Stacy herüber, die scheinbar teilnahmslos in ihrem Ohrensessel saß. »Versteht ihre Mutter eigentlich, über was wir hier reden«?
Liam stand nun, die Hände in seinen Hosentaschen vergraben, da und antwortete: »Keine Ahnung. Ich denke ja und nein. Gestern habe ich ihr von Margarethes Tod erzählt. Bis jetzt kam keine Reaktion«.

Parker horchte auf. »Sie wissen es also schon«?

Liam antwortete gleichgültig: »Ja, Vincent hat gestern hier angerufen«. Der Kommissar fragte: »So, Vincent Graham? Ich denke, Sie reden seit Jahren mit niemanden mehr aus der Familie«.

Liam setzte sich nun neben seine Frau »Das war auch das erste Mal seit Dad`s Beerdigung«.

Emma hakte nach: »Und was ist eigentlich mit Ihrem Bruder Howard? Weiß er schon davon«?

Liam nahm sich einen Cracker und sagte kauend: »Keine Ahnung, vielleicht hat Vincent sich auch bei ihm gemeldet. Ich wüsste nicht, warum wir das tun sollten.

Als sie uns das Geld aus der Tasche gezogen haben, waren die drei doch ein Herz und eine Seele«. Der zynische Ton in seiner Stimme war nicht zu überhören.

Parker wurde langsam ungehalten und sagte nun sichtlich genervt: »Also Mr. Patel. Fassen wir noch einmal zusammen. Wenn Margarethe Graham hierher kam, hat sie weder bei Ihnen im Haus etwas gegessen, noch hier übernachtet. Ist das richtig«? Liam nickte: »Ja richtig, das wäre ja auch noch schöner gewesen, dass wir sie hier gratis verköstigt hätten«.

Henry Parker fragte weiter: »Und das letzte Mal war sie zu Ostern hier. Was haben Margarethe und ihre Mutter in dieser Zeit gemacht«?
Liam überlegte: »Sie waren im Kräutergarten, den meine Mutter mehr schlecht als recht pflegt und

am Nachmittag waren sie meines Wissens gemeinsam bei Howard.

Abends hat sie Mum wieder hierher gebracht und soweit ich weiß, ist sie dann zurück in ihre Pension gefahren. Am folgenden Tag fuhr sie wieder zurück nach Liverpool«.

Emma beugte sich leicht nach vorn. »Woher wissen Sie das alles so genau«? Liam hob die Schultern: «Naja, man hat so seine Informanten«.

Emma lehnte sich wieder zurück und dachte: `Aha, er tat also nur so, als ob es ihn nicht interessiert. In Wirklichkeit hat er jeden Schritt und Tritt von Margarethe überwacht, wenn sie hier war`.

Henry holte einen kleinen Block und einen Kugelschreiber aus der Tasche und sah Liam mit ernster Miene direkt ins Gesicht. »Bitte mal die Namen Ihrer sogenannten Informanten«.

Er antwortete gespielt gleichgültig: »Ich werde Ihnen diese Namen nicht nennen. Da können Sie sich auf den Kopf stellen«.

An seine Frau gewandt, fragte Parker: »Und Sie? Können Sie mir einen Namen sagen«? Rosie blickte unsicher auf den Boden und schüttelte den Kopf.
»Gut«, sagte Henry. »Dann eben nicht. Aber wir werden es herausfinden«.

Jetzt sprang Liam auf und rief erbost: »Was wollen Sie eigentlich von uns? Verdächtigen Sie uns etwa, etwas mit Margarethes Tod zu tun zu haben«?

Henry Parker steckte gelassen seinen Kugelschreiber und den Block in die Innentasche seines Sakkos.

»Vielleicht, vielleicht auch nicht, aber Sie machen im Moment nicht gerade den Eindruck, uns bei den Ermittlungen helfen zu wollen«.

Emma wandte sich noch einmal an Rosie und fragte provokant: »Mrs. Patel, wovor haben Sie eigentlich Angst? Vor Ihrem Mann, oder das wir irgendetwas herausfinden«?

Liam sagte: »So, jetzt ist es genug. Ich möchte Sie jetzt bitten, wieder zu gehen«.

Henry stand auf. »Ja wir werden jetzt gehen Mr. Patel. Aber sie nennen uns bitte noch den Namen der Pension, in der Margarethe übernachtet hat. Das werden Sie ja von Ihren sogenannten Informanten auch gewusst haben.
Und Sie geben uns die Anschrift Ihres Bruders Howard. Dann sind wir erst mal weg. Im Moment glaube ich allerdings, dass wir wieder kommen werden«.

Liam stampfte zu einem Sekretär und holte eine Visitenkarte heraus. »Hier, die Kontaktdaten der Pension. Und Howard wohnt in der Linford-Residenz am anderen Ende der Stadt. Man kann es nicht verfehlen«.

Parker sagte gedehnt: »Herzlichen Dank Mr. Patel. Und bemühen Sie sich nicht, wir finden selbst hinaus. Auf Wiedersehen«.

Er nickte Rosie und dann ihrer Schwiegermutter Stacy freundlich zu und ging zur Haustür. Emma folgte ihm.

Als sie wieder am Auto standen, zündete er sich einen Zigarillo an und sagte: »Wissen Sie Emma, ich habe einen Bruder. Wir haben auch manchmal gestritten, allerdings nur um vergleichbar banale Dinge. Jetzt gibt es jedes Jahr mehrere Familientreffen mit Barbecue und allem was dazu gehört. Und die Kinder spielen miteinander.

Heute wurde mir klar, was ich für eine tolle Familie habe. Das war mir bis gerade eben nicht bewusst«.

Sie sah auf ihre Armbanduhr. »Sir, es ist schon nach fünf. Wenn wir zu dieser Pension und zu Howard wollen, müssen wir uns beeilen. Schließlich haben wir noch einen langen Rückweg«.

Henry überlegte und schüttelte den Kopf.
»Das schaffen wir heute nicht alles. Wissen Sie was? Wir fahren jetzt genau zu dieser Pension, nehmen uns zwei Zimmer und dann rufe ich selbst im Kommissariat in Liverpool an. Und wenn wir schon einmal hier sind, sollten wir auch unbedingt mit diesem Callum Smith sprechen, der damals die Ermittlungen nach der Schlägerei geführt hat. Finden Sie bitte seine Adresse heraus. Außerdem müssen wir zu Howard Patel. Ich möchte unbedingt den Bruder von Liam kennenlernen«.

Emma schluckte und Henry wusste sofort, was sie dachte. »Aber als erstes telefonieren Sie aber mit Riley und erklären Sie es ihm. Er wird es genauso verstehen, wie meine Frau. Da bin ich ziemlich sicher«.

Sie setzten sich ins Auto und fuhren davon.

**

Liz eilte nach ihrem Treffen mit Mick nach Hause.

Als sie die Tür aufschloss, rief sie: »Hallo Molly, bist Du da«? Sie hängte ihren Schlüsselbund ans Bord und zog sich die Jacke aus. »Hallo Molly, wo bist Du«? rief sie wieder. Es kam keine Antwort.

Sie rannte nach oben und öffnete ihre Zimmertür. Molly lag schluchzend im Bett und weinte. Liz sah sie erschrocken an. »Hey, was hast Du denn? Tut Dir etwas weh«? Molly antwortete: »Nein, aber Mick hat vorhin angerufen. Dad liegt im Krankenhaus, er hatte einen Unfall«. Liz fragte erschrocken: »Was hat er denn genau gesagt? Ist es schlimm«?

»Ich weiß nicht Mum«. Liz nahm sie in den Arm und flüsterte: »Ich werde Mick anrufen und nachfragen. Mach Dir keine Sorgen, das wird schon wieder«.

Sie ging nun schnell nach unten und wählte die Telefonnummer der Grahams.

Als sich Mick meldete, war sie erleichtert und fragte: »Hallo Mick, hier ist Liz. Stimmt es, dass Vincent einen Unfall hatte? Wie geht es ihm«?

Er antwortete: »Ja, es stimmt, aber das Schlimmste hat er, glaube ich überstanden. Ich bringe ihm morgen ein paar Sachen. Mehr kann ich im Augenblick nicht sagen. Ich muss auch noch in der Schule Bescheid geben«.
Eine Weile schwiegen sie, bis er sagte: »Er ist, nachdem wir uns im Café getroffen hatten, zu schnell gefahren.

Wahrscheinlich hatte es ihn zu sehr aufgeregt uns gemeinsam zu sehen und an einer Ampel ist es dann passiert. Er hat einem Kleinlaster die Vorfahrt genommen«.

Liz überlegte kurz und fragte nun: »Mick, Sie sind doch heute allein Möchten Sie vielleicht zum Abendessen kommen? Natürlich nur, wenn Sie wirklich wollen, aber Molly würde sich bestimmt darüber freuen«.

Er antwortete etwas unsicher: »Ich weiß nicht recht Miss Bennett«. Sie sagte: »Ach kommen Sie doch vorbei. Wir essen in einer Stunde«.

«Na gut, ich komme vorbei«. sagte er zögernd.
Sie legten auf und Liz lief sofort wieder nach oben. Molly lag immer noch mit roten Bäckchen auf ihrem Bett.

Liz sah sie strahlend an. »Was glaubst Du, wer uns heute noch besucht und mit uns einen leckeren Käseauflauf essen wird«?

Sie setzte sich auf und sah ihre Mutter fragend an.

»Ich weiß nicht, wer denn«? Liz antwortete: »Mick kommt zu uns«.

Kurze Zeit darauf hatte Molly in der Küche den Tisch gedeckt und faltete gerade die letzte Serviette, als es an der Haustür klingelte. Sie rief: »Ich gehe schon Mum«.

Liz sah ihr zufrieden nach. Sie wusste, dass sie ihr keinen größeren Gefallen hätte tun können.

Mick hatte einen kleinen Blumenstrauß in der Hand und ein Päckchen unter dem Arm.

»Hallo«, rief sie ihm entgegen«. Komm doch rein«.

Er lächelte. »Hallo Molly, schön Dich zu sehen«. Dann gab er ihr das Päckchen. »Für mich«? rief sie.

Er nickte. «Ja ein Buch. Und die Blumen sind für Deine Mum. Ich habe sie am Bahnhof gekauft. Und ich hatte Glück, denn die Ladenbesitzerin wollte gerade schließen«.

Liz sagte: »Oh, das ist aber nett«.

Nach dem Essen sah Liz Molly an. »So, Du gehst jetzt unter die Dusche und Zähneputzen nicht vergessen«.

Molly protestierte: »Ach Mum, kann ich heute nicht ein bisschen länger aufbleiben«?

Sie schüttelte den Kopf. »Morgen früh musst Du wieder pünktlich aufstehen, aber vielleicht liest Dir Mick aus dem Buch noch etwas vor«. Molly sah ihn an. »Machst Du das«? Er nickte: »Klar doch«. Molly strahlte und rannte die Treppe nach oben.

Als sie allein waren, sagte Liz: »Danke Mick. Ich freue mich sehr, dass Sie so nett zu ihr sind«.

Er lehnte sich zurück.»Ich habe zu danken, vor allen Dingen für das Essen. Ich hätte wahrscheinlich den Abend mit Ravioli aus der Dose zugebracht«.

Sie fragte nun: »Wissen Sie, wie lange Vincent in der Klinik bleiben muss«? Er hob die Schultern.

»Keine Ahnung, wie lange das dauert, aber so hat er auch mal Zeit um nachzudenken, ob er nun will oder nicht«.

Vorsichtig fragte sie: »Gibt es eigentlich schon etwas Neues wegen Ihrer Mum«? Er antwortete: »Naja, Scotland-Yard war heute noch einmal im Haus. Sie haben irgendwelche Gläser aus der Speisekammer mitgenommen. Keine Ahnung, wonach sie gesucht haben. Und dann kam ja Ihr Anruf. Ich bin sehr froh, dass ich heute nicht allein sein musste«.

Er sah sie resigniert an: »Früher war ich froh, wenn Mum und Dad mal weg waren. Naja, so ändern sich die Zeiten«.

Liz sagte nun »Wir könnten uns doch eigentlich duzen. Was soll der Unsinn mit dem `Sie`«?
Sie stand auf, ging zu einem Wandschrank und holte zwei kleine Gläser und einen Himbeerlikör heraus.

Als sie eingeschenkt hatte sagte sie: »Komm, das haben wir uns verdient. Prost, ich bin Liz«.

Sie stießen an. «Und ich Mick«.

In diesem Moment eilte Molly zurück. »So, alles erledigt. Mick, komm, ich zeige Dir mein Zimmer und dann hole ich das neue Buch«.

Er antwortete lächelnd: »Ich wusste gar nicht, wie anstrengend eine kleine Schwester sein kann«.

Sie gingen nach oben. Liz sah ihnen nachdenklich hinterher und dachte: `Nie im Leben hätte ich gedacht, dass alles mal so kommen würde`.

Nachdem sie das restliche Geschirr abgeräumt hatte, setzte sie sich wieder an den Küchentisch und betrachtete den kleinen Blumenstrauß, den er ihr mitgebracht hatte.

Sie überlegte, wann sie das letzte Mal welche bekommen hatte. Es musste mindestens fünf Jahre her sein. Jetzt hörte sie, wie er leise die Treppe wieder herunterkam. »Molly ist, während ich vorgelesen habe, eingeschlafen. Muss ja wohl eine langweilige Geschichte gewesen sein«.

Liz lächelte. »Naja, sie hatte heute einen Schulausflug in ein Museum am Albert Dock. Ich glaube, dass das alles ein bisschen viel für sie war«.

Mick wiegte den Kopf: »Ja, kann schon sein. Ich denke, dass das auch für uns im Moment alles ein bisschen zu viel ist. Aber jetzt werde ich wieder nach Hause gehen. Vielen Dank für das Essen und einen schönen Abend noch«.

Er nahm seine Jacke und drehte sich an der Haustür noch einmal um. »Ich werde es Dad morgen im Krankenhaus erzählen, dass ich hier war«.

Sie nickte: »Mach`s gut und komm bald mal wieder vorbei. Solltest Du bei etwas Hilfe brauchen, dann rufe mich ruhig an«. Leise schloss er die Tür.

Sie ging nun ins Wohnzimmer, schaltete den Fernseher ein und setzte sich auf die Couch. Eigentlich lief heute so wie jeden Donnerstag ihre Lieblingsserie, aber sie konnte sich einfach nicht darauf konzentrieren.

Zu viel war in den letzten Tagen passiert.

**

Die Kommissare Henry Parker und Emma Reynolds waren zu der Pension gefahren.

Die Wirtin hieß Agnes Walsh und war eine ältere korpulente Frau. Sie gab ihnen zwei Einzelzimmer.

»Wir bieten aber nur Übernachtung und Frühstück an«, sagte sie freundlich.

»Aber hier gleich gegenüber gibt es einen guten Pub, indem sie später essen könnten«.

Sie suchte jetzt nach den Schlüsseln und lief über eine kleine knarrende Treppe, die mit einem dicken Teppich belegt war, in den ersten Stock hinauf.

Henry und Emma bedankten sich. Sie sagte zu ihm: »Wir haben überhaupt nichts dabei, nicht mal eine Zahnbürste, aber vorn an der Straßenecke habe ich einen kleinen Laden gesehen. Dort könnten wir das Nötigste kaufen, bevor wir in diesen Pub gehen«.

Henry nickte. »Jetzt rufe ich erst einmal unsere Dienststelle an, dann meine Frau und Sie sollten Riley informieren. Er macht sich sonst bestimmt Sorgen«.

Sie gingen wieder nach unten.
Die Wirtin saß an der Rezeption, hatte ihre Lesebrille auf und kontrollierte noch einmal die Buchungen der kommenden Woche.

Emma fragte: »Dürften wir Ihr Telefon benutzen? Ich habe leider hier auf der Straße keins gesehen. Wir bezahlen natürlich dafür«.

Die Wirtin wiegte den Kopf. »Naja, eigentlich ist das nicht üblich«.

Henry sagte: »Sie sollten wissen, dass wir von Scotland-Yard aus Liverpool sind und hier gerade Ermittlungen durchführen«.

Sie sah ihn überrascht an: »Ach so, das ist natürlich etwas anderes. Kommen Sie bitte mit«.

Am Ende eines kleinen Flures zog sie einen Vorhang an die Seite. »Hier habe ich einige Bürosachen und da steht auch ein Telefon. Ich berechne Ihnen pro Ferngespräch dann ein Pfund. Ist das ok«?

Henry nickte zufrieden. «Ja natürlich«.
Sie ging wieder. Er wählte hastig die Nummer der Police-Station und erklärte einem diensthabenden Officer die Situation. Dann rief er seine Frau an. Als er wieder aufgelegt hatte sagte er:

»Meine Frau weiß nun Bescheid und unsere Tochter Amy ist auch wieder fit. Ich lasse Sie jetzt alleine und warte vorn an der Rezeption auf Sie. Sagen Sie Riley einen Gruß von mir«. Emma nahm den Telefonhörer.

Als Henry wieder bei der Wirtin war, saß die mit dem Taschenrechner über ihren Reservierungen und murmelte leise etwas vor sich hin.

Henry sagte: »Sagen Sie mal, bei Ihnen war doch hin und wieder eine gewisse Margarethe Graham im Haus«.

Die Wirtin legte ihren Stift weg und fragte: »Sie meinen Mrs. Graham aus Liverpool? Ja natürlich, eine sehr nette Frau. Was ist denn mit ihr«?

Der Kommissar sah sie ernst an. »Mrs. Graham ist leider tot«. Die Wirtin starrte ihn entsetzt an.

«Sie war doch erst Ostern, also vor drei Wochen hier. Wie konnte denn das passieren, hatte sie etwa einen Unfall«? Henry schüttelte den Kopf. »Nein, Mrs. Graham wurde ermordet«.

Die Wirtin machte große Augen. »Was, ermordet? Wer sollte denn dieser netten Dame so etwas antun? Das ist ja unglaublich. Sie war immer so freundlich«.

Henry fragte weiter: »Hat sie mal bei Ihnen etwas Näheres über ihre Besuche bei ihrer Mutter oder bei ihrem Bruder erzählt«?

Die Wirtin überlegte: »Eigentlich nicht. Sie kam hier immer mit dem Taxi an, stellte ihre Reisetasche ab und besuchte dann gleich ihre Mum und Howard, den armen Kerl. Spät abends kam sie dann zurück, aber da war ich natürlich nicht mehr hier«.

Henry hakte nach: »Kannten Sie Howard näher«?

Die Wirtin sagte: »Mein Neffe und er sind vor vielen Jahren gemeinsam zur Schule gegangen, aber sie haben keinen Kontakt mehr.

Howard geht ja nicht mehr zu den Klassentreffen und auch sonst ist er nirgends zu sehen. Naja, ich kann es verstehen, aber es tut ihm sicher nicht gut.

Was macht er wohl, wenn nun auch Margarethe nicht mehr kommt? Darüber darf man gar nicht nachdenken«.

Inzwischen war nun Emma bei ihm und sagte: »Ok, wir können los«.

Henry fragte noch: »Sind Sie morgen auch hier, falls wir noch Fragen hätten«?

Agnes antwortete: »Ab sieben bin ich immer hier, weil ich das Frühstück für die Gäste mache. Gegen halb zwölf mache ich für vier Stunden Pause«.

Henry winkte ab: »Ich hoffe das wir mögliche Fragen bis Mittag geklärt haben. Wir müssen schließlich zurück nach Liverpool. Aber vielen Dank und einen schönen Abend noch«.

Sie nickte freundlich: »Und Ihnen viel Spaß im Pub, aber passen Sie beim Bier auf. Dort wird etwas Hochprozentiges ausgeschenkt. Ich hatte schon Gäste, die am nächsten Morgen über sehr starke Kopfschmerzen klagten«.

Emma lächelte: »Danke für den Tipp, gut zu wissen«.

Schnell gingen sie in den kleinen Laden an der nächsten Straßenecke und kauften Zahnpasta, Duschgel und Deo.

Als sie wieder draußen vor der Tür standen, begann es zu regnen. »Jetzt aber los«, sagte Henry. »Ich möchte nicht auch noch nass werden«.

Als sie den Pub betraten, sahen sie sich um. Viel war nicht los. Ein paar Jugendliche spielten Billard und einige wenige Gäste saßen an rustikalen Holztischen, die mit kleinen karierten Tischdecken belegt waren.

Sie setzten sich, Henry nahm die Speisekarte und hielt sie ihr hin. »Emma, ich lade Sie heute ein. Suchen Sie sich etwas aus«. Sie sah ihn etwas skeptisch an. »Oh danke Sir. Aber ich habe heute Mittag schon gesündigt. Ich werde nur einen kleinen Salat essen«.

Er lächelte: »Ach was, kommen Sie schon. Nehmen Sie ein gutes Rindersteak. Ihre Diät können Sie doch auch morgen beginnen«.

Jetzt winkte den Kellner heran. »Bringen Sie uns bitte zwei große Guinness, ok«? Kurz darauf stießen sie an, nachdem er auch das Essen bestellt hatte.

Er fragte: »Was hat eigentlich Riley dazu gesagt, dass Sie gewissermaßen mit mir hier übernachten«?

Emma stellte das Glas ab. »Naja, anfangs war er nicht begeistert. Ich habe mich aber gar nicht erst auf eine Diskussion eingelassen und werde mir hier weder den Abend verderben lassen, noch schmollend auf mein Zimmer gehen«.

Henry nickte und hob sein Glas. »Ok, also auf einen schönen Abend Emma«.

Nach dem Essen sagte er: »Morgen früh sprechen wir gleich noch einmal mit der Wirtin der Pension.

Vielleicht ist ihr noch etwas eingefallen und dann fahren wir in diese Residenz zu Howard Patel. Hoffentlich ist er ein bisschen netter als sein Bruder Liam«.

Emma grübelte vor sich hin. Sie schien ihm gar nicht zuzuhören. »Was haben Sie denn«, fragte er. Sie sah ihn an. »Wissen Sie, was mir gerade einfällt«?

»Nein, keine Ahnung, was denn«?

Sie begann: »Liam sagte doch, dass seine Mutter einen Kräutergarten hat, den sie mehr schlecht als recht pflegt.

Und Stacy Patel ist dement, wovon wir uns ja selbst überzeugt haben.

Könnte es nicht sein, dass Margarethe von dort dieses Pesto hatte und die ganze Tragödie einfach nur auf eine böse Verwechslung dieser Pflanzen beruht«?

Henry stellte sein Glas ab. `Sie könnte recht haben. Auf die Idee bin ich noch nicht gekommen`.

»Sehr gut Emma, dass mit diesem Kräutergarten wurde nur einmal am Rande erwähnt. Wir müssen also morgen nochmal zu Liam und fragen, ob sie dieses Zeug dort auch angepflanzt haben«.

Emma lehnte sich sichtlich zufrieden zurück und sah zur Bar, wo ein älterer Mann saß, der sie schon eine Weile zu beobachten schien. Immer wieder sah er zu ihnen herüber. Sie flüsterte: »Sir, schauen sie mal. Der Typ an der Bar beobachtet uns schon die ganze Zeit«.

Henry überlegte kurz: »Das werden wir gleich haben«. Er stand auf, lief direkt auf ihn zu und sagte zu ihm: »Guten Abend, meine Kollegin und ich haben das Gefühl, von ihnen beobachtet zu werden. Tun Sie das aus einem bestimmten Grund«?

Der Mann stellte sein Glas ab: »Naja, ich bin oft in diesem Pub, aber Sie habe ich hier noch nie gesehen.

Ich wollte sie aber nicht stören. Doch ich frage mich, ob Sie vielleicht Polizisten sind. Eigentlich erkenne ich das immer sofort«.

Henry lehnte sich mit einem Arm auf den Tresen und fragte zurück: »So? Woran kann man das denn sehen«?

Der Mann lächelte. »Weil ich selber einer bin, zwar pensioniert, aber einmal Bulle immer Bulle, wie man so schön sagt«.

Henry bekam große Augen. »Sind Sie etwa Callum Smith? Das wäre ja ein Zufall«.

Er nickte. »Ja, genau der bin ich. Und Sie sind«?
Henry hielt ihm die Hand entgegen. »DCI Henry Parker aus Liverpool. Kommen Sie doch bitte an

unseren Tisch, ich möchte Sie meiner Kollegin vorstellen«.

Als sie bei ihr waren, sagte Henry: »Emma, Sie hatten recht. Wir wurden sehr wohl beobachtet. Darf ich vorstellen? Das ist Callum Smith, Sie hatten doch bereits mit ihm telefoniert«.

Emma gab ihm die Hand. »Das freut mich sehr und bitte setzen Sie sich doch«.

Henry bestellte eine weitere Runde Bier und begann:

»Mr. Smith, wir waren heute bei Liam Patel. Also ich kann Ihnen sagen, uns hat`s vielleicht gereicht«.

Callum nickte: »Naja, er ist bestimmt kein einfacher Mensch und Rosie hat sicher nicht viel zu lachen. Sie trifft sich regelmäßig in einer Selbsthilfegruppe, wo auch meine Frau dabei ist«.

Emma fragte: »Was denn für eine Selbsthilfegruppe«?

Callum lehnte sich zurück. »Wir konnten nie Kinder bekommen, wissen Sie. Jahrelang haben wir alles versucht, aber dabei blieb es leider.

Wir haben uns zwar längst damit abgefunden, aber soweit ich weiß, Liam nicht. Er gibt immer noch Rosie die Schuld und sie leidet nach wie vor sehr darunter«.

Emma schüttelte den Kopf. »Das ist ja furchtbar. Jetzt wundert mich auch nicht, warum wir sie heute so eingeschüchtert erlebt haben«.

Callum nickte. »Ja, sie steht bei Liam schon immer unter dem Pantoffel, so wie er früher bei seiner Mutter«.

Henry horchte auf: »Wir haben Stacy Patel gesehen. Keinen Mucks hat sie die ganze Zeit von sich gegeben«.

Callum winkte ab. »Oh, sie hätten sie früher erleben sollen, das genaue Gegenteil. Liam und sein Zwillingsbruder hatten es nicht gut«.

Emma fragte erstaunt: »Was? Liam und Howard sind Zwillinge«? Callum schüttelte den Kopf.

»Nein, das sind sie nicht. Stacy Patel war zweimal verheiratet und hatte aus erster Ehe zwei Söhne. Stuart und Liam«. Henry staunte: »Stuart? Den Namen haben wir ja noch nie gehört. Und wer war der Vater«?

Callum trank sein Bier aus und setzte sein Glas ab.

»Ein gewisser Adam Prinsloo. Er starb, als die Jungs gerade zwei Jahre alt waren. Naja, Stacy arbeitete schwer in einer Fabrik, die ihrem späteren zweiten Mann, Arthur Patel gehörte«. Henry fragte nun:

»Und was ist mit diesem Stuart? Lebt er noch und wenn ja, wo«?

Callum hob die Schultern. »Keine Ahnung, die Brüder wurden getrennt. Ich meine damit, Stuart wurde warum auch immer, als kleiner Junge zur Adoption freigegeben.

Er könnte überall sein und jetzt auch ganz anders heißen«. Die Kommissare sahen sich erstaunt an.

Henry grübelte: »Meinen Sie, dass Liam, Howard oder Margarethe nach ihm gesucht haben«?

Callum sah ihn ernst an. »Auch das kann ich nicht sagen. Ich habe Liam damals nach der Schlägerei mit Howard danach gefragt. Er sagte nur, dass er nichts wisse.

Aber wenn ich es mir recht überlege, glaube ich, dass er einfach nichts wissen will und froh ist, wenn sich Stuart nicht meldet. Möglicherweise müsste er sonst auch ihn auszahlen«.

Emma überlegte: »Liam Patel hieß also früher Liam Prinsloo, richtig«?

Callum nickte. »Ja. Er wurde später von Arthur Patel adoptiert. Stacy und er haben sechs und acht Jahre später ihre zwei eigenen Kinder, Margarethe und Howard, bekommen«.

Callum ergänzte weiter: »Liam hat, soweit ich weiß, ständig um die Gunst seines Stiefvaters gebuhlt.

Er hat sich ihm bedingungslos untergeordnet und immer alles getan, was er wollte. Vielleicht hatte er aber nur Angst, dass er, wie sein Bruder, die Familie verlassen muss«.

Henry war fassungslos, denn er konnte sich nicht vorstellen, dass man sein eigenes Kind weggeben würde, aus welchem Grund auch immer.

Er fragte nun: »Was wurde aus der Fabrik? Warum ist sie nicht im Familienbesitz geblieben«?

Callum erklärte: »Arthur Patel hatte viele Jahre Verluste eingefahren und deshalb wurde die Fabrik schließlich verkauft. Das Einzige, was der Familie blieb, war die Villa und wer die jetzt hat, wissen Sie ja«.

Henry ergänzte: »Aber die Familie ist zerstört und Margarethe ist tot. Für kein Geld der Welt möchte ich tauschen«.

An Callum gewandt sagte er: »Vielen Dank Mr. Smith. Was Sie uns heute erzählt haben, hätten wir wahrscheinlich allein nicht so schnell herausgefunden.

Wir bleiben auf jeden Fall in Kontakt und sollten Sie mal nach Liverpool kommen, rufen Sie uns an. Wir würden uns sehr freuen. Stimmt`s Emma«?

Sie nickte. »Ja klar würden wir uns freuen«.

Callum stand auf und zog seinen Trenchcoat über.

»Ich wünsche Ihnen bei den Ermittlungen viel Erfolg und kommen Sie gut nach Hause«.

Henry sah seine Kollegin an. »Ich glaube, wir sollten auch gehen, denn morgen haben wir einiges zu tun«.

Als sie den Pub verließen und vor der Tür standen, atmeten beide tief durch. Die kalte Frühlingsluft tat ihnen gut. Nachdenklich gingen sie zurück in die Pension.

**

Vincent Graham wurde am nächsten Morgen etwas unsanft geweckt.

Er wusste nicht, wie lange er geschlafen hatte, und als ihn das Neonlicht an der Decke blendete, kniff er die Augen zusammen.

Er hörte Stimmen um sich herum. Zwei Pfleger waren damit beschäftigt, ein Bett neben ihn zu stellen.

Langsam drehte er den Kopf zur Seite und blinzelte durch die Augenlider. Schemenhaft sah er einen Mann, der mit einem dicken Kopfverband im Bett lag und an mehrere Monitore angeschlossen wurde.

Und wieder verspürte er diesen unsäglichen Durst. Mit trockenen Lippen flüsterte er: »Hallo, können Sie mir helfen«? Jemand beugte sich über ihn und sagte leise: »Wir sind gleich bei Ihnen«.

Als er schließlich lauwarmes Wasser in seinem Mund spürte, entspannte er sich. Der Pfleger fragte: »Ist es ein bisschen besser«? »Ja, vielen Dank«.

Ein Fenster wurde geöffnet und das Licht im Raum wurde ausgeschaltet, dann war es wieder still.

Die kalte Morgenluft strömte in den Raum und vertrieb den stickigen Geruch der letzten Nacht.

Ein neuer Tag begann. Draußen war es noch dunkel, doch man hörte schon Autos und vorbeieilende Passanten.

Jetzt sah er wieder zu seinem Nachbarn, der gleichmäßig atmete. Er schien fest zu schlafen.

Langsam wurde es hell und inzwischen zwitscherten einige Amseln auf der Wiese vor dem Krankenhaus.

Vincent lauschte und begann zu lächeln. `Wie lange habe ich das am Morgen nicht mehr gehört`?

Ruhig lag er da, bis eine Schwester hereinkam. Er musste noch einmal eingeschlafen sein, aber jetzt war er hellwach.

»Guten Morgen meine Herren«, sagte sie gutgelaunt.

Vincent nickte leicht mit dem Kopf. Sein Bettnachbar rührte sich allerdings überhaupt nicht. Anne ging zu ihm, prüfte alle Anzeigen und sagte zu sich selbst: »Er braucht noch Ruhe«.

Dann kam sie zu Vincent. »Wie geht es Ihnen heute? Haben Sie noch Schmerzen«?

Er antwortete: »Ja, es geht schon, aber ich habe Hunger«. Sie nickte. »Das glaube ich Ihnen. Sie haben ja gestern das Abendessen verschlafen«.

Schnell kontrollierte sie seinen Blutdruck und sagte: »In einer halben Stunde bekommen Sie etwas, ok«?

Sie schloss das Fenster und war wieder verschwunden.

Quälend langsam verging die Zeit. Als endlich wieder die Tür aufging und er den Geruch von frischem Kaffee roch, war er froh. Ein Pfleger richtete sein Lattenrost auf.

Nach dem Frühstück sah er auf die Uhr. Es war gerade halb neun. Er überlegte: `Mick konnte frühestens am Nachmittag zu ihm kommen, bis dahin muss ich mich gedulden`.

Er betrachtete sein dick verbundenes Bein. `Bestimmt ist da irgendetwas gebrochen und was ist mit meinem Kopf`? grübelte er.

Er tastete über den Verband. Zumindest dieser pochende Schmerz, den er gestern noch spürte, war nicht mehr da.

Die Tür ging auf und zwei Ärzte betraten mit Schwester Anne den Raum. Einer nahm sich sein Krankenblatt, las kurz und sagte nun:

»Guten Morgen Mr. Graham, ich bin Dr. Long. Wie geht es Ihnen heute«? Vincent antwortete heiser: »Es geht schon wieder. Was ist eigentlich mit meinem Fuß«?

Der Arzt sagte ruhig: »Sie haben sich bei dem Autounfall das Schienbein gebrochen, aber das wird schon wieder. Sie müssen nur ein bisschen Geduld haben. Was machen Ihre Kopfschmerzen«?

»Ich glaube, ich habe fast keine mehr«, antwortete Vincent leise. »Aber was habe ich denn da für eine Verletzung«?

Dr. Long sah ihn an: »Naja, Sie hatten eine große Platzwunde oberhalb der Augenbraue und dabei viel Blut verloren. Das sah aber auch schlimmer aus, als es letztendlich war. Wir machen heute sicherheitshalber noch einige Tests und wenn es da nichts Neues gibt, könnten Sie bald wieder nach Hause. Sind Ihre Angehörigen informiert worden«?

Vincent nickte langsam. »Ja, mein Sohn war gestern hier«.

Während sich Dr. Long auf dem Krankenblatt Notizen machte, fragte er: »Haben Sie auch eine Frau«?

Vincent sah ihn nicht an, als er antwortete: »Nein, leider nicht mehr«.

Etwas verlegen gab Dr. Long Schwester Anne das Krankenblatt zurück. »Kommen Sie daheim allein zurecht«? Vincent flüsterte: »Ja, ich denke schon«. Der Arzt nickte ihm noch einmal aufmunternd zu. »Mein Kollege Dr. Wesley wird Sie gleich noch einmal untersuchen, ja? Ich muss weiter«.

Als er wieder allein war, dachte er: `Margarethe, Du fehlst mir`. Seltsamer Weise fiel ihm Liz nicht einen Moment lang ein.

Der Vormittag verging. Sein Bein wurde geröntgt und der Kopfverband durch ein Pflaster ersetzt. Vincent fühlte sich ein bisschen besser und saß nach dem Mittagessen mit seinem Rollstuhl in der Besucherecke des Flures und hatte eine Tageszeitung vor sich. Im Grunde wollte er gar nichts lesen, sondern hielt nach Mick Ausschau, aber er kam einfach nicht.

Immer wieder sah er nach vorn zur Zwischentür. Plötzlich stutzte er. `War das Liz, die da eben den Flur entlang kam? Und sie hatte ein Kind an der Hand, das musste…`. Er wollte nicht zu Ende denken, aber da stand sie tatsächlich vor ihm. Sie lächelte und sagte nun: »Hallo Vincent«. Er räusperte sich etwas verlegen: »Hallo«.

Dann sah er zu Molly, die ihn gebannt anschaute. Liz sagte schnell: »Ich habe Molly mitgebracht. Mick hat uns gestern erzählt, dass Du einen Unfall hattest und im Hospital bist. Sie wollte Dich unbedingt heute besuchen«.

»Bitte setzt Euch doch«, antwortete er verlegen. »Ich kann Euch aber nichts außer Wasser oder Tee anbieten«.

Liz sah ihn an. »Danke Vincent, wir brauchen nichts. Wie geht's es Dir denn heute«?

Er winkte ab. »Naja, es geht schon. Das Schienbein ist zwar gebrochen, aber ich muss schon nicht mehr im Bett liegen. Und morgen kann ich wieder nach Hause. Ich hoffe natürlich, dass Mick mich ein bisschen unterstützt, dann werde ich schon zurechtkommen«.

Jetzt sagte Molly plötzlich: »Ich könnte Ihnen auch helfen, wenn Mick keine Zeit hat«. Vincent schluckte und sah zwischen ihr und Liz unsicher hin und her.

»Molly, Du kannst mich ruhig duzen und wenn Du willst, kannst Du auch gerne mal bei uns vorbeischauen. Natürlich nur, wenn Du Lust dazu hast«.

Molly begann zu strahlen: »Wirklich«? fragte sie.

Vincent sah sie etwas unsicher an und dann schaute er wieder zu Liz. Sie sagte nun: »Ich muss mit Dir reden«.

Plötzlich öffnete sich die Zwischentür und Mick kam den Flur entlang. Als Molly ihn erkannte, lief sie ihm entgegen. Er stutzte, als er sie hier traf. »Nanu, was macht Ihr denn hier«? Als er bei ihnen war sagte er:

»Hallo Dad, wie geht es Dir? Wie ich sehe, bist Du nicht mehr im Bett«. Er antwortete: »Es geht voran und morgen kann ich schon wieder nach Hause. Wie war heute Deine Prüfung in Geschichte«?

Mick setzte sich auf einen Stuhl. »So lala. Bei einer Frage weiß ich nicht, ob ich das Thema verfehlt habe, aber sonst ging`s«.

Er überlegte: »Dann brauche ich also nicht mehr wegen des Telefonanschlusses in Deinem Zimmer fragen, oder? Lohnt sich doch gar nicht mehr«.

Vincent nickte. »Nein, das hat sich erledigt«.

Er sah ihn wieder an: »Möchtest Du Molly unten in der Cafeteria ein Eis oder ein Stück Kuchen holen? Ich muss kurz etwas mit Liz besprechen«.

Mick nickte und sagte zu ihr: »Komm Molly, wir schauen mal, was es da so gibt«. Liz und Vincent sahen ihnen nach, als die beiden den Flur entlang gingen.

Jetzt begann sie: »Wie Du nun gesehen hast, weiß es auch Molly. Ich habe es ihr gesagt, denn ich habe dieses Versteckspiel satt«. Er fragte zweifelnd: »Musste das gerade jetzt sein«? Sie lehnte sich nach vorn.

»Wann wäre denn der richtige Zeitpunkt Vincent? Morgen oder nächste Woche, oder in einem Monat oder einem Jahr? Wenn es nach Dir ginge, würdest Du es wieder bis zum Sankt-Nimmerleinstag hinausschieben, stimmt`s? Ich mache das nicht mehr mit«.

Vincent schluckte und sah sie unbehaglich an. Sie verschränkte die Arme. »Übrigens war Mick gestern Abend bei uns zu Hause. Wir haben zusammen gegessen und uns sehr nett unterhalten. Vincent, Du kannst es sowieso nicht mehr ändern. Steh endlich zu beiden Kindern«.

Er sah sie an: »Und was ist mit uns«?
Liz antwortete: »Ich habe über unser letztes Treffen noch einmal in Ruhe nachgedacht. Zwischen uns ist es endgültig aus«.

Er sah nun auf den Boden. »Na gut, wenn Du meinst Liz? Dann muss ich es so akzeptieren«.

Liz schüttelte den Kopf: »Schon sind wir wieder an dem gleichen Punkt. Und ja, Du musst es so akzeptieren, denn das musste ich schließlich all die Jahre auch«.

Sie stand auf. »Ich schau mal nach, wo Mick und Molly sind, aber wenn Ihr Hilfe braucht, ruft bitte an. Ich helfe Euch immer gerne, das weißt Du«.
Vincent sah aus dem Fenster und antwortete nicht.
Sie nahm ihre Handtasche und ging durch den Flur davon.

Als sie unten in der Cafeteria ankam, saßen Molly und Mick auf der Terrasse und hatten ein Eis in der Hand.

Sie setzte sich dazu. »So Molly, wir gehen dann bald nach Hause, aber Dein Eis kannst Du natürlich noch in Ruhe essen«.

Mick sah sie ernst an. »Hattet Ihr Streit«?
Sie schüttelte den Kopf. »Nein, eigentlich nicht. Aber es fällt ihm nach wie vor schwer, eine andere Meinung zu akzeptieren. Er braucht wirklich noch ein bisschen Zeit«.

Er stand seufzend auf und warf das leere Eispapier in einen Abfallkorb. »Ich werde noch einmal nach ihm sehen. Macht`s gut«.

Er ging nach oben auf die Station, während sich Molly und Liz auf dem Heimweg machten.

**

Am nächsten Morgen saßen die Kommissare schon um sieben Uhr im Frühstücksraum der kleinen Pension.

Sie waren überrascht, was die Wirtin alles auf den Tisch zauberte. Henry putzte sich gerade mit einer Serviette den Mund ab und sagte noch kauend:

»Jetzt wundert mich nicht, dass Margarethe immer gern hier war. Das Essen ist ja hervorragend«.

Emma nippte grübelnd an ihrem Tee. »Sir, fahren wir erst zu Howard in die Linford-Residenz, oder schauen wir uns vorher den Kräutergarten von Stacy Patel an«?

Er fragte zurück: »Was schlagen Sie vor«?
Sie setzte ihre Tasse ab. »Hm, also ich würde erst mit Howard reden, aber wir wissen nicht, ab wann man dort jemanden besuchen darf. Gibt es dafür feste Zeiten, oder kann man jederzeit rein«?

Henry hob fragend die Schultern. »Das wissen wir im Grunde bei Liam Patel auch nicht. Wir fahren jetzt einfach zu dieser Linford-Residenz, dann sind wir schlauer«.

Sie nahmen ihre Sachen und gingen an die kleine Rezeption. Die Wirtin wartete bereits auf sie: »Guten Morgen, war alles zu Ihrer Zufriedenheit«?

Henry nickte. »Ganz hervorragend, vielen Dank«.

Dann legte er seine Geldbörse auf den Tresen.

»Ich brauche natürlich eine Quittung für meine Dienststelle«. Die Wirtin antwortete: »Kein Problem, aber ich muss es einzeln aufschreiben, das dauert ein bisschen«. Sie setzte sich, rechnete die Zimmer, das Essen und die Telefonate vom Vortag zusammen und sagte schließlich: »Das macht dann 55 Pfund Sir«.

Henry gab ihr ein großzügiges Trinkgeld und bedankte sich noch einmal.

Emma fragte: »Ist Ihnen wegen Margarethe Graham vielleicht noch etwas eingefallen, was uns interessieren könnte«?

Die Wirtin schüttelte den Kopf. »Nein«, sagte sie. »Leider nicht«. Emma hielt ihr eine Visitenkarte hin.

»Hier, für Sie. Sollte doch noch etwas sein, können Sie uns unter dieser Telefonnummer erreichen«.

Sie verabschiedeten sich und gingen zu ihrem Dienstwagen, den sie hinter dem Haus geparkt hatten.

Sie mussten bis ans andere Ende der Stadt fahren. Um diese Zeit herrschte reger Verkehr, denn viele Einwohner waren gerade auf dem Weg zur Arbeit.

Als sie in die Colman-Road, ganz in der Nähe des Eaton-Parks einbogen, sagte Emma, die einen Stadtplan in der Hand hielt: »Jetzt müssten wir eigentlich gleich da sein. Es ist eine größere Wohnanlage mit grünen Fensterläden«.

Henry sah nach links. »Da ist es «. Er bremste und fuhr in eine Parklücke. Schnell stiegen sie aus und liefen zum Haupteingang.

Als sie das Foyer betraten, sahen sie sich um und entdeckten einen Informationsstand, an dem ein junges Mädchen stand und sie anlächelte. »Guten Morgen«, sagte sie freundlich. »Suchen Sie jemanden oder kann ich Ihnen sonst weiter helfen«?

Henry überlegte kurz. Er wollte jetzt nicht unbedingt seine Dienstmarke vorzeigen und sagte deshalb: »Danke für die nette Begrüßung. Wir suchen in der Tat jemanden und zwar Howard Patel. Können Sie uns sagen, wo wir ihn finden«?

Sie antwortete: »Da muss ich nachsehen, kleinen Moment bitte. Also Mr. Patel wohnt in Eingang D, Appartement 43. Am besten sie gehen noch einmal durch den Haupteingang zurück und dann ein paar Meter nach links, dort können Sie den Aufzug in den vierten Stock nehmen«. Henry bedankte sich.

Schließlich standen sie vor seiner Wohnungstür. Emma sah auf die Uhr. »Sir, es ist gerade neun Uhr. Hoffentlich ist er schon wach und macht uns auf«. Er antwortete: »Das werden wir sehen, aber sicher ist er nicht unfreundlicher als sein Bruder. Uns kann also eigentlich nichts mehr schocken«.

Er drückte auf den Klingelknopf. Schrill und laut ertönte die Glocke, sodass Emma erschrak.

»Dieser Ton würde mich ja verrückt machen, wenn mich jemand besucht«. Plötzlich sagte eine dumpfe Stimme: »Wer ist da«? Henry antwortete: »DCI Parker und DS Reynolds von Scotland-Yard. Würden Sie uns bitte aufmachen«?

Langsam wurde ein Schlüssel im Schloss herumgedreht und die Sicherheitskette an die Seite geschoben. Die Tür ging auf und vor ihnen saß in seinem Rollstuhl, Howard Patel.

Er trug eine abgetragene dunkle Jogginghose und sein zerknittertes T-Shirt klebte förmlich an ihm. Er hatte fast schulterlanges graues Haar und war zudem unrasiert.

Doch er hatte hellblaue wache Augen, die von kleinen Fältchen umzogen waren.

Er sagte: »Guten Morgen, was kann ich für Sie tun«?

Henry holte seine Dienstmarke hervor. »Mr. Patel, wie gesagt wir sind von Scotland-Yard aus Liverpool. Dürfen wir bitte kurz hereinkommen«?

Howard schob geschickt seinen Rollstuhl zurück. »Ja bitte, aber ich muss Sie warnen. Um diese Zeit bin ich nicht auf Gäste vorbereitet«. Während er zurück ins Wohnzimmer rollte, ergänzte er: »Und auf Scotland-Yard schon gar nicht«. Mit einem Ruck drehte er sich um.

»Nun kommen Sie schon«. Die Kommissare betraten den Flur. Ein Schwall abgestandene Luft kam ihnen entgegen. Überall türmten sich Zeitschriften und Magazine und der Couchtisch war beladen mit schmutzigem Geschirr. Howard deutete auf zwei Sessel.

»Bitte, oder wollen Sie mich im Stehen fragen«? Als sie sich gegenüber saßen, begann Henry Parker:

»Mr. Patel, wir sind hier wegen Ihrer Schwester Margarethe Graham«.

Howard zuckte zusammen. »Wieso wegen Margarethe? Ist ihr etwas passiert oder ist sie verletzt«?

Dem Inspector war nun klar, dass ihn bisher niemand informiert hatte, auch Vincent Graham nicht. Henry sah ihn ernst an. »Mr. Patel, Ihre Schwester ist tot«.

Howard ließ vor Schreck die Griffe seines Rollstuhls los und starrte ihn ungläubig an. »Tot? Wieso tot? Hatte sie etwa einen Unfall«? Henry schüttelte langsam den Kopf.

»Nein Mr. Patel. Ihre Schwester hat offensichtlich über mehrere Wochen immer wieder ein Bärlauch-Pesto gegessen, das eine giftige Pflanze enthielt.

Das Pesto war so geschickt dosiert, dass sie anfangs davon nichts gemerkt hat. Aber letztendlich ist sie vor mittlerweile vier Tagen leider daran gestorben. Wir wollen natürlich herausfinden, wer das getan haben könnte«.

Howard war sprachlos. Er drehte seinen Rollstuhl zur Seite, fuhr bis zum Fenster und sah hinaus.

Plötzlich sagte er: »Margarethe war eine begnadete Köchin und kannte sich mit Kräutern und Gewürzen sehr gut aus. Für mich besteht kein Zweifel, dass sie niemals versehentlich etwas gegessen hätte, was ihr schadet. Finden Sie den Mörder«.

Emma fragte vorsichtig: »Wie kommen Sie denn darauf, dass es eine Verwechslung von Kräutern geben könnte«?

Howard drehte sich zu ihr um. »Weil sie mir mal davon erzählt hat, dass es das gibt. Und deshalb kontrollierte sie auch, was Mum in ihrem sogenannten Kräutergarten so anpflanzte. Sie hat sie öfter vor giftigen Pilzen gewarnt, denn darüber wusste Margarethe richtig gut Bescheid«.

Jetzt stützte er seine Hände ins Gesicht und begann zu schluchzen.

Henry sagte darauf: »Es tut mir wirklich leid Mr. Patel, aber ich muss Sie trotzdem noch etwas anderes fragen«.

Howard sah mit geröteten Augen auf.

Der Kommissar begann: »Wir haben gestern erfahren, dass Liam einen Zwillingsbruder hat, der Stuart heißt. Was wissen Sie über ihn«?

Howard löste die Bremse an seinem Rollstuhl, fuhr an einen Schrank und öffnete ein Fach. Er zog ein Fotoalbum hervor und gab es dem Kommissar.

»Hier bitte. Da drin sind alle Familienfotos. Eins davon zeigt Liam und Stuart. Margarethe und ich waren ja noch nicht geboren«.

Emma beugte sich zu Henry, als er das Bild der Brüder suchte. Und da war es. Sie lächelte, als sie die kleinen blondgelockten Jungen sah.

Sie konnten höchstens zwei Jahre alt gewesen sein, hatten langärmelige karierte Hemdchen an und trugen Knickerbocker mit Hosenträgern. Sie fragte: »Wissen Sie, welcher von beiden Liam ist«? Er rollte heran und zeigte auf das links abgebildete Kind.

Henry staunte: »Woran erkennen Sie denn das? Für mich sehen die beiden vollkommen gleich aus«.

Er nahm eine Lupe vom Tisch, gab sie ihm und antwortete: »Das Foto ist zwar alt, aber wenn man damit genau hinsieht, erkennt man bei dem anderen Kind, also Stuart, eine kleine Narbe oberhalb der Augenbraue. Schauen Sie«.

Henry beugte sich über das Foto. »Tatsächlich«.

»Sagen sie mal, haben Sie eine Ahnung, warum der kleine Stuart zur Adoption freigegeben wurde«?

Howard antwortete: »Naja, soweit Margarethe und ich später von Mum erfahren haben, wollte unser Dad nur einen Haupterben. Da Liam der ältere der beiden ist, hatte er eben Glück und Stuart Pech.

Wir kamen ja erst später zur Welt, da hatte Dad sein Testament schon gemacht und Liam tat bedingungslos alles, was Vater wollte.

Margarethe, fünf Jahre jünger als Liam und Stuart, war in seinen Augen ja `nur` ein Mädchen«.

Emma fragte: »Und Sie selbst? Schließlich waren Sie sein einziger leiblicher Sohn«.

Howard kniff verächtlich die Lippen zusammen. »Ach, ich wurde immer nur als dummer Junge hingestellt.

Niemand nahm mich ernst und Liam, der sieben Jahre älter ist als ich, sorgte für den Rest. Aber egal, Sie sehen ja, wo es mich hingebracht hat«.

Henry sah ihn ernst an. »Ich habe vorerst eine letzte Frage an Sie: «Können Sie sich vorstellen, wo dieser Stuart jetzt leben könnte«?
Howard schüttelte den Kopf. »Nein, absolut keine Ahnung. Margarethe hatte nach Dad`s Tod immer wieder versucht, von Mum Unterlagen zu bekommen.

Aber angeblich gab es keine mehr und sie war auch nicht bereit darüber zu reden. So begann sie selbst zu recherchieren, aber sie stieß überall nur auf Mauern.

Niemand wollte etwas darüber gewusst haben. nur dass Stuart adoptiert worden sei, wahrscheinlich einen ganz anderen Namen trägt und somit auch keine Erbansprüche mehr hätte«.

Henry lehnte sich zurück. »Wir wissen ja nicht, ob das überhaupt für unseren Fall relevant ist, aber es würde mich jetzt schon interessieren, was aus ihm geworden ist«.

Howard wurde nachdenklich und sagte plötzlich: »Übrigens, da fällt mir etwas ein. Margarethe hat mir vor drei Wochen, als sie das letzte Mal hier war, irgendetwas zu Essen mitgebracht. Steht im Abstellraum, ich hab es noch gar nicht beachtet«.

Henry stand abrupt auf und fragte: »Wo«? Howard antwortete: »Gleich neben der Küche«.

Er stand auf und kam kurz darauf mit vier kleinen zugeschraubten Gläsern zurück. »Bingo«, sagte er mit ernster Miene. »Ich wette, dass das Bärlauch-Pesto ist«.

An Howard gewandt sagte er: »Sind Sie wirklich sicher, dass Margarethe diese Gläser mitgebracht hat«?

Howard wurde immer blasser. »Ja natürlich. Außer dem Pflegedienst, Margarethe und mir selbst war seit Jahren keiner mehr hier drin«.

Henry sah nun zu Emma und sagte hastig: »Wir nehmen das mit. Das Zeug muss sofort untersucht werden«.

Sie hatten es jetzt eilig.

Schnell gaben sie ihm auch eine Visitenkarte, verabschiedeten sich und liefen zu ihrem Dienstwagen.

**

Mick Graham und Fred Bailey hatten am Mittag nach der Prüfung die Schule verlassen.

Fred sagte mit saurer Miene: »So ein Mist, ich glaube, dass ich heute Mathe komplett vergeigt habe«. Mick fragte: »Wo war denn Dein Problem«?

Fred schimpfte: »Ich werde sie nie kapieren, diese blöde Wahrscheinlichkeitsrechnung. Ich kann nur hoffen, dass es insgesamt gereicht hat. Jetzt bin ich froh, dass ich das später auf dem Hof nicht mehr brauche«.

Mick sah ihn an. »Bist Du sicher, dass Du ewig bei Deinen Eltern bleiben willst«?

Fred lächelte. »Ja. Ich kann mir nicht vorstellen, woanders zu leben und zu arbeiten, so wie Du. Im Grunde finde ich es gut, so wie es ist, auch wenn meine Eltern meistens arbeiten und es kaum eine Pause gibt.

Wie ging es Dir heute in der Prüfung«?
Mick antwortete: »Ich bin klar gekommen, aber Du weißt ja, dass es mir nicht schwer fällt. Gelernt habe ich, bei dem ganzen Theater der letzten Tage fast nichts«.

Sie gingen nun schweigend die Straße entlang, bis Fred, der sein Fahrrad neben ihm herschob, fragte: »Sag mal, wir haben nächste Woche noch Physik und in der kommenden Woche zwei mündliche Prüfungen, dann sind wir fertig.

Wollen wir nicht demnächst mal wegen unserem Trip nach Kreta konkretere Pläne machen? Du weißt ja, ich muss es meinem Dad rechtzeitig sagen, wenn ich verreisen will. Er organisiert sich dann sicher eine Aushilfe, denn allein schafft er es während der Ferien nicht. Es haben sich schon einige Mädchen zum Reitunterricht angemeldet. Sozusagen Hochsaison auf dem Hof«.

Mick antwortete: »Ja, aber warte noch ein paar Tage. Vielleicht kommt wegen meinem Studienplatz in London noch Post, denn dann müsste ich mich sofort um ein bezahlbares Appartement und den Umzug kümmern. Es könnte sonst knapp werden«.

Fred fragte erstaunt: »Und was ist mit Deiner Stella? Willst Du sie einfach so ziehen lassen«?

Mick hob die Schultern. »Ich weiß es selber nicht Fred. Im Moment habe ich einfach zu viel um die Ohren und sie hat mich bestimmt schon so gut wie vergessen«.

Fred blieb stehen. »Ach jetzt komm schon Mick. Lass uns den Trip buchen, dann kommst Du wenigstens mal auf andere Gedanken. Dein Alltag hier läuft Dir ganz bestimmt nicht davon«.

»Vielleicht hast Du recht«, meinte Mick. »Aber jetzt muss ich heim. Mein Vater kommt heute wieder aus dem Hospital nach Hause, mal sehen wie er drauf ist. Und nächste Woche wird bestimmt Mum beerdigt. Erst wenn das vorbei ist, kann ich wieder etwas für mich planen. Das musst Du verstehen«.

Fred nickte. »Ist schon klar und wenn ich Dich irgendwie unterstützen kann, dann sag es. Ein Anruf genügt«.

Sie waren an der Bushaltestellte angelangt.

Mick sagte: »Vielleicht komme ich heute Abend mal wieder auf ein Bier vorbei, ist ja schließlich Wochenende. Bis dann«.

Fred schwang sich auf sein Fahrrad, denn auch er musste sich jetzt beeilen.

Mick saß kurz darauf im Stadtbus. Als er zu Hause ankam, sah er ein Taxi an der Zufahrt stehen.

Der Fahrer stellte gerade eine Reisetasche an der Haustür ab und half seinem Vater aus dem Wagen. Sein eingegipstes Bein machte ihm das Laufen schwer und so stützte er sich auf seinen Helfer.

Schnell lief Mick hin. »Hallo Dad, da bin ich. Warum hast Du denn nicht gesagt, wann Du heimkommst? Ich hätte Dich doch abgeholt«.

Schnaufend antwortete er: »Ist schon in Ordnung Mick. Bis hierher habe ich es ja ohne weiteres mit dem Taxi geschafft, aber gut, dass Du jetzt da bist«.

Mick öffnete die Haustür, stellte die Tasche in den Flur und führte ihn ins Wohnzimmer.

Dann schob er ihm den Ohrensessel hin und sagte:
»Setz Dich erst mal und dann musst Du mir Geld für den Taxifahrer geben. Er wartet draußen«.

Als dies erledigt war, ging er wieder ins Wohnzimmer »Was kann ich jetzt für Dich tun«? Vincent sah ihn an: »Du könntest mir einen Tee machen. Mehr brauche ich im Moment nicht«.

Als er mit einem Tablett und Geschirr wieder zurückkam, starrte sein Vater gedankenverloren vor sich hin. Er fragte: »Dad, was hast Du«? Vincent sah auf den Boden. »Setz Dich bitte Mick, ich möchte mit Dir reden«.
Er begann: »Ich weiß, dass Du im Moment nicht besonders stolz auf mich bist, denn ich habe Dir viele Jahre etwas vorgemacht.

Für die Zeit mit Liz werde ich mich aber nicht vor Dir rechtfertigen, denn das könnte nur Deine Mutter verlangen. Aber ich glaube auch nicht, dass Du das wirklich erwartest.

Und da ist ja auch noch Molly. Im Grunde sollte ich froh sein, dass Du Dich mit ihr so gut verstehst«.

Jetzt sah er ihn ernst an. »Und das bin ich wirklich Mick. Als ich Dich mit ihr im Hospital gesehen habe, war ich selber erstaunt, wie ihr miteinander umgeht. Darüber bin ich richtig froh. Ich bin mir nicht sicher, ob ich an Deiner Stelle so reagiert hätte. Aber eins noch.

Liz und ich haben keine Beziehung mehr, es ist endgültig aus. Vielleicht ist es auch besser so, denn ich habe in den letzten Tagen gemerkt, dass ich wirklich nur Deine Mutter wirklich geliebt habe. Sie fehlt mir sehr«.

Jetzt schwieg er und schaute auf den Boden.
Mick sah ihn fassungslos an und wusste erst nicht, ob er träumte. So hatte sein Vater noch nie mit ihm gesprochen.

»Dad, ich muss jetzt erst einmal selber klarkommen, denn so einfach ist das für mich auch nicht. Aber alles was Du mir gerade gesagt hast, lass ich mir in Ruhe durch den Kopf gehen«. Plötzlich klingelte es an der Haustür.

Vincent sah erschrocken Mick an. »Erwartest Du heute noch jemanden«? Er stand auf und lief zur Tür, während er sagte: »Eigentlich nicht und mir ist auch egal, wer kommt, außer es wäre wieder Scotland-Yard«.

Vor ihm stand jedoch der Postbote. »Ich habe hier einen Brief für Mick Graham«. Er hielt ihm einen großen Umschlag hin. »Und ich brauche eine Unterschrift«.

Mick nahm ihn hastig, quittierte und bedankte sich.
Als er wieder bei seinem Vater war, sagte er: »Es ist für mich«. Dann drehte er den Umschlag um, sah seinen Vater an und begann zu strahlen. »University of London«.

Er öffnete den Brief und begann zu lesen.

Vincent fragte vorsichtig: »Nun sag schon. Hast Du einen Studienplatz bekommen«? Mick murmelte: »Ja, hab ich«.

Dann sah er mit leuchtenden Augen seinen Vater an. »Und ich habe ein Zimmer auf dem Campus bekommen. Ich ziehe also Ende August hier weg«.

Vincent lehnte sich zurück. Der letzte Satz hallte noch in seinen Ohren, aber wusste, dass er über seinen Sohn nicht mehr bestimmen oder ihm vorschreiben konnte, was er zu tun oder zu lassen hatte. Das war vorbei.

Mick setzte sich wieder gegenüber und fragte: »Dad, was hast Du denn«?

Vincent sah ihn jetzt an, dann klopfte er ihm auf die Schulter. »Es ist alles ok. Herzlich Glückwunsch Junge, das hast Du gut gemacht«. Mick sah ihn skeptisch an. »Meinst Du das wirklich ernst? Bis jetzt warst Du doch immer dagegen, dass ich Archäologie studieren will«.
Sein Vater hob die Schultern. »Ich bin nicht mehr dagegen, wirklich nicht. Zieh nach London und studiere, aber um eins bitte ich Dich. Komm wenigstens ab und zu mal nach Hause«.

Mick fiel seinem Vater in den Arm: »Danke Dad«.
Vincent sagte: »So und jetzt hilf mir mal ins Büro. Bestimmt liegt da auch Post für mich«.
Mick nickte. »Ja, es ist einiges gekommen«.

Vincent stand nun langsam auf und ließ sich kurz darauf in seinen Schreibtischstuhl fallen.

Mick verschwand in seinem Zimmer, während sein Vater einen Brief nach dem anderem öffnete.

**

Molly war heute wieder eher nach Hause gekommen, denn noch immer fiel der Mathematikunterricht aus.

Miss Wilkinson hatte ihr aber einen Brief an ihre Mutter mitgegeben, den sie auf den Küchentisch gelegt hatte.

Dann öffnete sie die kleine Terrassentür zum Garten und ließ die Katzen herein, die schon hungrig warteten.

»Na Ihr beiden«? rief sie. Dann holte sie den Futternapf und schaute ihnen belustigt zu.

Plötzlich wurde die Haustür geöffnet und Liz kam herein.

»Hallo Molly, bist Du da«? fragte sie. Sie lief ihr entgegen. «Ich bin gerade heimgekommen«.

Liz nickte zufrieden und fragte, wie es in der Schule war. Dann sah sie den Brief auf dem Küchentisch und fragte:

»Von wem ist das«?

Molly antwortete: »Von Miss Wilkinson. Wir haben am Samstag ein Barbecue auf dem Schulhof. Alle sollen etwas mitbringen und Du kommst doch auch, oder«?

Liz antwortete: »Ja natürlich gehen wir hin. Was wollen wir denn mitnehmen«?

Molly überlegte: «Ich hab´ s Mum. Wir machen einen Obstsalat als Nachtisch, ja? Ich lasse mir von Daisy und Abygail` s Mum das Rezept geben«.

Liz antwortete: »Wenn Du meinst, dann machen wir das. Aber jetzt muss ich schnell noch einkaufen gehen«.

Sie nahm sich den Korb und verließ das Haus.
Auf dem Weg dorthin, grübelte sie, was sie heute kochen könnte. So richtig fiel ihr nichts ein.

`Ach was`, dachte sie. `Ich werde schon etwas finden`.
Sie betrat den Supermarkt, ging langsam zwischen den Regalen hin und her und verglich Angebot und Preise.

Plötzlich stand jemand hinter ihr und tippte ihr auf die Schulter. Liz fuhr erschrocken herum und sagte aufgebracht: »Mr. Saunders, haben Sie mich erschreckt. Warum sagen Sie nicht einfach, dass Sie es sind«.

Er lächelte süffisant und antwortete gespielt freundlich: »Hallo Miss Bennett, oh entschuldigen Sie bitte. Das wollte ich natürlich nicht. Nun, wie geht es Ihnen? Schließlich haben wir uns schon lange nicht mehr gesehen«.

Liz überlegte einen Moment. `Wieso redet er so seltsam mit mir`? »Danke gut und Ihrer Familie? Daisy und Abygail können gerne wieder mal zu uns kommen, wenn sie möchten. Molly würde sich bestimmt freuen«.

Er lächelte wieder gespielt unsicher, hatte Liz das Gefühl. `Was ist bloß mit ihm los`? dachte sie.

Er sagte weiter: »Ach wissen Sie, im Moment sind unsere Wochenenden komplett verplant und wir haben sehr wenig Zeit«.

Liz antwortete brüskiert: »Mr. Saunders, sollten wir Ihnen nicht gut genug sein, dann sagen Sie es doch einfach. Es sei denn, Sie haben andere triftige Gründe.

Sie brauchen aber nicht um den heißen Brei herum zu reden, ok«?

Jeff Saunders verschränkte die Arme vor sich, wobei sich das zu enge weiße Hemd und seine rotkarierte Weste quer über seinen dicken Bauch spannten.

Leise zischte er: »Ok Miss Bennett, wie Sie wollen. Dann sage ich es Ihnen eben direkt. Meine Frau und ich wollen keinen Kontakt mehr zu Ihnen und Ihrer Tochter haben, verstanden«?

Sie fragte entsetzt: »Warum haben Sie mich dann überhaupt angesprochen? Und was um Himmels Willen haben wir Ihnen eigentlich getan«?

Jeff Saunders sah sie verächtlich an. »Wenn Ihnen dazu selber nichts einfällt, tut es mir leid. Denken Sie mal in Ruhe darüber nach. Guten Tag Miss Bennett«.

Er drehte sich wie ein Brummkreisel auf dem Absatz um und stolzierte davon.

Liz sah ihm mit zusammen gekniffenen Lippen nach und dachte: `Was hat er eben damit gemeint`?

Schnell räumte sie ein paar Lebensmittel in ihren Einkaufskorb, lief zur Kasse und machte sich wieder auf den Heimweg.

Zu Hause angekommen rief sie nach Molly. Als sie vor ihr stand fragte sie: »Sag mal, hast Du Dich vor kurzem mit Daisy und Abygail gestritten? Oder hast Du vielleicht irgendetwas gesagt, was die beiden verärgert hat«?

Molly sah sie unschuldig an. »Nein Mum, es war nichts. Aber neulich standen wir nach der Schule draußen vor der Tür und ich hatte Daisy und Abygail gerade gefragt, ob wir noch bei Dir in der Kantine ein Stück Kuchen essen wollen«. Liz fragte weiter: »Und dann«?

Molly erzählte: »Und dann kam plötzlich ihr Dad mit dem Auto, bremste und die beiden mussten sofort einsteigen. Mich hat er nicht einmal angesehen«.

Liz nahm sie jetzt wortlos in den Arm und drückte sie fest an sich. »Was hast Du denn Mum«? fragte sie nun.

«Ach nichts weiter«, entgegnete Liz.

Sie war jetzt genauso ratlos wie vorher und wollte nun unbedingt herausfinden, was Jeff Saunders vorhatte.

**

Die Kommissare hatten eilig das Appartement von Howard verlassen und waren wieder auf dem Weg zum Anwesen von Liam Patel. An einer Kreuzung stand die Ampel auf Rot und sie mussten warten.

Henry sagte nachdenklich: »Das ist ein Ding. Margarethe hat dieses Pesto gegessen und ist daran gestorben. Und wie es aussieht hat sie, wahrscheinlich ohne es zu wissen, dieses todbringende Zeug ihrem Bruder Howard in den Vorratsraum gestellt. Irgendwann hätte er es mit Sicherheit auch gegessen und wäre zwangsläufig vergiftet worden. Und jetzt frage ich noch einmal: Wer hätte ein Motiv, das in Umlauf zu bringen? Für mich gibt es im Moment nur eine Person«.

Emma antwortete: »Wie ich schon sagte, der eigene Bruder Liam Patel«.

Henry gab Gas und eine halbe Stunde später stand ihr Dienstwagen wieder vor Patels Villa.

Der Kommissar drückte energisch auf den Klingelknopf.

Als er wieder Rosie hörte, die leise fragte, wer da sei, sagte er mit energischem Ton: »Mrs. Patel, hier sind noch einmal DCI Parker und DS Reynolds. Sie öffnen sofort die Tür und fragen Sie jetzt nicht, was wir wollen«.

Der Summer ertönte. Henry und Emma stiegen wieder in ihren Dienstwagen und steuerten in hohem Tempo auf das Haus zu. Als sie ausstiegen, sagte Emma: »Mrs. Patel, wo ist dieser Kräutergarten«? Rosie fragte: »Warum das denn«?

Henry antwortete ungeduldig: »Das werden Sie und wir gleich sehen«.

Rosie führte sie nun durch den großen Garten und kamen schließlich zu den einem Gewächshaus und darum liegenden ziemlich verwilderten Beeten. Emma fragte:

»Was ist in diesem Treibhaus«?

»Na was schon»? fragte Rosie erstaunt. »Ich glaube, ein paar Tomaten- und Paprikapflanzen«.

Henry sah sich um und betrachtete die etwas verwilderten Beete: »Was ist das hier alles für Zeug«?

Rosie hob die Schultern. »Was weiß ich. Pfefferminze, Rosamarin, Zitronenmelisse, Petersilie und eine Menge Unkraut, wie Sie selbst sehen können. Aber dieses Jahr war Mum nur ein- oder zweimal hier hinten. Sonst kümmert sich auch niemand darum. Wir lassen sie hier in Ruhe«.

Henry grübelte weiter: «Gibt es hier irgendwo Bärlauch oder etwas, was so ähnlich aussieht«?

Rosie sah ihn ungläubig an. »Ich glaube nicht«. Emma sah sie an. »Wird irgendetwas von dem, was hier wächst, haltbar gemacht? Ich meine eingefroren oder in Gläser abgefüllt«?

»Na das fehlte gerade noch«, sagte Rosie entrüstet.

»Ich nehme manchmal ein bisschen Rosmarin oder Petersilie zum Kochen dazu. Alles andere kaufe ich immer frisch ein«. Henry stellte sich vor sie hin und fragte misstrauisch: »Und Ihr Mann? Macht er auch etwas im Garten«? Rosie schüttelte mit dem Kopf.

»Nein, noch nie. Ein Gärtner mäht den Rasen und er kümmert sich auch um die Rosenbeete. Liam kommt ja immer erst am späten Nachmittag heim.

Dann trinkt er seinen Scotch, macht mir seine üblichen Vorhaltungen und nach dem Abendessen setzt er sich vor den Fernseher. Das ist alles«.

Henry drehte sich zur Seite und sagte nichts. Er wollte nicht auch noch einen Finger in die Wunde legen, nachdem was ihm Callum Smith so ausführlich erzählt hatte. Er fragte nun: »Mrs. Patel, Sie haben doch bestimmt einen Vorratsraum, oder«?

Sie nickte. »Ja selbstverständlich, wollen Sie den auch sehen? Dann kommen Sie mit«.

Während sie zurück zur Villa gingen, sah Emma Rosie von der Seite an und fragte: »Sind Sie eigentlich glücklich mit Liam«? Rosie entgegnete: »Was meinen Sie damit«?
Emma antwortete: »Naja, ob Sie mit Ihrem Mann und Ihrem Leben zufrieden sind«?

Rosie lief unbeirrt weiter und drehte sich an der Tür zu ihr um. »Sind Sie eigentlich selbst verheiratet«?

Emma schüttelte den Kopf. Rosie fragte weiter: »Und wollen Sie mal Kinder haben«? Emma antwortete etwas irritiert: »Ja, ich denke irgendwann schon, wenn alles passt«.

Rosie sah sie einen Moment verächtlich an und nickte. »Ja Detective-Sergeant Reynolds. Tun Sie das, wenn Ihrer Meinung nach alles passt«.

Jetzt betraten sie das Haus und Rosie ging wortlos durch einen langen Flur voran. Dann öffnete sie eine Tür und sagte: »Hier geht's in den Keller, da stehen alle unsere Vorräte«.

Henry mischte sich nun ein: »Was für Vorräte«? Sie antwortete: »Alles was Sie sich denken können und was man so braucht«.

Sie schaltete das Licht ein. Henry fragte nun, während sie die Steintreppe nach unten gingen: »Kommt Ihre Mutter auch gelegentlich hier runter«?

Rosie antwortete: »Eigentlich nicht, aber manchmal war ich nicht sicher, ob sie nicht doch, wenn ich mal beim Einkaufen war, hier unten nachgesehen hat.

Wundern würde es mich nicht. Sie ist zwar dement, aber körperlich noch agil. Wenn man nicht aufpasst, ist sie plötzlich an einem Ort, wo man sie nicht vermutet«.

Sie schaltete jetzt überall das Licht an. »Also bitte, sehen Sie sich ruhig um«. Dann betrat sie selbst einen Vorratsraum und lehnte sich gespielt gelangweilt gegen ein Regal. Plötzlich stutzte sie: »Was ist das denn? Und was sind das für komische Gläser«?

Emma eilte zu ihr und rief entsetzt: »Sir, kommen Sie bitte sofort hierher«.

Als Henry schließlich sah, dass bei Liam offenbar die gleichen Gläser wie bei Howard und Margarethe standen, schluckte er und dachte: `Das gibt es doch nicht. Sollten etwa alle Geschwister sterben? Aber warum bloß und durch wen`?

Emma sagte leise: »Mrs. Patel, fassen Sie bitte nichts an. Die Gläser müssen wir sowieso mitnehmen und untersuchen lassen. Jetzt werden wir aber versuchen mit Ihrer Mutter zu sprechen. Vielleicht kann sie uns sagen, wie dieses Zeug hierhergekommen ist«.

Rosie wurde blass. »Ist das dieses Pesto, an dem Margarethe gestorben ist«?

Henry Parker antwortete: »Vermutlich ja. Das Gleiche stand übrigens auch bei Howard im Vorratsraum«.

Plötzlich hörten sie Liam rufen: »Rosie, wo bist Du? Und wem gehört das Auto vor der Tür«?

Sie ging nach vorn an die Treppe und rief: »Ich bin mit den Kommissaren im Keller. Komm schnell«.

Schimpfend hörten sie ihn herunter stampfen. Noch bevor jemand etwas sagen konnte, legte er los: »Was machen Sie schon wieder in meinem Haus«?

An Rosie gewandt, fauchte er: »Hatte ich mich gestern nicht klar und deutlich ausgedrückt«?

Henry stellte sich mit seinen 1,90 m Körpergröße direkt vor ihn hin und Liam musste nun nach oben schauen. Mit schneidender, aber ruhiger Stimme sagte er: »Mr. Patel, bitte mäßigen Sie sich und zu Ihrer Information.

Höchstwahrscheinlich haben wir heute Morgen sowohl bei Ihrem Bruder Howard, als auch jetzt und hier dieses Pesto entdeckt, mit dem Margarethe Graham vergiftet wurde. Der Verdacht liegt also sehr nahe, dass Sie alle sterben sollten. Reicht Ihnen das«?

Liam war schlagartig sprachlos.
Henry trat einen Schritt zurück, sah sich um und nahm einen Pappkarton, der in der Ecke stand. Dann räumte er wortlos die Gläser hinein.

Als sie wieder im Erdgeschoss waren, fragte nun Emma: »Wo ist Ihre Mutter«? Rosie antwortete: »Sie hatte sich hingelegt, denn es ging ihr nicht gut. Soll ich nachsehen«? Emma nickte. »Ja unbedingt«.

Rosie lief wieder den Flur entlang und drückte leise die Klinke einer Zimmertür herunter. Liam sah die Kommissare betreten an und sagte nun: »Entschuldigen Sie bitte, dass ich vorhin etwas ungehalten war«.

Henry entgegnete: »Das Wort `etwas` ist eine glatte Untertreibung Mr. Patel und …«.

Plötzlich hörten sie einen Aufschrei und sahen Rosie, die mit blasser Miene durch den Flur auf sie zu wankte.

Liam rief: »Was ist passiert«? Rosie flüsterte: »Mum liegt tot im Bett«.

**

Vincent Graham hatte seine Post erledigt und saß nun mit finsterer Miene grübelnd in seinem Ohrensessel im Wohnzimmer.

Er dachte: `Das fehlt mir gerade noch, dass ich jetzt auch noch meinen Führerschein abgeben muss`. Aber er wusste, dass er diesen Unfall selbst verursacht hatte.

Außerdem hatte sein Auto einen Totalschaden und der Lkw, der in ihn hineingefahren war, stand inzwischen auch beim Schrotthandel.

Sein Versicherungsmakler hatte ihm zudem mitgeteilt, dass er sich auf eine erhebliche Erhöhung seiner Prämie einstellen musste.

Doch er hatte noch Glück im Unglück, denn der Fahrer der Spedition hatte nur ein paar kleine Kratzer abbekommen. Er stellte also keine weiteren Ansprüche.

Außerdem würde nun die Beisetzung seiner Frau Margarethe in ein paar Tagen sein und er überlegte, wie er sich in seinem Zustand um die Formalitäten kümmern sollte.

Als erstes hatte er jedoch im Sekretariat der Schule bei Miss Hunt angerufen und ihr gesagt, dass er auf jeden Fall trotz seiner Krankschreibung mindestens zweimal pro Woche mit dem Taxi in die Schule kommen würde.

Es hatte ihn ein wenig irritiert, als sie ihm schilderte, dass Miss Wilkinson alles im Griff hätte und er sich keine Sorgen machen sollte. Mehr noch, sie riet ihm zu Hause zu bleiben und sich in Ruhe auszukurieren.

»Nein«, sagte er jetzt laut vor sich hin. «Das ist meine Schule«. Plötzlich ging die Tür auf und Mick sah ihn erstaunt an. »Hast Du mich gerufen`? fragte er.
Vincent schüttelte den Kopf. »Nein, ich habe mit mir selbst gesprochen«. Mick ging auf ihn zu »Soll ich was zu essen machen? Also ich hätte Hunger«.

Vincent antwortete: »Du«? Mick hob die Schultern. »Was bleibt uns denn übrig? Mum ist schließlich nicht mehr da, aber wenn es Dir Recht ist, bestelle ich beim Lieferservice eine Pizza. Ich habe sowieso wenig Zeit, denn ich wollte heute noch mal zu Fred«.

Vincent nickte. »Ja von mir aus, dann mach das«. Mick sah ihn etwas skeptisch an. »Was ist los? Sonst hast Du immer gefragt, warum ich abends zu ihm fahre. Ist Dir das jetzt egal«?

Vincent sah zu ihm auf. »Nein, natürlich nicht, aber ich habe zur Zeit andere Probleme. Abgesehen davon bist Du schließlich alt genug am Freitagabend ohne meine Zustimmung Deinen besten Freund zu besuchen«.

Mick setzte sich vor ihn hin. »Fred und ich planen übrigens gerade einen gemeinsamen Urlaub«.

Vincent fragte: »Wo soll es denn hingehen«?
Mick grinste: »Kannst Du Dir das nicht denken«?

Vincent seufzte. »Dann kann es ja nur Kreta sein, oder«?

Mick nickte. »Ja und inzwischen freue ich mich auch schon darauf. Sag mal Dad, wann ist eigentlich Mum`s Beisetzung«?

Vincent sagte leise: »Wahrscheinlich Ende kommender Woche und Du müsstest mir bei einigen Formalitäten helfen«. Mick stand auf und nickte: »Mach ich, aber jetzt rufe ich beim Pizzadienst an und später fahre ich zu Fred. Ich nehme das Fahrrad, denn wir wollen ein paar Bierchen zischen«. Er ging in den Flur und nahm das Telefon mit in die Küche.

Vincent sah auf seinen Gipsfuss und murmelte vor sich hin: »So ein Mist, ich bin hier zum Nichtstun verdammt«.

Als Mick wieder zu ihm kam, sagte er: »Ich stelle Dir das Telefon hin, damit Du abnehmen kannst, falls jemand anruft. Ich gehe schnell unter die Dusche. Komme gleich wieder«.

Vincent hörte, wie er gutgelaunt die Treppe nach oben sprang. Da klingelte auch schon das Telefon.

Er hob ab und sagte mit dunkler Stimme: »Graham«.

Am anderen Ende war erst niemand zu hören, doch dann sagte eine Kinderstimme: »Hier ist Molly«.

Vincent räusperte sich einen Moment: »Ja hallo Molly, alles in Ordnung«?

Sie sagte nun: »Ich wollte mal fragen, ob ich Euch am Sonntag besuchen darf. Am Samstag kann ich nicht, denn da haben wir ja das große Schulfest«.

Vincent überlegte kurz, denn davon hatte Miss Hunt am Morgen gar nichts gesagt. »So? Ein Schulfest, seit wann weißt Du denn davon«? fragte er.

Molly antwortete: »Am Dienstag hat Miss Wilkinson die Zettel ausgeteilt, jeder soll etwas mitbringen. Und Mum geht auch mit mir hin. Kommst Du etwa nicht«?

Er antwortete: »Das kann ich noch nicht sagen. Ich habe ja noch diesen Gips am Bein und kann schlecht laufen«.

Innerlich hatte er jedoch bereits entschieden. Molly würde ihn womöglich in Verlegenheit bringen und das konnte er jetzt nicht auch noch gebrauchen. Vielmehr wurmte ihn, dass seine Sekretärin dies mit keiner Silbe erwähnt hatte. `Warum eigentlich`, dachte er.

Vincent fragte nun schnell: »Weiß Deine Mum davon, dass Du uns besuchen willst«?

Molly antwortete: »Ja, ich habe sie gefragt und ich darf gleich nach dem Mittagessen gehen«.

Er antwortete: »Na gut, ich werde Mick auch Bescheid sagen«.

Als er wieder aufgelegt hatte, wählte er noch einmal die Telefonnummer des Sekretariats. Niemand ging ran.

Verärgert legte er wieder auf.

Als es wieder an der Haustür klingelte, zuckte er regelrecht zusammen, aber kurz darauf kam Mick mit einer Familienpizza und zwei Tellern herein.

»Essen ist da«. Kurz darauf schob er sich ein Stück nach dem anderen in den Mund. Vincent saß ihm gegenüber.

»Molly hat soeben angerufen, sie möchte uns am Sonntag besuchen. Ich wäre froh, wenn Du Dir für sie ein bisschen Zeit nehmen würdest«.

Mick sah ihn an: »Dad, Du kannst das nicht alles auf mich abwälzen, denn ich denke, dass sie vor allem zu Dir kommen will. Aber ja, ich werde auch da sein«.

Er stand auf: »So, ich bin satt und fahre jetzt los. Soll ich Dir den Fernseher einschalten, bevor ich gehe«?

Vincent nickte resigniert.

Als Mick bei Fred ankam, saß dieser in der Küche, hatte das Radio eingeschaltet und mehrere Prospekte auf dem Tisch. »Hallo Mick«, sagte er gut gelaunt. »Ich war heute im Reisebüro Dann stand er auf, ging zum Kühlschrank und stellte zwei Bierflaschen auf den Tisch.

Mick antwortete: »Ich schlage vor, dass wir rechtzeitig einen Flug buchen und dann in einer günstigen Pension einchecken«.

Fred nickte: »Ja ok, aber ich wollte mal schauen, was wir dort so unternehmen könnten«.

Mick grinste nur: »Kreta ist so eine schöne Insel, Du wirst staunen«.

**

Molly lag am Abend im Bett und konnte vor Aufregung nicht einschlafen.

Das erste Mal würde sie am Wochenende ihren Dad besuchen. Und sie hoffte natürlich, dass auch Mick Zeit hatte. Immer wieder sah sie zu dem Bild, dass sie gleich nach den Hausaufgaben gemalt hatte und dachte: `Hoffentlich gefällt es ihnen`.

Leise klopfte Liz an die angelehnte Tür und setzte sich an ihr Bett: »Na, kannst Du nicht einschlafen«?

Molly schüttelte den Kopf. »Mum, ich freue mich schon so sehr auf das Wochenende. Am Samstag in der Schule und am Sonntag bei Mick und Dad«.

Liz lächelte: »Ja, das glaube ich Dir. Was wollen wir denn eigentlich nun zu diesem Barbecue mitnehmen«?

Molly antwortete: »Miss Wilkinson hat doch diese Zettel ausgeteilt. Es gibt Hotdogs und Salat. Eigentlich wollte ich einen Obstsalat machen, aber können wir nicht doch einen leckeren Schokoladenkuchen backen«?

Liz nickte. »Klar warum nicht, aber jetzt musst Du wirklich versuchen zu schlafen«. Sie gab ihr einen Kuss, stand wieder auf und ging nach unten.

Liz machte sich noch immer darüber Gedanken, was dieser Jeff Saunders plötzlich gegen sie hatte und warum Daisy und Abygail nicht mehr mit Molly spielen durften.

`Und warum hatte er gestern im Supermarkt so aggressiv reagiert? Denken sie mal darüber nach`, hatte er gefaucht.

Sie grübelte: `Ich werde am Samstag auf dem Schulfest versuchen, mit ihm zu reden. Ich habe mir schließlich nichts vorzuwerfen und Molly ganz bestimmt auch nicht`.

Sie ging jetzt in die Küche und holte sich ein Glas Orangensaft aus dem Kühlschrank.

Dabei sah sie auf die Notizzettel, die sie dort angeheftet hatte. Ihr Blick fiel direkt auf die kleine Karte von Richard, dem Kellner. Etwas erstaunt stellte sie fest, dass ihm das Café anscheinend gehörte.

Liz hatte sich sowieso gewundert, als er ihr gesagt hatte, dass ihre Bestellungen aufs Haus gingen.

Sie nahm die Visitenkarte ab, setzte sich auf die Couch und sah auf die Uhr. Es war kurz nach acht. `Das ist sicher eine gute Zeit, um mit ihm zu telefonieren` dachte sie. Sie wählte seine Nummer.

»Cox«, meldete er sich schließlich. »Hallo Richard, hier ist Liz Bennett«.

Einen kurzen Moment schwieg er, doch dann antwortete er: »Oh, das freut mich sehr, dass Sie anrufen.

Ich habe Sie nur nicht gleich an der Stimme erkannt. Wie geht es Ihnen«?

Sie antwortete: »Danke gut und selbst«? »Alles ok«, sagte er. »Aber jetzt geht die Saison wieder so richtig los. Das Wetter ist gut, es kommen viele Gäste.

Und ich habe heute wieder draußen unseren Eisstand eingerichtet. Im Moment weiß ich gar nicht, wo mir der Kopf steht«.

»Dann haben Sie also im Moment keine Zeit sich mit mir zu treffen, oder«? fragte Liz.

»Nein«, antwortete er hastig. »So war das natürlich nicht gemeint. Ich würde mich sehr gern mit Ihnen treffen«.

Sie schwiegen einen Moment, dann sagte er entschuldigend: »Am Wochenende habe ich leider keine Zeit, denn da muss ich ja arbeiten, aber wie wäre es denn kommenden Mittwoch?

Das ist immer mein freier Tag und das Café ist geschlossen. Und ich würde mich sehr freuen, wenn Ihre Tochter auch dabei ist. Wie geht es ihr denn«?

Liz antwortete: »Molly geht es gut, sie freut sich auf Samstag, denn da ist ein Schulfest. Ich muss natürlich auch mitgehen und werde einen schönen Schokoladenkuchen dafür backen«.

»Oh, den würde ich auch gerne mal probieren«, sagte Richard. »Vielleicht wäre es eine Bereicherung für das Café«. »Aha, so ist das also«, lachte Liz.

Richard antwortete schelmisch: »Ich bin immer offen für neue Kreationen«.

Sie wurde wieder ernster. »Also gut Richard, dann treffen wir uns Mittwoch, aber ich möchte meine Tochter ehrlich gesagt nicht überfordern. Mir wäre es deshalb lieber, dass wir uns am Abend sehen. Wäre das in Ordnung«?

Er antwortete: »Gut, treffen wir uns um sieben am Hafen«, schlug er vor. »Mögen Sie Fisch? Ich kenne da am Princes-Dock ein kleines gemütliches Lokal«.

Sie antwortete: »Ja sehr gerne und ich freue mich«.

»Na und ich erst«, sagte er leise. »Ich kann es jetzt kaum erwarten. Bis dann Liz und noch einen schönen Abend«.

Sie legten auf.

Sie lehnte sich nun entspannt auf der Couch zurück. Alles was sie gerade eben noch belastete, trat etwas in den Hintergrund.

Trotzdem war ihr nicht wohl bei dem bevorstehenden Gespräch mit Jeff Saunders.

**

Liam Patel saß fassungslos im Wohnzimmer seines Hauses und starrte wortlos den opulenten Perserteppich an.

Seine Mutter war tot. Die Kommissare waren sofort nach Rosies Rufen in das Zimmer der alten Dame geeilt.

Stacy lag tatsächlich mit weit geöffneten Augen auf ihrem Bett und rührte sich nicht mehr.

Ein herbeigerufener Notarzt stellte kurz darauf fest, dass sie eine halbe Stunde vorher an Herzversagen gestorben war.

Henry Parker sah seine Kollegin an. »So ein Mist«, sagte er leise. »Vielleicht hätte sie uns noch etwas darüber sagen können, wie die Pesto Gläser ins Haus gekommen sind. Aber es ist leider zu spät«.

Emma nickte. »Ja und außerdem haben wir jetzt keinen Hauptverdächtigen mehr, denn für mich scheidet nun auch Liam Patel aus«.

Vincent sah sie ernst an: »Wer um Gottes Willen könnte denn sonst ein Interesse daran haben, alle Geschwister umzubringen?

Der Einzige, der mir jetzt noch dazu einfällt, wäre Stuart. *Das geheimnisvolle KInd*.

Aber wir haben nicht den Hauch einer Ahnung, wo er ist, wie er jetzt aussieht und ob er überhaupt noch lebt.

Keiner der drei hatte offensichtlich Kontakt mit ihm. Und wie sollte er überhaupt in die Privaträume von Margarethe, Liam und Howard gelangt sein? Ich halte das für ausgeschlossen«.

Inzwischen kam der Notarzt zu ihnen. »Ich kann hier leider nichts mehr tun und muss jetzt zurück in meine Praxis. Auf Wiedersehen«.

Die Kommissare sahen ihm einen Moment nach und gingen noch einmal zu Liam und Rosie Patel.

»Unser Beileid«, murmelte Henry. »Wir werden jetzt zurück nach Liverpool fahren und schnellstens die Gläser untersuchen lassen. Sollten Sie etwas Neues erfahren, dann rufen Sie uns bitte sofort an. Jede auch noch so unscheinbare Kleinigkeit könnte uns weiter bringen«.

Henry Parker atmete schwer. Er wollte hier weg, denn alles, was er seit gestern gesehen und gehört hatte, reichte ihm.

Schweigend fuhren sie nun über die Autobahn zurück nach Liverpool. Auch Emma saß neben ihm und versuchte, ihre Gedanken zu ordnen. Schließlich sagte sie leise: »Und ich dachte immer, in meiner Familie wäre die Hölle los gewesen. Es war auch schlimm, als mein Bruder starb und mein Vater später ging, aber gegen die Verhältnisse bei den Patels war das ja fast wie ein Kindergeburtstag«.

Henry nickte. »Ja, da haben Sie wahrscheinlich recht, auch wenn ich mir so eine Tragödie wie bei Ihnen ebenfalls nicht vorstellen mag«.

Henry Parker gab nun Gas. Er wollte unbedingt vor Anbruch der Dunkelheit zurück sein.

Irgendwann sagte er: »Wir müssen jetzt schnell herausfinden, ob der Gläserinhalt von Howard und Liam identisch mit dem Zeug bei Margarethe war«.

Nach einer kurzen Kaffeepause an einem ziemlich überfüllten Rastplatz und einem Stau in einer Baustelle erreichten sie schließlich am späten Nachmittag Liverpool.

»Bringen Sie bitte gleich die Kiste ins Labor«, sagte Henry. »Ich rede mit dem Staatsanwalt und dann machen wir für heute Feierabend«.

Emma nickte dankbar. Sie hatte schon befürchtet, dass sie Riley um Verständnis für weitere Überstunden bitten sollte. Schließlich stand das Wochenende bevor.

Und sie wusste, dass er ab Montag wieder für mindestens eine Woche mit seinem Montagetrupp unterwegs sein würde.

Während sie mit den Gläsern durch einen langen Flur zum Labor hastete, überlegte sie, was sie heute noch kochen könnte. Schließlich dachte sie: `Ich werde erst einmal nach Hause fahren und sehen, wie es Riley geht und dann können wir ja immer noch entscheiden, was wir machen`. Sie fühlte sich bei diesen Gedanken ein bisschen besser.

Eine junge Laborassistentin nahm ihr die Gläser ab »Brauchen Sie die Ergebnisse heute noch?

Der Chef ist krank und ich habe gleich Feierabend«. Emma sah sie etwas unschlüssig an.

»Naja, DCI Parker wird nicht besonders amüsiert sein, wenn er hört, dass erst am Montag die Ergebnisse auf den Tisch kommen. Wir ermitteln schließlich in einem Mordfall. Haben Sie wenigstens das Protokoll und die Testergebnisse von den Gläsern der Grahams fertig«?

Sie nickte und ging zu einem Regal. »Hier«, sagte sie. »Das können Sie Ihrem Chef mitnehmen. Wir konnten feststellen, dass der Inhalt im

Wesentlichen die gleiche Zusammensetzung hatte, wie die Proben des Mageninhaltes von Margarethe Graham«.

Sie sah sich nun doch die Gläser an, die Emma ihr auf den Labortisch gestellt hatte. »Ich bin jetzt schon fast sicher, dass auch hier dasselbe vor mir steht, zumindest stimmen Farbe und Konsistenz optisch überein. Wo haben Sie das her«?

Emma antwortete: »Die Gläser haben wir aus Norwich mitgebracht. Wir fanden sie in beiden Wohnungen von Margarethes Brüdern.

Es gibt zurzeit absolut keine Erklärung dafür, wieso alle Geschwister dieses Zeug in den Vorratsschränken hatten.
Noch bis gestern haben wir ihren Bruder Liam verdächtigt. Aber sollten seine Gläser auch mit dieser Giftpflanze versetzt worden sein, scheidet er als Täter aus und das ist im Moment unser Problem. Zwei Brüder sollen sterben und die Schwester hat es bereits erwischt, nur warum«?

Emma ließ sich auf einen Hocker fallen. »Da draußen läuft ein Mörder herum«, sagte sie leise. »Wir müssen jetzt schnell eine neue Spur finden«.

»Also gut«, sagte jetzt die Laborassistentin. »Vom Herumstehen wird die Analyse nicht fertig. Ich werde sofort beginnen. Schließlich weiß ich ja, nach was wir suchen müssen. In zwei Stunden haben Sie die Ergebnisse«.

Emma sah sie entsetzt an. »Was? Erst in zwei Stunden«? Die Assistentin hob die Schultern.

»Zaubern kann ich nicht. Ich faxe Ihnen nachher das Ergebnis«.

Ohne auf ihre Antwort zu warten, drehte sie sich um und beugte sich über den Tisch.

Als Emma ins Büro kam, hatte Henry Parker den Telefonhörer in der Hand. Sie ließ sich erschöpft hinter ihrem Schreibtisch auf den knarrenden Stuhl fallen.

Sofort legte er auf und fragte: »Na? Was hat das Labor gesagt«? Sie stand auf und legte ihm wortlos das Protokoll hin. Henry sah sie fragend an. »Was haben Sie denn«?

Emma sagte nun: »Wie erwartet stimmen die Proben vom Mageninhalt Margarethes mit dem Inhalt der Gläser, die bei ihrem Mann gefunden worden sind, überein. Aber das Ergebnis der Gläser von Liam und Howard bekommen wir erst in zwei Stunden«.

Henry hatte jetzt verstanden. »Gehen Sie nach Hause Emma, ich werde warten. Das ist schon ok«.

Sie sah ihn etwas skeptisch an. »Wirklich? Na gut«. Bevor er es sich noch einmal anders überlegen konnte, zog sie sich den Mantel über, nahm ihre Handtasche und ging zur Tür.

Dort drehte sie sich noch einmal um. »Danke Sir«.

**

Mick und Fred hatten inzwischen fest beschlossen, gleich nach der Abschlussfeier nach Kreta zu fliegen.

Den ganzen Abend hatten sie sich Prospekte angesehen und Mick schwärmte seinem Freund immer wieder vor, welche Badebuchten seiner Meinung nach die Schönsten waren.

Sie planten ein paar Tage in der Inselhauptstadt Heraklion zu verbringen und dann in die Präfektur Rethymnon weiter zu fahren. Mick wusste, dass es dort einen herrlichen Stadtstrand gab und sie abends entspannt in der Altstadt durch Bars und Kneipen ziehen konnten.

Aber es gab auch ein archäologisches Museum an der Burg Fortezza, das sie sich bestimmt ansehen würden.

Und gleich direkt gegenüber lag der Hafen, von wo aus sie dann mit der Fähre weiter auf die Vulkaninsel Santorini fahren konnten.

Jetzt saßen sie entspannt in der Küche.
Fred setzte nun seine Bierflasche ab. »Ich bin wirklich mal auf `Deine` Stella gespannt, aber ich hoffe, dass Du nicht, egal wie es ausgeht, den Rest der Zeit dort Trübsal bläst.

Und die Abschlussparty in der Schule lassen wir uns auch auf keinen Fall entgehen. Gleich morgen rede ich mit Dad wegen der Aushilfe am Hof. Hoffentlich hat Scully wieder Zeit und der Hufschmied muss auch unbedingt noch vorher kommen. Wir haben Anmeldungen während Ferien für den Reitunterricht, wie schon lange nicht mehr«.

Mick sagte nun: »Und wir bekommen am Sonntag Besuch«. Fred sah ihn fragend an: »Du sagst das so komisch. Wer kommt denn zu Euch«?

Mick grinste: »Molly«. Fred drehte seine Bierflasche in der Hand. »Aha, wen besucht sie denn? Dich oder ihren Dad«? Mick lehnte sich zurück. »Ich denke, dass sie in erster Linie Dad sehen will, aber er hat mich sofort gefragt, ob ich auch da bin. Ich glaube einfach, dass er noch nicht so recht weiß, wie er damit umgehen soll und ehrlich gesagt, ich auch nicht«.

Fred schüttelte mit dem Kopf. »Noch einmal Mick. Mach sein Problem nicht zu Deinem. Du hattest schließlich schon immer ein prima Verhältnis zu Molly.

Rede mit ihr wie sonst auch und fang ja nicht an, den großen Bruder zu spielen. Dann wird bestimmt alles gut.

Dein Vater muss das allein hinkriegen, aber das wird er nach einer gewissen Zeit bestimmt auch schaffen. Ist das ok«? Mick nickte und fragte jetzt:

»Woher hast Du bloß immer Deine Weisheiten? Du redest, als hättest Du fünfzig Jahre Lebenserfahrung. Ich wüsste nicht, was ich Dir raten sollte, wenn es bei Dir so wäre«.

Fred sah ihn von der Seite an. »Keine Ahnung, wahrscheinlich sind wir beide nicht normal. Schule,

Arbeit und hin und wieder mal ein Bier. Doch ich sage Dir, im Urlaub lass ich nichts aus«.

Mick grinste: »Soll das eine Warnung sein«? Fred lachte: »Nein, das ist eine Tatsache«.

Er grübelte einen Moment und wurde wieder ernst: »Was ist eigentlich mit Mollys Mutter? Jetzt wo Deine Mum nicht mehr da ist …«.

Mick unterbrach ihn: »Über dieses Thema brauchen wir nicht zu reden Fred. Und damit Du es genau weißt, ich war gestern bei ihr zu Hause«.

Fred staunte: »Du warst dort? Bei ihr und Molly«?

Mick nickte: »Ja, sie hatte angerufen, weil sie erfahren hatte, dass Dad wegen seines Unfalls im Hospital lag. Da hat sie mich spontan zum Essen eingeladen.

Sie ist wirklich in Ordnung, aber ich komme mir trotzdem im Moment vor wie ein Verräter«.

Fred fragte: »Wieso denn das«?

Mick seufzte: »Wegen Mum natürlich. Da sitze ich drei Tage nach dem Tod meiner eigenen Mutter zwei Stunden lang bei der jahrelangen Geliebten meines Vaters in der Küche, esse Käseauflauf und lese ihrer Tochter eine Gute-Nacht-Geschichte vor. Das ist doch völlig irre«.

Fred sagte nun: »Ja, irgendwie hast Du schon Recht, aber was macht jetzt Dein Dad? Will er mit ihr zusammen sein«? Mick schüttelte mit dem Kopf. »Das hat Liz mir gegenüber klargestellt. Sie hat es beendet, zumindest hat sie das gesagt«.

Fred trank sein Bier aus, ging zum Wandschrank, wo sein Vater immer den Scotch aufbewahrte und sagte:

»Los, wir trinken jetzt Einen«. Dann holte er zwei Gläser und schenkte ein. Sie stießen an.
Fred sah Mick ernst an: »Und sag mir Bescheid wegen der Beerdigung Deiner Mum, ich komme natürlich«.

Kurz darauf war Mick wieder auf dem Heimweg. Von weitem sah er, dass in der Küche des Hauses noch das
Licht brannte und dachte: `Er hat es bestimmt vergessen auszuschalten`. Er stellte sein Fahrrad in die Garage und schloss die Tür auf.

Leise ging er durch den Flur und hörte, dass auch der Fernseher im Wohnzimmer noch lief. Dann sah er sich um. Auf dem Couchtisch im Wohnzimmer standen noch immer die Pizzaschachteln und das Besteck lag umher. Sein Vater hatte nichts angerührt. »Dad, bist Du noch wach«?

Er stand jetzt wieder im Flur und sah auf die lange gerade Treppe nach oben. `Wo ist er`? dachte Mick besorgt. Er konnte sich nicht vorstellen, dass sein Vater mit dem verletzten Fuß allein hinauf gehumpelt war.

Da sah er am Ende des Flures, dass durch die angelehnte Tür seines Büros ein schwacher Lichtschein fiel. Langsam ging er näher.

Sein Vater saß starr an seinem Schreibtisch, hatte mehrere Fotoalben vor sich und die Tränen liefen ihm über sein Gesicht. »Dad, was tust Du da«? fragte Mick leise. Vincent wischte sich schnell über sein Gesicht.

»Ach nichts weiter«, flüsterte er. »Ich habe mir ein paar alte Bilder angesehen. Das hätte ich jetzt vielleicht nicht tun sollen, denn es nimmt mich doch mehr mit, als ich selbst glaubte«.

Mick setzte sich ihm gegenüber. »Dann lass es doch,
denn ich könnte das bestimmt im Moment auch nicht ertragen. Komm, ich bringe Dich nach oben«.

Vincent schüttelte den Kopf. »Ich werde erst mal, bis ich wieder gesund bin, hier unten übernachten. Die Couch im Büro ist groß genug. Könntest Du mir bitte mein Bettzeug bringen«?

Mick nickte. `Hoffentlich wird bald wieder alles sein wie früher`. Dass das aber nie mehr der Fall war, wurde ihm jetzt schmerzlich klar.

Später schloss er die Haustür ab, löschte überall das Licht und ging in sein Zimmer.

**

Emma hatte die Nacht auf der Couch im Wohnzimmer verbracht. Als sie nach Hause kam, war Riley nicht da und er hatte auch keine Nachricht hinterlassen.

Eine Weile grübelte sie, ob er vielleicht wieder in den Pub gegangen war. Hinterherlaufen und nachsehen, ob er wirklich dort war, wollte sie aber auch nicht.

`Nein`, dachte sie. `Ich habe mir nichts vorzuwerfen`.

Sie hatte ihre Sachen ins Bad geworfen, ausgiebig geduscht und sich in einen dicken Morgenmantel gehüllt, ins Wohnzimmer gesetzt. Nach den Anstrengungen der letzten zwei Tage war sie dann doch eingeschlafen.

Als sie früh morgens wieder wach wurde, dudelte der Fernseher leise vor sich hin und es war noch dunkel. Sie sah auf die Uhr, es war gerade sechs Uhr.

Der Rotwein, den sie abends eigentlich hatte trinken wollen, stand noch unberührt auf dem Tisch.

Jetzt überlegte sie, ob sie Riley vielleicht nicht gehört hatte, als er irgendwann nach Hause gekommen war.

Sie rappelte sich hoch und tappte durch den Flur, dann schaltete sie das Licht an und öffnete die Tür vom Schlafzimmer. Das Bett war leer, er war einfach nicht da.

Resigniert ging sie zurück ins Wohnzimmer. `Was sollte sie bloß tun`? dachte sie jetzt.

`Soll ich mich bei ihm für meinen Job entschuldigen, oder mich in den Innendienst versetzen lassen, damit ich für ihn da bin, wenn er nach Hause kommt? Oder soll ich alles aufgeben und zu Hause bleiben, damit er zufrieden ist`? Sie setzte sich aufrecht hin und sagte laut:

»Das kommt überhaupt nicht in Frage. Ich habe doch nicht umsonst jahrelang auf der Polizeischule gebüffelt, um jetzt da zu sein, wo ich bin. Und wenn ihm das nicht passt, dann kann ich es auch nicht ändern«.

Plötzlich hörte sie, wie der Schlüssel leise im Schloss herumgedreht wurde. Emma lehnte sich zurück. Sie verschränkte demonstrativ die Arme vor sich und sah mit zusammengekniffenen Lippen zur Tür.

Dann stand er vor ihr, hatte Arbeitssachen an und war im Gesicht schmutzig. Lächelnd sah Riley sie an.

»Guten Morgen mein Schatz. Seit wann bist Du da«?

Schnippisch antwortete sie: »Seit gestern Abend, aber das scheint Dich ja nicht zu interessieren«.

Schlagartig wurde er ernst. » Entschuldige bitte, aber ich habe auch einen Job. Ein Notfall, falls Du es genau wissen willst. Vier Personen sind am Abend im Hotel `Mercury` im Aufzug stecken geblieben und ich bin angerufen worden, ob ich einspringen kann.

Ich dachte mir, warum nicht. Du warst sowieso nicht da und dass es so lange dauert, konnte ich schließlich nicht ahnen. Hast Du mir sonst noch etwas vorzuwerfen«?

Ohne ihre Antwort abzuwarten, drehte er sich abrupt um, warf die Tür wieder zu und ging ins Bad.

Als sie das Wasser in die Dusche laufen hörte, warf sie die Hände vor ihr Gesicht. »Ich bin doch so eine blöde Kuh«, sagte jetzt zu sich selbst. Schließlich stand Sie auf und ging in die Küche. Emma traute ihren Augen nicht.
Auf dem Tisch stand ein Strauß mit roten Rosen und neben der Vase lag eine kleine dunkle Schachtel.

Eine weiße Papiertüte lag auf dem Küchenbord, aus dem ein warmer süßer Duft strömte. Riley hatte Croissants mitgebracht.

Sie schluckte und klopfte nun vorsichtig an die Badezimmertür. Wie erwartet kam keine Antwort.

Deprimiert ging sie zurück, schaltete die Kaffeemaschine an, deckte den Tisch und holte alles Essbare aus dem Kühlschrank.

Viel war es nicht, denn eigentlich wollte sie ja gestern noch zum Einkaufen gehen.

Als er schließlich im Jogginganzug in die Küche kam, nahm er sich die Bäckertüte und setzte er sich, ohne sie eines Blickes zu würdigen an den Tisch.

Emma ging zu ihm hin. »Entschuldige bitte«, sagte sie leise. »Ich war wirklich ungerecht. Es tut mir sehr leid«.

Riley sah sie an. »Setz Dich bitte, denn ich möchte Dich etwas fragen«. Emma sah ihn unbehaglich an.

Er lehnte sich zurück. »Hast Du so wenig Vertrauen zu mir? Glaubst Du wirklich, dass ich sobald Du Dich umdrehst und mit Deinem Chef auf Dienstreise bist, losziehe, um mich zu betrinken oder mit einer anderen Frau etwas anzufangen«?

Emma sah nach unten. Ihr war klar, dass sie sich komplett verrannt und vor allen Dingen in Riley getäuscht hatte. Er sagte nun leise: »Wenn Du nichts dazu zu sagen hast, dann hat das mit uns keinen Zweck«. Erschrocken sah sie ihn an. »Bitte nicht Riley. Ich weiß, dass ich einen Fehler gemacht habe, aber stell doch deswegen nicht unsere ganze Beziehung in Frage. Ich liebe Dich doch«.

Er antwortete: »Ich Dich auch, aber wenn wir kein Vertrauen zueinander haben, werden wir uns in Kürze daran zerreiben. Ab Montag bin ich mit dem Team wieder für eine Woche in Leicester. Was willst Du dann tun? Überlegst Du etwa, was ich dort abends mache«?

Emma rief erschrocken: «Jetzt hör aber auf Riley. Ich habe mich bei Dir entschuldigt, mehr kann ich nicht tun.

Und ich sitze übrigens nicht da und unterstelle Dir in Gedanken irgendwelche Affären, aber im Moment bin ich beruflich auch sehr angespannt.

Wir haben einen schwierigen Fall zu lösen und als ich gestern nach Hause kam, hatte ich mich gefreut Dich zu sehen. Du warst nicht da und auch keine Nachricht.

Ein kleiner Zettel von Dir hätte genügt. Ist das zu viel verlangt? Schließlich hätte Dir ja auch etwas passiert sein können und ich wüsste nicht einmal, wo Du bist«.

Riley brummte: »Was soll mir schon passieren«? Emma stand auf und setzte sich auf seinen Schoß.

»Wollen wir uns nicht wieder vertragen«? Er nahm sie in den Arm und gab ihr einen Kuss.

Er lächelte. »Ich glaube, wir müssen uns beide ein wenig ändern. So hatten wir uns wohl beide das Wochenende nicht vorgestellt. Und wie Du sicher schon bemerkt hast, wollte ich Dir eigentlich eine ganz andere Frage stellen«. Er sah aus dem Fenster. »Naja, das Wetter ist schön und morgen ist Sonntag. Wollen wir vielleicht ans Meer fahren und ein Picknick machen«? Emma umarmte ihn und flüsterte: »Ja liebend gerne«.

**

Molly saß am Vormittag in der Küche und sah immer wieder auf die Uhr, die leise vor sich hin tickte.

Sie konnte es nicht erwarten, dass sie heute auf das Schulfest gehen konnte.

Gleich nach dem Aufstehen hatte sie ihren Kleiderschrank aufgemacht und überlegt, was sie heute anziehen würde.

Schließlich hatte sie sich ein gelbes Shirt ausgesucht und den grünen Rock, den sie von ihrer Mum zum Geburtstag bekommen hatte.

Liz kam nun zu ihr und sagte lächelnd: »Ach Molly, jetzt komm schon. Die Zeit wird nicht schneller vergehen, wenn Du hier rumsitzt und die Uhr anstarrst.

Weißt Du was? Wir backen schnell noch ein paar Kekse, die können wir dann auch noch mitnehmen. Unser Schokoladenkuchen ist ja schon fertig«.

Molly sprang auf. »Dann lass uns die mit der Himbeermarmelade oben drauf machen, ja«?

Sie lief zum Backofen, holte erneut die Kuchenbleche hervor und sah nun ihre Mutter erwartungsvoll an.

Schnell knetete Liz einen Teig und rollte ihn aus. Molly durfte die Formen ausstechen und mit der Marmelade bestreichen. Dann schob Liz das Blech in den Ofen und sagte: »So, jetzt ziehen wir uns um und dann geht es wirklich los.

Als sie schließlich auf dem Schulhof ankamen, waren schon viele Kinder mit ihren Eltern da. Liz sah sich kurz um und sagte: »Komm, wir bringen den Kuchen und die Kekse an die Ausgabe und dann gehst Du zu Deinen Freunden«.

Schnell lief Molly davon und Liz blieb einen Moment unschlüssig stehen.

Plötzlich erkannte sie von weitem Jeff Saunders, der freundlich grüßend über den Hof lief. Seine Frau blieb ein Stück hinter ihm zurück und hatte den jüngsten Sohn an der Hand, während Abygail und Daisy bereits bei Molly standen.

Als er dies jetzt bemerkte, lief er hin, zog die beiden Mädchen weg und redete nun in sichtlich scharfem Ton auf sie ein.

Liz konnte es nicht fassen. Irgendwie hatte sie gehofft, dass sein letzter Wutausbruch doch nur einer Laune entsprungen war, aber das schien doch nicht der Fall zu sein. Sie musste unbedingt herausfinden, warum er sich so aufführte. Als sie jetzt auf ihn zulief, sah er sie mit einem verächtlichen Blick an und rief ihr zu:

»Geben Sie sich keine Mühe Miss Bennett und ich sage es Ihnen noch einmal. Wir wollen mit Ihnen nichts mehr zu tun haben. Das gilt übrigens auch für meine Frau und meinen Sohn«.

Liz blieb stehen und sah sich um. Einige Eltern hatten sich bereits umgedreht und verfolgten gespannt, was sie nun zu ihm sagen würde.

Doch nun stand Miss Hunt aus dem Sekretariat neben ihr und sagte leise: »Miss Bennett, lassen Sie sich nicht provozieren und kommen Sie am besten gleich mit. Ich möchte mit Ihnen reden«.
Liz schaute schnell nach Molly. Sie war gerade mit einem anderen Mädchen an einem Kegelspiel beteiligt und beachtete sie gar nicht.

Die Sekretärin überlegte: »Wissen Sie was? Wir holen uns jetzt einen Tee und ein Stück Kuchen«

Liz sah sie etwas betreten an. Als sie schließlich an einem kleinen Tisch saßen, sagte sie ungeduldig: »Nun reden Sie schon, denn ich wüsste nicht, was Molly oder ich Mr. Saunders und seiner Familie getan haben sollten. Er tut ja gerade so, als wären wir plötzlich Aussätzige«.

Miss Hunt begann: »Wie Ihnen ja bekannt ist, ist Mr. Saunders Vorsitzender des Elternbeirates der Schule. Und vorgestern stand er plötzlich im Sekretariat und verlangte ein Gespräch mit Mr. Graham. Ich habe ihm gesagt, dass er einen Unfall hatte und im Hospital liegt.

Wenn es etwas Wichtiges wäre, könnte ich Miss Wilkinson holen. Sie vertritt ihn schließlich, solange er krank ist. Aber das hat er abgelehnt«.

Liz fragte: »Na und dann«?

»Anstatt zu gehen, setzte er sich plötzlich neben mich und fragte mich so seltsame Dinge«. Liz sah sie erstaunt an:

»Was denn für seltsame Dinge«?

Die Sekretärin sah sie unbehaglich an. »Ob ich denn schon wüsste, dass der feine Herr Direktor sich mit anderen Frauen trifft, wo doch seine eigene gerade mal einen Tag vorher gestorben war und dass Mr. Graham moralisch in seiner Position als Direktor nicht tragbar wäre. Und er würde gerade überlegen, sein Wissen auch an das Schulamt weiter zu leiten und den Namen dieser Dame ebenfalls öffentlich zu machen«.

Miss Hunt sah Liz nun direkt an und ergänzte: »Ihren Namen Miss Bennett«.

Liz lehnte sich zurück. »Was bildet sich dieser Kerl eigentlich ein? Fragte sie aufgebracht.

»Das geht Jeff Saunders, selbst wenn es so wäre, doch nichts an. Aber vielleicht ist er ein Moralapostel oder auch ein bisschen neidisch?

Schließlich sieht er selbst nicht gerade so aus, als ob die Frauen bei ihm Schlange stehen«.

Liz wurde immer wütender. »Und was kann denn meine Tochter dafür? Schließlich ist sie noch ein Kind«.

Die Sekretärin nahm Liz am Arm und sagte beschwichtigend: »Beruhigen Sie sich doch. Wissen Sie, ich hätte Ihnen das nicht erzählen müssen, aber nachdem ich vorhin mitbekommen habe, wie er Sie angesprochen hat, konnte ich nicht anders. Ich mag seine hinterhältige Art auch nicht besonders und denke, dass er keine Ruhe geben wird, vor allem nicht wegen unserem Direktor.

Es muss auch schon einige Kreise gezogen haben, denn plötzlich kam Miss Wilkinson zu mir und sagte, dass ich Mr. Graham nicht sagen soll, dass dieses Schulfest überhaupt stattfindet. Mittlerweile frage ich mich auch schon, was Saunders davon hat«.

Liz schüttelte langsam den Kopf: »Keine Ahnung Miss Hunt. Ich glaube einfach, dass Jeff Saunders ein seltsames Geltungsbedürfnis hat. Auf jeden Fall hört er sich schon immer selbst gern reden«.

»Ich weiß gar nicht, wie ich das Mr. Graham beibringen soll«, sagte Miss Hunt. »Schließlich geht es ihm zurzeit nicht gut. Aber sagen Sie, stimmt es, dass Sie wirklich mehr, als ein gutes Verhältnis zu Mr. Graham hatten«?

Liz antwortete resigniert: »Ja Miss Hunt, doch das ist inzwischen beendet. Und von der

Auseinandersetzung mit Jeff Saunders werde ich ihm selbst erzählen. Wie Vincent dann damit umgeht, muss er natürlich selbst wissen«. Sie stand auf.

»Mal sehen, wo Molly ist und wie lange sie noch bleiben möchte. Sie werden sicher verstehen, dass ich heute keine Lust mehr habe«.

Die Sekretärin flüsterte: »Am Montag will Mr. Graham dann mit dem Taxi ins Büro kommen, um die Post zu erledigen. Na mal sehen, was mich erwartet. Ich wünsche Ihnen noch einen schönen Tag«.

Sie drehte sich um und ging direkt zu Miss Wilkinson, die mit zwei anderen Lehrern am Zugang der Aula stand und das Treiben der Kinder auf dem Platz beobachtete.

Liz sah ihr nach.

Miss Hunt war mindestens schon Anfang sechzig, wirkte immer sehr gepflegt und korrekt. Und sie hatte einen stolzen aufrechten Gang.

`Ob Vincent sich überhaupt darüber im Klaren ist, was für eine loyale Mitarbeiterin all die Jahre in seinem Sekretariat arbeitet`? grübelte sie.

**

Am Montag saß Detective-Chief-Inspector Henry Parker schon früh im Büro.

Er hatte die Auswertungen der Analyse der Gläser von Liam und Howard Patel noch abgewartet und sich bei der Laborassistentin bedankt. Wie erwartet, waren alle mit der gleichen Konzentration der Giftpflanze versetzt und wahrscheinlich auch gleichzeitig hergestellt worden.

Als er schließlich spät abends nach Hause gekommen war, lag seine Frau schon im Bett, aber er war nicht zur Ruhe gekommen.

Henry hatte sich mit einem Bier und einer Tüte Chips vor den Fernseher gesetzt und lange überlegt, wie er weiter kommen könnte, aber ihm war einfach nichts eingefallen.

Nun saß er wieder im Büro, studierte die Protokolle und wartete auf seine Kollegin. Vielleicht hatte sie ja eine zündende Idee.

Wenn er darüber nachdachte, dann fiel ihm auf, dass Emma in den letzten Monaten gute Fortschritte gemacht hatte. Sie war umsichtig, schnell, zuverlässig und auch die Zusammenarbeit mit ihr wurde immer besser.

Das Telefon schreckte ihn jetzt aus seinen Gedanken.

»DCI Parker«, sagte er. Am anderen Ende war der pensionierte Polizist Callum Smith aus Norwich.

Henry sah auf die Uhr und rief: »Oh, guten Morgen. So früh schon auf den Beinen? Es ist doch gerade erst kurz nach sieben«.

Callum unterbrach ihn. »Guten Morgen DCI Parker. Normalerweise stehe ich auch nicht so früh auf, aber ich habe gestern Abend etwas beobachtet, was mir keine Ruhe lässt. Ich bin mir zwar nicht sicher, ob das für Ihre Ermittlungen im Fall Graham-Patel wichtig ist, aber ich möchte es Ihnen trotzdem sagen«. Henry fragte erstaunt:

»Nun sagen Sie schon, was Sie gesehen haben. Ich bin für jeden noch so kleinen Hinweis dankbar«. Callum begann: »Ich war wieder in meinem Pub, na Sie wissen schon. Und dort saßen Rosie und Liam Patel einträchtig mit Agnes Walsh zusammen«.

Henry fragte: »Was? Sie meinen die Wirtin aus der Pension, wo Margarethe Graham immer abgestiegen ist«? Callum antwortete: »Ja genau die«.

Henry überlegte kurz: »Aha, dann hat sie also Liam Patel mit Informationen versorgt und so wusste er in der Regel, wann Margarethe Graham nach Norwich kam und auch wieder wegfuhr. Er bekam dann über alles, was sie dort tat, von ihr Bescheid«.

Nach einer kurzen Pause sagte Henry: »Nur leider ist Liam seit gestern kein Verdächtiger mehr Mr. Smith.

Und die gemeinsame Mutter Stacy ist leider inzwischen auch verstorben. Wir können sie jetzt nicht mehr danach fragen und stecken in einer verdammten Sackgasse. Übrigens haben wir bei Liam im Haus dieselben Gläser gefunden wie auch bei seinem Bruder Howard«.

Callum Smith fragte erschrocken: »Was? Sie haben jetzt bei allen Geschwistern diese Gläser gefunden? Das ist doch ein Irrsinn«.

Henry seufzte: »Das können Sie laut sagen und danke für Ihre Nachricht. Wir bleiben in Kontakt. Ich wünsche Ihnen einen schönen Tag Mr. Smith«.

Callum rief: »Legen Sie bitte noch nicht auf. Ich wollte nämlich mit Ihnen noch einmal über Stuart Prinsloo sprechen«. Henry horchte auf.

»Wieso, haben Sie da etwa auch Neuigkeiten«? Callum begann etwas zögerlich: »Mir ist die Sache mit der Adoption von Stuart seit unserem letzten Gespräch nicht mehr aus dem Kopf gegangen«. Henry fragte gespannt: »Und weiter«? Callum atmete durch:

»Ich habe eine sehr hoch betagte Tante. Sie ist schon zweiundneunzig Jahre alt, lebt in einer Seniorenresidenz und war bis gestern, soweit ich das einschätzen kann, geistig noch einigermaßen fit. Nun liegt sie aber leider im Krankenhaus und ist kaum noch ansprechbar.

Aber nachdem wir uns das erste Mal im Pub unterhalten hatten, fiel mir wieder ein, dass sie meiner Frau irgendwann erzählt hatte, mit Stacy Patel in ihrer Jugend befreundet gewesen zu sein. Also bin ich am kommenden Tag zu ihr hingefahren und habe mit ihr Tee getrunken«. Er machte eine kurze Pause und sagte weiter:

»Ihr Mann, also mein Onkel, war bis zu seiner Pensionierung beim Finanzamt tätig. Allerdings hat er, bis kurz vor seinem Tod vor acht Jahren, nie im Familienkreis über berufliche Dinge gesprochen.

Nun erzählte mir meine Tante, dass er ihr auf dem Sterbebett eine verrückte Geschichte erzählt hat. Man kann schon sagen, dass er wohl in letzter Minute sein Gewissen erleichtern wollte.

Arthur Patel hatte, um seine Firma vor dem Ruin zu retten, Steuern hinterzogen. Das Finanzamt bekam schließlich einen anonymen Hinweis und die Ermittlungen begannen, in die auch mein Onkel involviert war.

Während einer Durchsuchung der Geschäftsräume hatte mein Onkel damals Fotos gefunden, die Arthur Patel mit dem kleinen Stuart Prinsloo in eindeutigen delikaten Posen zeigten. Kurz und gut, der Junge ist von seinem Stiefvater missbraucht worden. Mein Onkel stellte ihn daraufhin zur Rede und drohte ihm wohl, dies der Polizei zu melden«.

Henry fragte ungeduldig: »Und dann«? Callum seufzte und Henry merkte, dass es ihm nicht leicht fiel, weiter zu sprechen.

»Mein Onkel und meine Tante waren damals selbst noch sehr jung, hatten gerade ein Haus gebaut und ein kleines Kind, mein Cousin. Das soll keine Entschuldigung sein, aber Arthur Patel hat wohl meinen Onkel bestochen.

Es muss eine erhebliche Summe geflossen sein und anschließend wurden die Fotos vernichtet.

Meine Tante hatte sich zwar gewundert, woher

das Geld plötzlich kam, aber sie hat nicht weiter gefragt.

Sie war froh, dass sie ihren Kredit bezahlen und ab sofort ein relativ sorgenfreies Leben führen konnten. Kurz darauf hat Arthur Patel seine Frau Stacy dazu überredet, Stuart zur Adoption freizugeben.

Er baute sicher darauf, dass man einem kleinen Kind nicht glaubt, wenn er es jemandem erzählen würde, aber er wollte ihn unbedingt aus seiner Familie weg haben.

Wie er das seiner Frau Stacy gegenüber begründet und Sie dazu gebracht hat, der Adoption zuzustimmen, weiß ich nicht. Und ob sie von den Misshandlungen wusste, konnte meine Tante auch nicht sagen«.

Henry war sprachlos und dachte: `Stuart Prinsloo ist also eigentlich eIn Opfer`.

Er fragte nun: »Meinen Sie, dass sich Stuart an diese schrecklichen Ereignisse erinnern kann? Schließlich war er ja noch ein sehr kleiner Junge«.
Callum überlegte: »Wer weiß, ob ihm überhaupt klar war, was mit ihm geschah, als dieser Arthur Patel sich über ihn hergemacht und ihn dabei auch noch fotografiert hat.

Aber sollte es ihm bewusst gewesen sein, könnte es in ihm etwas Schreckliches ausgelöst haben.

So was steckt man doch nicht einfach weg. Ich würde mich nicht wundern, wenn er sich an allen rächen wollte, die damit zu tun hatten oder davon wussten«.

Henry saß geschockt an seinem Schreibtisch. »Das ist ja furchtbar, aber jetzt scheint es für die Adoption einen nachvollziehbaren Grund zu geben.

Meinen Sie, dass Ihre Tante vielleicht doch noch eine Aussage machen kann«?

Callum antwortete: »So wie es jetzt aussieht, glaube ich das nicht mehr, aber natürlich rufe ich Sie an, wenn sich ihr Gesundheitszustand bessern sollte. Im Zweifel würde ich für ihre Schilderungen einen Eid schwören«.

Sie verabschiedeten sich und legten auf.
In diesem Moment kam Emma Reynolds zur Tür herein, zog lächelnd ihren Mantel aus und sagte gutgelaunt: »Guten Morgen Sir«.

Dann ging sie wortlos zum Kaffeeautomat, kam mit zwei Bechern zurück und stellte ihm einen hin. »Hier für Sie, mit Milch und Zucker«.

Dann setzte sie sich wieder an ihren Schreibtisch. »Na, wie war das Wochenende«?

Henry grinste. »Also wenn ich Sie so ansehe, dann weiß ich zumindest, dass bei Ihnen alles ok ist. Und meine Frau kennt mich seit vielen Jahren nicht anders. Also auch alles in Ordnung«. Er lehnte sich zurück und holte seine Zigaretten aus der Tasche. »Gerade hat übrigens Callum Smith aus Norwich angerufen«.

»Hat er Neuigkeiten für uns«? fragte Emma.

Henry zündete sich eine an und sagte gedehnt: »Ja. Aber was er mir gerade erzählt hat, muss ich erst einmal selbst verdauen«.

Emma nahm einen Schluck Kaffee. »Was heißt denn das«? Er begann: »Wir wissen jetzt, wer die Informantin von Liam war, der Margarethe verfolgt hat, wenn sie in Norwich war«.

Emma beugte sich nach vorn und wiederholte: »Informantin«? Henry nickte. »Ja Informantin. Callum Smith war gestern im Pub und wer saß dort ebenfalls? Liam und Rosie Patel zusammen mit Agnes Walsh aus der Pension. Na wenn das kein Zufall ist«.

Emma ließ sich enttäuscht gegen die Rückenlehne ihres Stuhls fallen. »Nur nutzt uns diese Information nicht wirklich etwas«.

Henry sah sie jetzt ernst an. »Aber was Callum mir außerdem erzählt hat, schlägt dem Fass den Boden aus«. Sie fragte gespannt: »Nun sagen Sie schon«.

Henry schilderte ihr in knappen Zügen, was Callum von seiner Tante erfahren hatte.

Emma saß fassungslos da und schluckte. »Das ist ja schrecklich und wenn ich es mir richtig überlege, müssen wir schnellstens herausfinden, ob auch Liam missbraucht wurde. Nach Howards Beschreibungen buhlte er ständig um die Gunst seines Stiefvaters. Vielleicht war ihm klar, dass ihm das Gleiche Schicksal wie seinem Bruder blüht, wenn er nicht genau das tat, was der wollte«.

Henry nickte. »Da müssen wir mit Vorsicht herangehen, denn den Missbrauch wird er nicht einfach so zugeben.

Aber es würde seine grundsätzlich schroffe und abweisende Art erklären. Und seine Besessenheit eine eigene Familie mit Kindern zu haben. Vielleicht wollte er einfach nur alles besser machen«.

Emma überlegte wieder: »Sir, das was ich Ihnen jetzt sage, ist natürlich nur eine Vermutung«.

Henry fragte: »Was denn«? Sie antwortete mit ernster Miene: »Ich habe vor kurzem von einer Studie gelesen, in der ein hoher Prozentteil von Missbrauchsopfern später selbst Täter werden. Vielleicht blieb dem Kind, dass Liam nie haben konnte, so einiges erspart«.

Henry stand abrupt auf und schüttelte sich. »Daran will ich gar nicht denken, konzentrieren wir uns lieber auf die Fakten«.

Emma hob die Schultern und nahm sich das Protokoll des Labors. »Ich habe nur laut gedacht. Was hat eigentlich die Analyse ergeben«?

Henry drückte seine Zigarette aus: »Wie erwartet die gleiche Zusammensetzung des Inhaltes in allen Gläsern.

Anscheinend sollten wirklich außer Margarethe auch Liam und Howard umkommen«.

Sie sah ihn fragend an: »Und was ist mit den Angehörigen, Rosie Patel, Vincent und Mick Graham?

Schließlich hätten sie zufällig das Gleiche essen können, wenn sie es gewollt hätten«.

Henry murmelte: »Vielleicht ist das dem Täter egal«.

Sie trank ihren Kaffee aus. »Sie sprechen immer von dem Täter. Woher wollen Sie eigentlich wissen, dass es sich um einen Mann handelt und dass es nur eine Person gibt?

Wir sind doch im Moment der Meinung, dass Liam als Hauptverdächtiger ausscheidet. Über diesen Stuart Prinsloo wissen wir nicht, wo und ob er überhaupt noch lebt. Und was ist mit Rosie? Schließlich leidet sie seit vielen Jahren unter ihrem Mann. Falls sie wusste, was in den Gläsern ist, hätte sie doch ohne weiteres die Möglichkeit, Liam dieses Zeug vorzusetzen.

Und was ist mit Vincent Graham? Er hatte eine jahrelange Affäre und seine Frau Margarethe stand ihm vielleicht irgendwann im Weg. Nach seiner eigenen Aussage wusste er, dass sie ausschließlich vegetarisch isst. Es wäre doch ein Leichtes gewesen, ihr die Gläser unterzuschieben«.

Henry sah sie etwas verblüfft an. » Viele Fragen und interessante Theorien Emma. Aber die Variante Vincent Graham scheidet für mich aus, denn dann hätte es auch seinen Sohn Mick treffen können. Das würde er bestimmt nicht riskieren«.

Er stand nun auf, ging zum Fenster und sah grübelnd in den Innenhof. »Ihre These mit Rosie Patel finde ich spannend. Sie hat schließlich wirklich ein Motiv. Liam setzt sie seit vielen Jahren psychisch unter Druck, weil sie nie Kinder bekommen konnten. Also meine Frau würde sich das bestimmt auch nicht ewig bieten lassen«.

Emma entgegnete: »Wäre es wirklich Rosie, stellt sich nach wie vor die Frage, wieso dann alle Geschwister getötet werden sollten und wie die Gläser in alle Vorratsräume kamen. Sie war schließlich nie bei den Grahams und zu Howard hatte sie doch auch keinen Kontakt, oder«?

Henry brummte: »Das weiß ich auch nicht genau, aber wir können es mit zwei Telefonaten bestimmt herausfinden. Rufen Sie bei bitte Howard Patel an und fragen Sie nach, ob Rosie nicht doch noch mal in der letzten Zeit kurz bei ihm war. Er sagte zwar, dass außer dem Pflegedienst und Margarethe keiner die Wohnung betreten hatte, aber wir müssen sicher sein.

Und auch bei Vincent Graham. Dann ersparen wir uns vielleicht ein weiteres Zusammentreffen mit seinem Rechtsanwalt Baker. Ohne ihn wollte er ja keine Aussage mehr bei uns machen«.

Emma fragte ein wenig besorgt: »Und wenn er einfach auflegt«?

»Sie machen das schon«, antwortete er. »Lassen Sie mal ihren Charme spielen. Und wir sollten die Sache mit Stuart Prinsloo nicht aus den Augen verlieren.

Wir checken einfach eins nach dem anderen ab«.

Er zog seinen Mantel über. »So, ich habe heute einen Termin in der Schule. Das jährliche Elterngespräch wegen Amy bei ihrer Klassenlehrerin Miss Wilkinson.

Meine Frau macht das ja sonst immer, aber sie hat einen Arzttermin und deshalb muss ich jetzt daran glauben. Aber naja, sonst höre ich ja das Meiste nur aus zweiter Hand und es schadet vielleicht nicht, wenn ich mal selbst hingehe. Bis nachher«. Die Tür fiel ins Schloss.

**

Vincent Graham hatte wieder fast die ganze Nacht nicht geschlafen. Nun saß er völlig übermüdet mit dem Morgenmantel in seiner Küche und trank Kaffee.

Dies tat er normalerweise um diese Zeit nicht, aber ein Taxi sollte ihn während der ersten Unterrichtsstunde in die Schule bringen. Er wollte möglichst wenigen Lehrern und Personal begegnen.

Liz hatte, als sie mit Molly bei ihm war, erzählt, dass Jeff Saunders anscheinend etwas im Schilde führte.

Sie hatte sich darüber aufgeregt, wie er während des Schulfestes seine Tochter und sie in aller Öffentlichkeit behandelt hatte und auch er selbst fragte sich, wie er von der Affäre mit ihr überhaupt erfahren konnte. Grübelnd schaute er aus dem Fenster.

`Margarethe hat nicht einmal etwas geahnt und Saunders hätte, wenn er es früher gewusst hätte, ihr doch bestimmt, während ihrer Arbeit im Supermarkt davon erzählt. Und dann hätte sie mich sicher zur Rede gestellt. Aber was geht es ihn überhaupt an`?

Jedenfalls war er seiner Sekretärin Miss Hunt, die nun schon fast dreißig Jahre in diesem Sekretariat arbeitete und viele Lehrer hatte kommen und gehen sehen, innerlich sehr dankbar, dass sie ihn nicht ins Messer laufen ließ.

Dann dachte er wieder an die kleine Molly, wie sie am Sonntag-Nachmittag vor seiner Wohnungstür gestanden war. Das Bild, das sie gemalt hatte, heftete Mick sofort mit einem Magneten an den Kühlschrank und überhaupt war sie ihm den ganzen Tag nicht von der Seite gewichen.

Vincent musste schmunzeln, wie die beiden später im Garten unter dem blühenden Kirschbaum in der Hängematte saßen und Eis aßen. Molly hatte ihm sichtlich aufgeregt eine Geschichte nach der anderen erzählt, aber er hatte keineswegs das Gefühl, dass Mick das nervte.

Lächelnd hatte er zugehört und so manches mit lustigen Sprüchen kommentiert.

Er gestand sich inzwischen ein, dass sein eigener Sohn mit der neuen Situation wesentlich souveräner umging, als er selbst.

Plötzlich sah er erschrocken auf die Küchenuhr,

die über dem Herd leise vor sich hin tickte.

`Jetzt aber los`, dachte er besorgt. `Sonst schaffe ich es nicht`. Er stand auf, stellte seine Tasse ins Spülbecken und humpelte ins Bad.

Als er kurze Zeit später in sein Sakko im Flur schlüpfte, hupte es auch schon vor der Tür.

Die Fahrt durch die Stadt ging um diese Zeit nur langsam voran und mehrere Ampeln waren ausgefallen.

Immer wieder sah er auf seine Armbanduhr und dachte: `Wenn das so weitergeht, komme ich zur ersten Pause an`. Das Taxi hielt schließlich am Lehrerparkplatz.

Vincent sah sich um, niemand war zu sehen.

Er kletterte nun von der Rückbank nach draußen, nahm seine Mappe und den Krückstock und lief langsam zum Seiteneingang. Er war froh, dass es einen Aufzug gab, der ihn schnell in den ersten Stock brachte.

Als er den Flur entlang humpelte, sah er schon von weitem einige Personen vor dem Besprechungsraum sitzen, die anscheinend einen Termin vereinbart hatten.

Ihm fiel wieder ein, dass heute die Elterngespräche der vierten Klassen anberaumt waren. Er traute seinen Augen nicht, als er dort den Detective-Chief-Inspector Parker sitzen sah. Henry schien genauso erstaunt.

Offenbar hatte er nicht damit ausgerechnet, Vincent Graham hier zu treffen. Er stand auf:

»Guten Morgen Mr. Graham, was ist Ihnen denn passiert«?

Vincent stellte seine Tasche ab. »Ich hatte einen Unfall, dabei hab ich mir das Schienbein gebrochen und musste zwei Tage im Hospital bleiben. Jetzt bin ich erst einmal krankgeschrieben, was mir natürlich gar nicht passt.

Ich erledige gleich das Notwendigste mit meiner Sekretärin und dann habe ich noch einen Termin beim Arzt. Und Sie sind heute wegen Ihrer Tochter da, oder«?

Henry nickte. »Ja, Miss Wilkinson ist Amy`s Klassenlehrerin. Meine Frau hat heute keine Zeit, aber ich glaube nicht, dass es schwierige Themen geben wird.

In der Hinsicht haben wir Glück. Amy hat bislang gute Noten bekommen und auch sonst können wir uns nicht beschweren«.

Vincent nickte: »Dann ist ja bei Ihnen privat wenigstens alles in Ordnung. So, ich muss jetzt weiter«.

Henry nahm ihn am Arm und sagte leise: »Mr. Graham, da ich Sie nun hier zufällig getroffen habe. Darf ich Ihnen schnell eine Frage bezüglich unseres Falls stellen? Ich verspreche Ihnen, dass wir für die Beantwortung bestimmt keinen Rechtsanwalt brauchen«.

Vincent blieb stehen und überlegte kurz. »Kommen Sie bitte mit in mein Büro. Es muss ja nicht jeder zuhören«.

Tatsächlich sahen schon einige Eltern interessiert zu ihnen herüber.
Sie gingen den Flur entlang und Vincent öffnete die Tür zum Sekretariat.

Miss Hunt saß an der Schreibmaschine und hatte Kopfhörer auf. Als sie ihren Chef sah, unterbrach sie sofort ihr Diktat, stand auf und sagte freundlich: »Guten Morgen Sir. Ich freue mich Sie zu sehen, wie geht es Ihnen denn«?

Vincent winkte ab. »Guten Morgen Miss Hunt. Und ja, es geht schon. Dieser Verband ist natürlich lästig, aber da muss ich jetzt durch«.

Er humpelte zu seinem Büro und wollte gerade die Tür öffnen, als sie rief: »Entschuldigen Sie bitte Sir, aber da drin ist gerade eine Besprechung. Sie können da jetzt nicht stören«.

Vincent Graham drehte sich entsetzt zur ihr um. »Wie bitte, in meinem Büro? Wer wagt es, sich dort breit zu machen«?

Die Sekretärin lief rot an. »Miss Wilkinson kam heute Morgen und hat mir erklärt, dass Sie bis auf weiteres Ihre Aufgaben übernehmen wird. Und das Sie den Konferenztisch in diesem Büro für Besprechungen braucht. Jetzt sitzt sie mit Mr. Saunders vom Elternbeirat bereits seit gut einer halben Stunde drin«.

»Reden wir hier von Jeff Saunders, den Leiter eines Supermarktes«? fragte nun Henry Parker erstaunt.

Vincent nickte: »Woher kennen Sie ihn? Kaufen Sie dort manchmal ein«?

Henry antwortete: »Nein, das gehört eigentlich nicht zu meinen Stärken. Ich kenne Jeff Saunders erst, seitdem ich den Mord an Ihrer Frau bearbeite. Sie hat ja in seiner Filiale gearbeitet und wir haben ihn im Rahmen unserer allgemeinen Ermittlungen befragt. Schließlich müssen wir allen Hinweisen nachgehen«.

Vincent sah ihn fragend an: »Was denn für Hinweise? Margarethe hat doch nur an zwei Tagen in der Woche dort für ein paar Stunden als Aushilfe gearbeitet.

Verstanden habe ich sie in dieser Hinsicht nicht, denn finanziell war sie durch mein Einkommen immer gut versorgt. Mir wäre es sowieso lieber gewesen, wenn sie zu Hause geblieben wäre«.

Henry antwortete: »Darüber erlaube ich mir kein Urteil. Aber ich denke, dass Sie jetzt erst einmal Ihr annektiertes Büro zurück erobern sollten. Die Butter würde ich mir an Ihrer Stelle auch nicht vom Brot nehmen lassen«.

Vincent nickte und öffnete ohne anzuklopfen energisch die Tür. Erschrocken drehten sich die Lehrerin und Jeff Saunders zu ihm um. Vincent Graham sah Miss Wilkinson wütend an. »Was fällt Ihnen ein? Wie können Sie es wagen in meinem Büro Besprechungen abzuhalten«?

Sie lief puterrot an. »Mr. Graham, ich dachte ...«.

Er unterbrach sie: »Was dachten Sie, wenn ich mal fragen darf? Oder inszenieren Sie etwa mit Jeff Saunders hinter meinem Rücken irgendwelche Ränkespiele? Sie verlassen beide sofort dieses Büro und wagen Sie etwas derartiges nie wieder. Hier bin ich der Direktor, sonst niemand und wer das anzweifelt, der soll mich kennenlernen«.

Vincent hatte sich regelrecht in Rage geredet und schaute ihnen mit zusammengekniffenen Lippen nach, als sie wortlos an ihm und dem Kommissar vorbeihuschten.

Dann drehte er sich um und sagte: »Miss Hunt, stimmt es, dass Miss Wilkinson nicht wollte, dass ich von dem Schulfest am letzten Samstag etwas erfahre«?

Sie nickte verlegen. »Ja Mr. Graham, das ist richtig. Ich sage Ihnen aber gleich dazu, dass ich nach wie vor keine Ahnung habe, warum sie das so wollte. Und ich habe auch das Gefühl, dass Mr. Saunders mit hinter dieser Intrige steckt. Irgendetwas hat er vor, nur fragen Sie mich bitte nicht, was das sein könnte«.

Vincent Graham ließ sich erschöpft auf seinen Schreibtischstuhl fallen und sah Henry Parker wieder an.

»Ich verstehe das alles nicht. Saunders ist schon drei Jahre im Beirat und seit über einem Jahr Vorsitzender. Wir hatten doch noch nie Probleme miteinander.

Gut vielleicht die eine oder andere Diskussion,

aber da ging es immer um eine konkrete Sache in der Schule.

Jetzt habe ich das Gefühl, dass er mir persönlich schaden möchte. Was will er denn von mir«?

Henry Parker setzte sich gegenüber und sagte ruhig: »Ich glaube, dass ich Ihnen bei der Aufklärung dieser Fragen behilflich sein kann«.

**

Emma Reynolds hatte den Vormittag im Büro verbracht. Mehrmals hatte sie vergeblich versucht Howard Patel zu erreichen und auch bei Vincent Graham lief nur der Anrufbeantworter.

Sie nahm sich die Ermittlungsakte und versuchte sich zu konzentrieren, nur das fiel ihr im Moment schwer. Immer wieder dachte sie an Riley, als er ihr am Crosby Beach einen Heiratsantrag gemacht hatte.

Sie konnte es einfach noch nicht glauben, dass sie in einem halben Jahr verheiratet sein würde. Am Abend wollte sie ihre Mutter anrufen, um es ihr zu sagen.

Das Telefon schreckte sie aus ihren Gedanken. Sie hob ab. «Detective-Sergeant Reynolds«.

Zunächst war niemand zu hören. »Hallo, wer ist denn da«? Eine Frau antwortete schüchtern:

«Ja hallo, spreche ich mit Scotland-Yard«?

»Ganz recht«, sagte Emma. »Was kann ich denn für Sie tun«? Die Frau sagte nun zögerlich: »Hier ist Agnes Walsh aus Norwich«.

Emma fragte erstaunt: »Ach hallo Mrs. Walsh. Gibt es etwas Neues«?

»Ich fühle mich bei diesem Anruf nicht besonders wohl«, seufzte Agnes. »Aber ich muss Ihnen etwas sagen«.

Emma setzte sich aufrecht hin. »Na, dann schießen Sie mal los«. Agnes räusperte sich und begann:

»Vorgestern Abend war ich mit Liam und Rosie Patel in einem Pub. Wissen Sie, ich war es, der sie oft informiert hat, wenn Margarethe Graham nach Norwich kam. Immer wusste ich das natürlich nicht, aber meistens eben schon«.

»Wir sind inzwischen schon über ihr Treffen mit den Patels unterrichtet worden Mrs. Walsh«, sagte Emma gelassen. Agnes fragte erstaunt: »Wie haben Sie denn das raus bekommen«? »Das spielt keine Rolle Mrs. Walsh, aber es war eher ein Zufall, dass wir das erfahren haben. War das alles«? » Nein, nicht ganz«, sagte Agnes hastig.

»Als Liam kurz seinen Platz verlies, hat mir Rosie erzählt, dass sie ihn verlassen will. Und zwar wegen einem anderen Mann«.

Emma entgegnete: »Das wundert mich nun wirklich nicht, denn ich habe ihn ja selbst erlebt. Allerdings kann ich mir überhaupt nicht vorstellen, dass Rosie Patel fremdgeht, denn Mr. Patel überwacht sie doch bestimmt, wo er nur kann«.

Agnes antwortete: »Das ist es ja eben. Und sie hat mir vorgeschwärmt, dass dieser Mann fast der gleiche Typ wäre wie Liam, nur vom Charakter das ganze Gegenteil.

Er würde ihr jeden Wunsch von den Augen ablesen und sie auf Händen tragen«.

Emma stutzte: »Also ein ähnlicher Mann wie Liam Patel? Was hat sie denn noch erzählt«?

Agnes antwortete: »Leider nichts mehr, denn Liam kam zurück an den Tisch und kurz darauf bin ich dann nach Hause gegangen. Naja, vielleicht ist das alles belanglos, was ich Ihnen gerade gesagt habe, aber man weiß ja nie«.

Emma überlegte kurz. »Ich glaube ehrlich gesagt im Moment auch nicht, dass das für unseren Fall eine Bedeutung hat. Aber trotzdem vielen Dank. Nur jetzt sagen Sie mal, warum haben Sie Liam diese Infos über Margarethe Graham gegeben«?

Agnes antwortete verlegen: »Nun, die Geschäfte gingen nicht immer gut, wissen Sie. Und ich kann jeden Penny gebrauchen, aber im Grunde habe ich ihr bestimmt nicht geschadet«.

Emma sagte darauf: »Das kann ich für Sie nur hoffen Mrs. Walsh und nett war das außerdem nicht, was Sie da gemacht haben«.

Agnes räusperte sich: »Ja ich weiß, deshalb hatte ich ja auch ein schlechtes Gewissen. Außerdem würde ich so etwas bestimmt nicht noch einmal tun«.

»Na gut Mrs. Walsh«, schloss Emma das Gespräch.

»Ich werde natürlich mit DCI Parker über unser Telefonat sprechen und sollten Sie in nächster Zeit etwas Neues erfahren, melden Sie sich bitte. Jeder Hinweis könnte uns weiter bringen«.

Sie legten auf. `Es ist doch irgendwie seltsam`, dachte Emma. `Die ganze Familie zerbricht. Howard Patel sitzt im Rollstuhl und ist jetzt nach Margarethes Tod ganz allein.

Ihr Mann Vincent ist jetzt auch allein und Rosie Patel will von ihrem Mann weg, sodass dann auch Liam Patel niemanden mehr hat. Zumal die Mutter nun auch nicht mehr lebt. Und dann der Missbrauch an Stuart Prinsloo und diese mysteriöse Adoption. Das kann kein Zufall sein`.

Sie blätterte erneut die Ermittlungsakte durch. `Wer hatte bloß die Möglichkeit, die vergifteten Gläser Howard, Margarethe und Liam unterzujubeln? Schließlich wohnten sie ja viele Kilometer voneinander entfernt`.

Sie stand auf, goss sich einen Kaffee ein und sah grübelnd aus dem Fenster in den Innenhof.

`Und wenn nicht Stuart Prinsloo, von dem wir auch jetzt immer noch nichts wissen, sondern tatsächlich Rosie etwas damit zu tun hat? Sie will Liam wegen einem anderen Mann verlassen. Das wird bestimmt nicht leicht.

Und ich glaube nicht, dass er sie einfach so gehen lässt. Da käme es ihr doch gelegen, wenn Liam plötzlich stirbt, zumal sie dann das ganze Vermögen erbt.

Aber eigentlich passt das auch nicht zu ihr, denn so wie wir sie kennengelernt haben, müsste sie ein zweites `Ich` in sich tragen. Es muss etwas geben, was wir übersehen haben`.

Plötzlich ging die Tür auf und Henry Parker kam herein. »Hallo Emma«, sagte er aufgeregt. »Ich komme gerade aus der Schule, da war was los«.

Sie sah ihn erstaunt an. »Wieso? Gibt es Probleme mit Ihrer Tochter«? Henry schüttelte den Kopf.

»Über Amy haben wir gar nicht gesprochen, aber Vincent Graham war dort. Ich habe nicht mehr daran gedacht, dass er ja dort der Direktor ist«.

Schnell goss er sich einen Kaffee ein und setzte sich ihr gegenüber. Er begann: »Vincent Graham hatte einen Autounfall und ist eigentlich im Krankenstand.

Er hat sich das Bein gebrochen, aber wie das nun mal so ist, wollte er trotzdem nach dem Rechten sehen und ist mit dem Taxi in die Schule gefahren. Ich habe ihn auf dem Flur getroffen, während ich auf Amy` s Lehrerin, Miss Wilkinson gewartet habe«.

Emma sagte vorwurfsvoll: »Na dann kann ich ja lange bei den Grahams anrufen. Haben Sie wenigstens mit ihm sprechen können«?

Henry nickte. »Ja und er wollte mich sogar in sein Büro bitten. Als wir im Sekretariat ankamen, musste er feststellen, dass dies bereits besetzt war. Und wissen Sie von wem«?

Emma wurde ungeduldig: »Nun machen Sie es nicht so spannend. Wer war denn da drin«?

Henry lehnte sich zurück, trank langsam einen Schluck Kaffee und sagte nun gedehnt: »Miss Wilkinson und unser kleiner Gernegroß Jeff Saunders. Er ist seit mehreren Jahren Vorsitzender des Elternbeirates«.

Emma fragte nun: »Und wie hat Mr. Graham darauf reagiert«? Henry lächelte: »Na das können Sie sich sicher vorstellen. Er ist schier ausgerastet, was ich im Übrigen verstehen kann. Wer meinen Schreibtisch besetzt, wenn ich krank bin, müsste mit einer ähnlichen Reaktion rechnen. Schließlich hat Vincent Graham die beiden rausgeschmissen und dann sind sie wie ertappte Kinder aus dem Büro geschlichen«.

Er machte eine Pause. »Naja, jedenfalls war er nun völlig außer sich, aber ich habe ihn etwas beruhigen können. Er hat sich natürlich gefragt, was da gerade hinter seinem Rücken gespielt wird und warum Mr. Saunders nichts auslässt ihn zu drangsalieren«.

»Und, was haben Sie dann gemacht«? fragte Emma.
Henry hob die Schultern. »Na was schon. Ich habe ihm erklärt, dass er ihn mit Liz Bennett an besagtem

Abend gesehen hat und jetzt daraus eine Staatsaffäre konstruiert«.

Er grübelte: »Saunders will unbedingt Vincent Graham zu Fall bringen. Aber warum macht er das so krass«?

Emma antwortete: »Purer Neid. In meinen Augen ist er ein Mann, der selbst kaum bei Frauen landen kann und dann schlägt er eben um sich«.

Henry sah sie erstaunt an. »Aber warum denn? Er hat doch eine Frau und immerhin drei Kinder. Was will er denn von Vincent Graham und Liz Bennett? Es kann ihm doch völlig egal sein, ob die beiden miteinander schlafen oder nicht«.

Emma hob die Schultern. »Ich habe aber keine andere Erklärung für sein Verhalten. Vielleicht hat er auch einfach nur einen fiesen Charakter, sonst nichts«.

Sie hielt ihm jetzt die Ermittlungsakte hin. »Konnten Sie wenigstens Mr. Graham fragen, ob Rosie Patel in der letzten Zeit bei ihm im Haus war oder nicht? Wir verlieren sonst bei diesen Nebenkriegs-Schauplätzen noch unseren Fall aus den Augen«.

Henry nickte. »Rosie war schon ewig nicht mehr dort. Vincent konnte sich gar nicht mehr erinnern, wann das der Fall war. Er schätzte, dass die Patels bei Micks Taufe das letzte Mal in Liverpool waren. Und wie lange das her ist, können Sie sich selbst ausrechnen«.

Emma setzte sich wieder. »Ach und noch etwas. Agnes Walsh hat vorhin hier angerufen«.

Sichtlich überrascht fragte Henry: »Ja und? Hat Sie etwa Neuigkeiten für uns«?

Sie schüttelte den Kopf. »Eigentlich nichts, was wir von Callum Smith nicht schon wüssten. Zumindest was das Treffen mit den Patels angeht. Sie hat zugegeben, dass sie, wenn Margarethe Graham in Norwich war, Geld kassiert hat.
Dafür hat sie dann Liam Patel über jeden Schritt und Tritt von Margarethe auf dem Laufenden gehalten.

Und noch eins, Rosie hat ihr bei dem Treffen im Pub erzählt, dass sie sich angeblich von Liam trennen will. Sie hat wohl einen Anderen, der sie auf Händen trägt.

Ich kann mir das zwar nicht vorstellen, denn sie kam mir so eingeschüchtert, ja fast prüde vor. Aber man kann sich ja täuschen.

Und Howard war bis jetzt nicht erreichbar, aber ich habe ehrlich gesagt auch keine Hoffnung, dass Rosie in der letzten Zeit bei ihm war. Irgendwie hat sie zwar ein Motiv, denn wenn Liam stirbt, lösen sich ihre Probleme doch fast von selbst«. Emma schüttelte grübelnd den Kopf. »Trotzdem bin ich der Meinung, dass uns irgendein wichtiges Puzzlestück fehlt«.

Henry stand auf, steckte die Hände in die Taschen und sah sie ernst an. »Wir sollten schnellstens diesen Stuart Prinsloo finden, vielleicht ist er dieses fehlende Teil«.

**

Richard Cox saß in einem kleinen gemütlichen Lokal am Princes-Dock und sah immer wieder gespannt zum Eingang.

Er hatte sein Café eine Stunde früher als sonst geschlossen, denn er wollte auf keinen Fall zu spät kommen und Liz warten lassen.

Als sie kurz darauf in einem hübschen Kleid vor ihm stand, begann er zu strahlen. »Hallo Liz, schön Sie zu sehen«.

Sie lächelte: »Ich habe mich auch den ganzen Tag darauf gefreut«. Sie setzten sich und Liz sah sich um. »Das ist ein sehr schönes Lokal. Ich war noch nie hier. Überhaupt habe ich mir in den letzten Jahren selten so etwas Schönes gegönnt«.

Richard antwortete: »Na das können wir vielleicht gemeinsam ändern«. Dann winkte er dem Kellner zu, bestellte einen trockenen Rotwein und eine große Fischplatte.

Nach dem Essen fragte er: »Was macht denn Molly heute Abend? Ist sie allein zu Hause«?

Liz antwortete: »Da sie morgen früh in die Schule muss, wird sie hoffentlich bald schlafen. aber meine Nachbarin sieht nach ihr. Molly muss auch lernen, mal ein paar Stunden am Abend alleine zu sein«.

»Weiß sie denn, dass Sie sich heute mit mir hier treffen«? fragte Richard weiter.

Liz schüttelte den Kopf. »Ehrlich gesagt nein, denn ich glaube, dass ich sie im Moment damit überfordern würde.

Schließlich hat sie erst vor ein paar Tagen erfahren, wer ihr richtiger Vater ist. Und wenn ich ihr jetzt davon erzähle, dass es vielleicht einen anderen Mann in meinem Leben gibt, könnte das ein bisschen viel für sie sein«.

Er sah sie ernst an. »Vielleicht«?
Liz lächelte unsicher. »Naja, wir müssen uns ja erst richtig kennen lernen, bevor wir etwas anderes sagen können, oder«? Richard nickte. »Als erstes sollten wir uns duzen und ja, Du hast schon Recht. Aber ich würde auch gerne zusammen mit Molly etwas unternehmen, wenn ich Zeit habe. Wir könnten alle ins Kino gehen, in den Tierpark fahren, oder wir machen ein Picknick am Meer. Ich habe einen Faltdrachen, den ich mit ihr steigen lassen könnte. Daran wird Molly bestimmt Spaß haben«.

Liz antwortete: »Das hört sich ja fast wie ein Märchen an. Hast Du eigentlich auch Kinder«?

Richard lehnte sich zurück. »Leider nein. Ich war neun Jahre verheiratet. Meine Frau konnte leider Keine bekommen. Ich hatte mich irgendwann damit abgefunden, aber sie nicht. Sie hat furchtbar darunter gelitten und unsere Ehe ist letztlich daran zerbrochen.

Es kam wie es kommen musste, wir haben uns scheiden lassen und sie ist zurück nach Schottland zu ihren Eltern gezogen. Und nun stehe ich seit immerhin drei Jahren mit dem Café allein da.

Oft ist es nicht leicht, denn ich muss auch einen Kredit abbezahlen, der mir in den Wintermonaten schwer zu schaffen macht. Aber dieses Jahr hat gut begonnen und ich bin sehr zuversichtlich, dass es noch besser wird. Aber ich möchte Dich gerade heute Abend nicht mit meinen Problemen belasten«.

Liz beugte sich etwas nach vorn und sah ihm in die Augen. »Richard, das ist doch völlig in Ordnung und Deine Offenheit finde ich sehr nett. Es nutzt uns doch sowieso nichts, wenn wir uns gegenseitig etwas vormachen.

Irgendwann holt einen die Wahrheit ein und dann ist die Enttäuschung womöglich riesengroß.

Ich habe auch so meine Probleme, meinen Alltag und die ständige Sorge um meine Molly. Aber ich kann mich im Grunde nicht beschweren, denn sie ist ein liebes Kind.

Sie macht ihre Hausaufgaben, räumt nicht immer, aber oft selbst ihr Zimmer auf und hat ein gutes Gemüt. Ich wüsste nicht, was ich ohne sie tun sollte und bin sehr froh, dass ich sie habe«.

Er lächelte: »Also ein Traumkind«? Liz überlegte kurz: »Ja, wenn Du so fragst, dann ist sie es«.

Er wechselte das Thema: »Also ich würde mich sehr freuen, wenn Du mir mal so eine leckere

Schokoladentorte backen würdest, die Molly dann oben verziert. Ich würde sie im Café anbieten, das wäre doch ein Anfang oder? Ich könnte belanglos mit ihr reden und dann hat sie bestimmt auch bald Vertrauen zu mir«.

Liz sah ihn an. »Ich finde diese Idee wunderbar. Ich werde morgen mit ihr darüber reden, aber jetzt muss ich nach Hause. Morgen finden im Rathaus zwei Seminare statt, wo ich außer der Reihe eine Menge Häppchen vorzubereiten habe. Wie Du siehst, habe auch ich es nicht einfach«.

Richard nickte verständnisvoll und nahm ihre Hand »Liz, es war ein schöner Abend. Hoffentlich können wir das bald einmal wiederholen. Ich würde mich sehr freuen«. Sie sah ihn an: »Ich auch«.

Draußen vor der Tür nahm er sie in den Arm und fragte:

»Soll ich Dich nach Hause bringen«?

Sie antwortete: »Nein das ist wirklich nicht nötig. Da vorn fährt der Bus und es sind ja nur drei Stationen«.

Er gab ihr einen Kuss. »Dann bringe ich Dich wenigstens zur Haltestelle und morgen Abend rufe ich Dich an, ok«? Sie flüsterte: »Ja sehr gerne. Komm gut heim und träum was Schönes«.
Als Liz kurz darauf fast allein im Stadtbus saß, dachte sie nach. Schon ewig hatte sie nicht mehr dieses Gefühl, diese Schmetterlinge im Bauch, aber es war gut so.

Sie stieg aus und ging glücklich die spärlich beleuchtete Straße entlang, holte ihren Schlüssel aus der Tasche und erschrak, als sie eine Silhouette an der Haustür entdeckte.

Täuschte sie sich oder stand da wirklich jemand? Langsam kam sie näher. »Hallo«? sagte sie ängstlich. »Ist da jemand«?

Erst kam keine Antwort, doch dann hörte sie eine Männerstimme: » Liz, ich bin es, Vincent«. Sie atmete auf.

»Vincent«, zischte sie. »Bist Du von allen guten Geistern verlassen, mich so zu erschrecken? Und was tust Du um diese Zeit hier«? Er trat aus dem Schatten.

Liz war entsetzt. Er hatte einen dunklen Parka an und eine schwarze Wollmütze auf. Unter seinen Augen hatten sich dunkle Ringe gebildet und Falten durchzogen sein Gesicht, die sie bisher noch nie bei ihm bemerkt hatte.

Sie flüsterte: »Hast Du etwa geklingelt? Molly ist allein und sie hat bestimmt Angst, wenn jemand so spät kommt«.

»Nein«, beruhigte er sie. »Als ich gesehen habe, dass alle Fenster dunkel sind, habe ich nicht geläutet und wollte auch gerade wieder gehen. Darf ich fragen, wo Du um diese Zeit warst«?

Sie ging nicht darauf ein, sondern schloss die Haustür auf. »Komm erst mal herein«, sagte sie gereizt. »Dann können wir reden. Aber bitte nicht so lange, ich habe morgen einen anstrengenden Tag vor mir«.

Sie betraten den Flur und Liz warf ihren Mantel auf einen Stuhl. »Ich muss erst nach Molly sehen. Geh` bitte in die Küche, ich komme gleich«.

Als sie wieder bei ihm war, wollte sie wissen: »Was ist überhaupt los? Du hättest doch auch anrufen können«.

Mit resignierter Stimme sagte er: »Ich wollte einfach mit jemandem reden. Im meinem Haus ist es immer so still, dass ich fast verrückt werde. Früher habe ich mich oft darüber aufgeregt, wenn Margarethe einmal im Monat mit ihrer Frauenrunde diese für mich lästigen Teenachmittage abgehalten oder Mick in seinem Zimmer laut Musik gehört hat«.

Liz blieb kühl: »Und da kommst Du ausgerechnet zu mir? Was glaubst Du denn, wie es mir oft allein gegangen ist? Das hat Dich doch gar nicht interessiert und damit musste ich auch zurechtkommen«.

Er antwortete: »Ja, aber Du hattest Molly und warst immerhin nicht ganz allein«.

Liz bekam erst große Augen und fing plötzlich an zu lachen. Abrupt war sie still und sah ihn ungläubig an.

»Sag mal, ist das wirklich Dein Ernst Vincent, oder war das gerade ein schlechter Witz«?

Er sah sie nun unsicher an und dachte: `Eine blödere Antwort hätte mir wirklich nicht einfallen können`.

Laut sagte er: »Tut mir leid Liz, das war ziemlich dumm von mir. Lassen wir das, denn eigentlich wollte ich Dir noch etwas anderes erzählen«.

Sie verschränkte ihre Arme. »So? Was denn«?

Er begann: »Ich weiß gar nicht, wo ich anfangen soll. Übermorgen ist Margarethes Beerdigung. Vor allem für Mick wird dieser letzte Gang nicht leicht. Er möchte eine kurze Rede halten. Naja vielleicht kann er so leichter Abschied nehmen.

Und gestern hatte ich unangenehme Post wegen meinem Unfall. Ich bin also Schuld und muss meinen Führerschein für ein halbes Jahr abgeben und ein dickes Bußgeld zahlen. Und dann ist noch…«.

Liz setzte sich gerade hin. »Was denn noch«?

Er sah sie nun an. »Ich weiß nicht, ob ich mir selber etwas einrede, aber ich habe im Moment das Gefühl, dass mich jemand fertig machen will«. Liz stutzte: »Wer denn und warum«? Er antwortete: »Jeff Saunders zusammen mit Miss Wilkinson«.

Sie lehnte sich wieder zurück. »Da bist Du nicht allein Vincent. Seit ungefähr zwei Wochen hackt er auch auf Molly und mir herum. Er will, dass seine Kinder nicht mehr mit uns reden und Molly darf auch nicht mehr mit ihnen spielen. Auf dem Schulfest hat er mich im Beisein von anderen Eltern herabwürdigend behandelt. Wäre nicht Miss Hunt zufällig in der Nähe gewesen, hätte ich nicht einmal gewusst, was ich machen soll.

Ich habe dann mit ihr Tee getrunken und sie hat mir erzählt, dass Saunders dafür sorgen will, dass Du Deinen Job verlierst oder versetzt wirst. Er oder jemand anderes muss uns zufällig in der Paradise-Street gesehen haben. Anders kann ich mir das nicht erklären«.

Vincent nickte: »Ja, das ist richtig. DCI Parker wusste auch davon. Ich traf ihn in der Schule. Er war wegen seiner Tochter dort. Naja, ich bat ihn in mein Büro und was glaubst Du, wer an meinem Schreibtisch saß«?

Liz sagte zynisch: »Lass mich raten. Jeff Saunders«?

Er nickte. »Genau und Miss Wilkinson. Sie ist noch jung und wittert wahrscheinlich eine Chance als meine Nachfolgerin.

Aber wieso stellt Saunders mir nach und was geht ihn eigentlich mein Privatleben an? Ich habe Parker schon erklärt, dass ich ihn seit Jahren kenne und eigentlich keine Probleme mit ihm hatte. Weißt Du vielleicht einen Grund«?

Liz schüttelte langsam den Kopf. »Nein, leider nicht. Ich wüsste selbst gerne, warum er plötzlich so aggressiv ist«.

Sie schwiegen eine Weile, dann sagte sie: »Vincent, Du musst jetzt leider gehen. Aber eins möchte ich Dir unbedingt noch sagen. Miss Hunt ist eine sehr loyale Mitarbeiterin. Auf sie kannst Du Dich verlassen«.

Er nickte und stand auf: »Ja und ich weiß das vor allen Dingen jetzt zu schätzen«.

Er zog sich seinen Parka über. »Grüß Molly von mir«, sagte er nun leise. »Und wenn sie möchte, kann sie jederzeit wieder zu uns kommen. Der letzte Sonntag-Nachmittag war wirklich nett, aber vor allen Dingen durch Mick wurde mir das natürlich sehr leicht gemacht. Sie ist ein liebes Mädchen«. Liz nickte: »Ja, das ist sie. Komm gut heim Vincent«. Er ging langsam auf sie zu.

Sie wich einen Schritt zurück. »Nein Vincent, bitte nicht. Auch wenn wir anscheinend gerade ein gemeinsames Problem haben, mein Entschluss steht fest. Mit uns ist es endgültig vorbei«.
Er nickte resigniert: »Ich hatte es befürchtet, konnte es aber nicht glauben. Doch nun weiß ich es und werde es respektieren«.

Er ging den Flur entlang, setzte seine Wollmütze auf und drehte sich noch einmal zu ihr um.

»Gute Nacht Liz«. Dann öffnete er die Haustür und verschwand in der Dunkelheit.

**

Mick saß am nächsten Morgen im Prüfungsraum. Eigentlich hätte sich die Tests des letzten Schuljahres im Fach Geschichte durchlesen und einprägen müssen, aber er konnte sich einfach nicht konzentrieren.

Je näher der Tag der Beerdigung seiner Mutter kam, umso nervöser wurde er. Lange hatte er in seinem Zimmer am Schreibtisch verbracht, denn er wollte für seine Mum eine kurze Rede auf der Trauerfeier halten.

Er hatte hin und her überlegt, wie er ihre Art und ihren Charakter am besten schildern konnte.

Seit er aber wusste, dass sein Vater eine langjährige Geliebte und ein weiteres Kind hatte, war er sich nicht sicher, ob er auch ihn in seine Rede einbeziehen sollte.

Nachdem er nun mindestens sechs Mal angefangen und nach ein paar Zeilen das Blatt erneut zusammen geknüllt und in den Papierkorb geworfen hatte, war er mit hängenden Armen dagesessen und hatte gegrübelt.

Schließlich hatte er ganz schlicht ihren Lebenslauf geschildert und beschloss, seine Kindheitserinnerungen, die ihn mit seiner Mutter verbanden, den Trauergästen zu erzählen und sonst nichts.

`Mein Vater muss selbst wissen, wie er das verarbeitet. Ich mache das jetzt auf meine Weise`, hatte er gedacht.

Seine Testaufgaben für die Prüfung hatte er endgültig an die Seite gelegt.

Als nun die Prüfungsarbeiten ausgeteilt wurden, schluckte er und sah zu Fred herüber, der auf der anderen Seite des Raumes am offenen Fenster saß und bereits über seinen Block gebeugt, anscheinend spielend leicht vor sich hin schrieb.

Mick versuchte sich an Geburtsdaten von Feldherren, Kriegszeiten und Zusammenhängen bestimmter geschichtlicher Ereignisse zu erinnern.

Als die Zeit um war, hatte er mit Mühe und Not vier von sechs Fragen, einigermaßen vollständig beantwortet.

Er ging nach vorn, legte seinen Prüfungsbogen gleichgültig auf den Stapel und dachte: `Was soll`s, es wird schon gereicht haben`.

Im Flur wartete schon Fred. Er hatte den Rucksack auf der Schulter und sah ihn fragend an. »Hey, na wie war es bei Dir«? Mick hob die Schultern. »Keine Ahnung und ich gebe es gleich zu. Ich habe gestern fast nichts geübt«.

Fred staunte: »Wieso denn das? Du warst doch sonst immer so hinterher, vor allen Dingen in diesem Fach«.

Er antwortete nicht und sie verließen wortlos die Aula.

Draußen murmelte er leise: »Ach im Moment ist mir alles egal. Morgen ist Mum` s Beerdigung, Dad humpelt nur noch durch das Haus und schimpft über Gott und die Welt. Und wenn wir etwas essen wollen, muss ich jetzt kochen. Und dann sitzt er am Tisch und nörgelt: `Mick da fehlt Salz, oder Mick, wo steht der Essig`. Hervorragende Zeiten, das kannst Du mir glauben«.

Fred klopfte ihm verständnisvoll auf die Schulter.

»Ist wahrscheinlich alles ein bisschen viel, aber das wird schon wieder. Ich komme morgen natürlich auch mit meinen Eltern zur Trauerfeier und wenn ich etwas für Dich tun kann, dann sage es bloß«.

Mick schüttelte den Kopf. »Da muss ich leider alleine durch, aber nett von Dir, dass Du das sagst«.

Er blinzelte jetzt in den Himmel: »Hast Du noch ein bisschen Zeit«? Fred überlegte kurz: »Ja ein wenig schon, warum denn«? Mick grinste: »Naja, wir hatten schließlich heute unsere letzte schriftliche Prüfung, da wäre doch mal ein Bier fällig oder«?

Fred deutete mit dem Kopf auf das Gebäude auf der gegenüberliegenden Straßenseite. »Eigentlich hast Du recht, lass uns in den Pub da drüben gehen«.

Als sie sich an einen Holztisch setzten, fühlte sich Mick ein bisschen besser. »Und bei Dir alles in Ordnung«?

Fred lächelte unsicher: »Bei mir ist erst alles ok, wenn ich das Prüfungsergebnis in Physik kenne. Ich bin nicht sicher, ob das gereicht hat. Sollte ich da durchgerasselt sein, kann ich mich warm anziehen«.

Mick winkte ab: »So schlimm wird es schon nicht sein«. Sie stießen an.

Fred stellte das Glas ab. »Na ich will es mal hoffen, denn auf dem Hof ist die Hölle los. In zwei Wochen bieten wir wieder regelmäßig Reitstunden an. Stell Dir vor, lauter kleine Mädchen, so in Molly`s Alter«.

Mick horchte auf. »Ist sie auch dabei«? Er überlegte kurz:

»Ich glaube nicht, aber genau kann ich es nicht sagen. Da müsste ich in Dad`s Unterlagen schauen, was ich eigentlich nie mache. Ich kümmere mich um den Stall, den Hufschmied und was sonst noch so dranhängt.

Ich kenne nur ein paar Kinder, die jedes Jahr regelmäßig bei uns sind. Da ist übrigens auch ein Mädchen dabei, das Amy heißt.

Manchmal wird sie von ihrem Vater hingebracht und auch wieder abgeholt. Ich glaube, er ist Inspector bei Scotland-Yard«.

Mick stutzte: »Kennst Du ihren Nachnamen? Du weißt ja, dass wir mit der Polizei in letzter Zeit oft zu tun hatten«. Fred nickte: »Ja klar, sie heißt Amy Parker«.

Mick grinste und sagte gedehnt: »Detective-Chief-Inspector Henry Parker«.

Fred staunte: »Was, ihr Dad hat Euch wegen Deiner Mum verhört und Euer Haus durchsuchen lassen«?

Mick nickte. »Ja genau der, aber er macht ja schließlich auch bloß seinen Job. Das Schlimme ist nur, das wir immer noch nicht wissen, wer meiner Mum das angetan hat«.

Fred sah ihn mitfühlend an. »Eins kannst Du mir glauben«, sagte Mick finster. »Wenn ich denjenigen zu fassen kriege, vergesse ich mich«.

Fred beruhigte ihn: »Hör auf Mick, das bringt doch nichts. Und Hass war und ist schon immer ein schlechter Ratgeber. Die Bobby s werden den oder die Täter schon fassen«. Mick antwortete resigniert: »Du hast wirklich immer eine passende Antwort. Wie ein Professor. Ich möchte Dich mal sehen, wenn es Dir so ergangen wäre, oder lieber doch nicht. So was wünsche ich nicht einmal meinem ärgsten Feind. Aber ich bin trotzdem heilfroh, wenn morgen die Beisetzung vorbei ist, das kannst Du mir glauben«. Er sah jetzt auf seine Armbanduhr. »Du, ich muss jetzt erst mal nach Hause. Dad wird schon warten«.

Fred nickte. »Meiner bestimmt auch, der Tierarzt kommt nachher auf den Hof«. Sie stellten ihre leeren Gläser auf den Tresen und verließen den Pub.

Als Mick nach Hause kam, saß sein Vater auf der Terrasse. Er stellte seinen Rucksack ab und setzte sich ihm gegenüber: »Dad, ist bei Dir alles in Ordnung«?

Vincent nickte langsam: »Es geht schon, aber was denkst Du Mick? Ob Howard und Liam morgen auch zur Beerdigung ihrer Schwester kommen werden«?

Mick hob die Schultern. »Ich weiß nicht, vielleicht? Kennen sie überhaupt den Termin«?

Vincent nickte. »Ja, ich habe ihnen die Anzeige über das Bestattungsunternehmen zukommen lassen«.

»Na dann können wir nur abwarten, ob sie da sind oder nicht. Ich glaube, dass ich sie mindestens fünfzehn Jahre nicht mehr gesehen habe und Großmutter Stacy leider auch nicht«, sagte Mick.

Vincent sah ihn ernst an. »Sie ist vor ein paar Tagen gestorben. Ich habe es heute erfahren, da«.

Mick nahm eine Karte, die Vincent auf dem Tisch zu ihm hinschob. Er schluckte. »Warum schreibt Onkel Liam das erst jetzt«?

Vincent hob gleichgültig die Schultern. »Das hätte doch auch nichts geändert, oder«? Mick lehnte sich zurück und sagte nachdenklich: »Eigentlich haben wir jetzt nur noch uns«. Vincent schüttelte den Kopf. »Das stimmt nicht ganz, denn da ist schließlich auch noch Molly. Nur das habe ich zu spät erkannt«.

Mick stutzte: »Wie meinst Du denn das«?
Er antwortete: »Ich wollte es nicht wahr haben und habe mir zehn Jahre etwas vorgemacht. Jetzt habe ich meine Frau und auch Liz verloren. Sie wird bestimmt irgendwann einen anderen Mann haben und der wird Molly`s Dad werden«.

Mick sah ihn vorwurfsvoll an. »Das liegt doch auch an Dir, wie Du Dich jetzt verhältst. Steh doch einfach zu ihr.

Molly wird es Dir bestimmt nicht schwer machen, dazu kenne ich die Kleine gut genug«.

Vincent lächelte. »Ich werde darüber nachdenken«.

**

DCI Henry Parker saß am Nachmittag allein im Büro.

Er hatte seiner Kollegin frei gegeben. Sie und Riley wollten zu ihrer Mutter fahren, um ihr von der bevorstehenden Hochzeit zu erzählen.

Es freute ihn, dass sich für Emma alles so gut entwickelte. Und er hatte auch festgestellt, dass sie, wenn es ihr gut ging, beruflich bei der Sache war und ihm immer wieder erstaunliche Ermittlungsansätze präsentierte.

Jetzt hatte er wieder und wieder die Ermittlungsakte durchgesehen, aber ihm fiel einfach nichts Neues dazu ein. Auch ein weiteres Telefonat mit Howard Patel in Norwich hatte ihn nicht voran gebracht. Er war sich sicher, dass Rosie seit seinem Unfall nicht in seinem Appartement war. Sie kamen einfach nicht weiter.

Henry hatte inzwischen die vierte Tasse Kaffee vor sich und die Raumluft war angefüllt mit blauem Dunst seiner filterlosen Zigaretten, von der er eine nach der anderen geraucht hatte.

Er ging nun zum Fenster, riss den Flügel weit auf und atmete tief durch, während er weiter vor sich hin grübelte.

Plötzlich drehte er sich um. `Was ist mit diesem Zwillingsbruder von Liam Patel, diesem Stuart Prinsloo?

Vielleicht ist er wirklich der Schlüssel des Rätsels um Margarethes Tod? Aber der Einzige, der darüber überhaupt etwas wusste, war Callum Smith`.

Er setzte sich hinter seinen Schreibtisch und wählte hastig seine Telefonnummer. Niemand ging ran.

Genervt legte er wieder auf und dachte: `Jetzt brauche ich Emma. Wir werden die Einwohnermeldeämter, das Jugendamt, die Adoptionsbehörden und wenn es sein muss auch das Finanzamt abklappern und jede Spur verfolgen. Schließlich kann er sich ja nicht in Luft aufgelöst haben`. Wieder nahm er den Telefonhörer und versuchte Callum zu erreichen.

»Smith«, meldete sich eine verschnupfte Stimme. »Hallo Mr. Smith, hier ist DCI Parker«, sagte Henry. »Gut, dass ich Sie doch erreiche, aber Sie hören sich nicht besonders fit an«.

Callum antwortete: »Nein, leider nicht. Ich habe im Moment wieder einmal Heuschnupfen. Vor allen Dingen diese Haselnusspollen und Frühjahrsgräser machen mir schwer zu schaffen. Was gibt es denn Mr. Parker«? Henry begann: »Wir stecken fest und haben zurzeit keine neuen Erkenntnisse. Mr. Smith, wir müssen unbedingt Stuart Prinsloo finden. Es gibt zwar keine Hinweise darauf, dass er auch nur irgendetwas mit dem Fall Margarethe Graham zu tun hat. Aber irgendetwas sagt mir, dass er wichtig sein könnte. Dabei wissen ja nicht mal ob und wenn ja, wo er lebt«.

Callum fragte: »Wann ist eigentlich die Beisetzung von Mrs. Graham«? Henry antwortete: »Die Trauerfeier ist morgen am Nachmittag«.

»Also ich würde dort hingehen und mir jede Person einzeln anschauen«, schlug er vor. »Bekanntermaßen sind schon oft Täter auf der Beerdigung ihrer Opfer aufgetaucht.

Vielleicht finden Sie jemanden, der sich seltsam oder auffällig verhält, aber das brauche ich Ihnen wohl nicht zu sagen«.

Henry lehnte sich in seinem Schreibtischstuhl zurück: »Nachdem wir jetzt nicht weiter kommen, greifen wir sowieso nach jedem Strohhalm. Aber abgesehen davon würde es mich schon interessieren, was aus diesem *geheimnisvollen Kind*, diesem Stuart geworden ist«.

Callum erwiderte: »Und wenn Sie nach der Beisetzung keine neuen Hinweise bekommen, müssen Sie Amtshilfe bei den Behörden stellen. Hoffentlich gibt es noch Unterlagen, denn die Sache ist lange her«.

Er machte eine Pause. »Meine Tante ist übrigens heute Morgen leider verstorben. Sie kann also ihre Aussage, die sie vor kurzem mir gegenüber gemacht hat, nicht wiederholen. Doch wie gesagt, zur Not gebe ich ihre Erzählung auch zu Protokoll.

Darauf können Sie sich verlassen. So, aber jetzt muss ich erst mal wieder an mein Inhalationsgerät. Ich wünsche Ihnen und Ihrer Kollegin viel Erfolg Mr. Parker«. Henry bedankte sich und legte auf.

Am liebsten würde er jetzt mit Emma sprechen, aber damit musste er bis zum nächsten Tag warten, ob er wollte oder nicht.

Er sah aus dem Fenster. `Das Wetter ist herrlich, ich werde Feierabend machen. Mal sehen, was meine Familie dazu sagt, wenn ich plötzlich auftauche`.

Mit einem Ruck klappte er nun die Ermittlungsakte zu, schloss das Fenster und machte sich auf den Heimweg.

Als er noch immer grübelnd im Auto an einer roten Ampel stand, sah er plötzlich Miss Wilkinson die Straße überqueren. Er erkannte sie sofort an ihrer markanten Brille und ihrem wippenden Gang.

Doch dann traute er seinen Augen nicht, denn auf der anderen Seite stand Jeff Saunders und lächelte ihr entgegen. `Was ist denn da los`? dachte er. `Die beiden scheinen verabredet zu sein`.

Die Lehrerin war inzwischen bei Saunders angelangt und sie liefen nun zusammen in eine Einkaufsstraße, in die Henry nicht fahren konnte.

»Das ist ja wie verhext«, sagte er jetzt zu sich selbst. Jetzt wurde seine Ampel grün und er musste weiter. Er sah in die Richtung und konnte gerade noch erkennen, wie sie über ein paar Stufen ein Café betraten.

Kurz entschlossen bog er in der nächsten Seitenstraße ein und bremste scharf, denn zufällig hatte er einen freien Parkplatz gefunden. Er kramte seine Sonnenbrille aus dem Handschuhfach, stieg aus und stopfte hastig ein paar Münzen in die Parkuhr. Er war sich nicht sicher, was die Aktion bringen sollte, aber möglicherweise konnte er ihr Gespräch belauschen. Nur er musste aufpassen, dass die beiden ihn nicht bemerkten. Schließlich kannten sie ihn seit seinem letzten Besuch in der Schule vor zwei Tagen.

Er betrat das Café und sah, dass sie sich an einen Bistrotisch im Innenhof gesetzt hatten.

Er lief langsam hinter zwei anderen Frauen her und konnte sich, ohne dass sie etwas merkten, mit dem Rücken zu Ihnen, an einen Nachbartisch setzen. `Perfekt`, dachte er. Er winkte einen Kellner herbei und deutete, ohne etwas zu sagen auf der Karte auf einen Milchkaffee.

Nun brauchte er nur noch Zuzuhören und war sehr gespannt, ob die beiden weiter gegen Vincent Graham etwas im Schilde führten.

Jeff Saunders raunte: »Jane, wir müssen jetzt sehr vorsichtig sein, denn Graham ist gewarnt. Zu blöd auch, dass er gerade in sein Büro kam, als wir dort saßen. Und kein Wort mehr zu Miss Hunt. Ich glaube, dass sie ihm alles erzählt, was sie mitbekommt«.

»Ich weiß nicht, aber mir wird das langsam alles zu heiß«, wandte Jane ein. »Und außerdem habe ich das alles nicht nötig, denn in ein paar Jahren kann ich auch so Direktorin einer Schule werden«.

Jeff zischte: »Bist Du verrückt? Willst Du so kurz vor dem Ziel aufgeben? Vincent Graham liegt doch schon fast am Boden. Wenn wir dranbleiben, dann ist er in Kürze erledigt. Ich will ihn winseln sehen«.

Henry stutzte: `Was reitet bloß diesen Saunders, Vincent Graham so fertig zu machen`? Langsam nahm er seine Tasse in die Hand und lauschte weiter.

Sie sagte nun: »Nächste Woche fahre ich zu meiner Mum. Denn es geht ihr nicht gut. Ich rufe Dich dann an, wenn ich wieder zurück bin. Und tue bitte nichts Unüberlegtes, solange ich nicht da bin. Vincent Graham wird während den Ferien bestimmt immer wieder in der Schule auftauchen«.

Er antwortete hörbar beleidigt: »Wofür hälst Du mich denn? Keine Sorge, die Zeit spielt uns in die Hände.

Schließlich ist er krankgeschrieben und kann nicht ständig alles überwachen. Außerdem habe ich übermorgen einen Termin beim Schulamt.

Der Leiter ist so herrlich konservativ und bestimmt auf meiner Seite. Wenn ich es ein bisschen geschickt anstelle, ist Vincent Graham zu den Sommerferien seinen Job los«.

Jeff Saunders kicherte leise und schmutzig vor sich hin, dass Henry fast schlecht wurde. `Was für eine Niedertracht`, dachte Henry wütend.

`Aber warum macht er das überhaupt? Da muss doch mehr dahinter stecken, als bloßer Neid. Und Jane Wilkinson stammt also nicht aus Liverpool. Na mal sehen. Gleich morgen früh werde ich das mit Emma überprüfen und recherchieren, wie sie ausgerechnet an diese Schule gekommen ist`.

Jeff sagte nun: »So Jane, ich muss jetzt gleich nach Hause, sonst wundert sich meine Frau, wo ich bleibe und ich will schließlich nicht, dass sie etwas merkt.

Übrigens, nächste Woche haben Daisy und Abygail das erste Mal Reitunterricht. Ich sehe das Ganze zwar als reine Geldverschwendung und finde, dass Pferde einfach nur stinken. Aber da ich vor kurzem erfahren habe, dass die Tochter von dieser Liz Bennett keine Stunden nehmen darf, weil sie es sich nicht leisten können, habe ich zugesagt«. Wieder war dieses krächzende Lachen zu hören. Jeff Saunders ging nun direkt an ihm vorbei und verließ das Café. Er hatte ihn nicht erkannt.

`Gut das ich meine Sonnenbrille aufhabe`, dachte Henry jetzt. `Sonst könnte wahrscheinlich jeder sehen, was ich gerade denke`. Ab jetzt werde ich ihn im Auge behalten. Das gefällt mir nicht`.

**

Vincent Graham stand im Schlafzimmer vor dem Spiegel und versuchte sich die Krawatte zu binden.

Als er fertig war, betrachtete er seinen schwarzen Anzug. Er befürchtete, dass er ihn gar nicht anziehen konnte, denn nur mit Mühe hatte er das Hosenbein über den dicken Verband am Knie ziehen können.

`Es ist schon seltsam`, dachte er jetzt. `Das letzte Mal, als ich ihn anhatte, war ich mit Margarethe an unserem Hochzeitstag in der Oper`. Er merkte, dass sich seine Augen langsam mit Tränen füllten. Schnell drehte er sich um und verließ den Raum.

»Mick«, bist Du fertig? Wir sollten langsam losfahren«.

Er bekam keine Antwort, stattdessen klingelte es an der Haustür. Er stutzte und überlegte, wer jetzt so kurz vor der Beerdigung zu ihm kommen konnte.

Mick kam aus seinem Zimmer. »Wer kann denn das jetzt sein«? Vincent sagte ungehalten: »Keine Ahnung, sieh` aber bitte schnell nach«.

Er eilte die Treppe nach unten und öffnete die Tür. Vor ihm saß ein Mann in einem Rollstuhl. Mick drehte sich um und rief: »Dad, komm bitte runter«.

Der Mann sagte freundlich: »Du bist bestimmt Mick oder«? Er nickte. »Guten Tag. Mein Vater kommt gleich, aber wer sind Sie«?

Der Mann streifte sich seine etwas zu langen grauen Haare aus der Stirn: »Ich bin Dein Onkel Howard Patel«.

Inzwischen war auch Vincent da und schluckte. Natürlich hatte er seinen Schwager sofort wieder erkannt.

»Howard. Ich hatte ehrlich gesagt nicht wirklich damit gerechnet, dass Du zu Margarethes Beerdigung kommst. Bist Du allein hier«?

Er nickte: »Ja und am Tor wartet noch das Taxi, denn die Trauerfeier beginnt ja bald. Aber ich wollte Euch nicht erst am Friedhof `Hallo` sagen, sondern lieber hier. Ein anderer Grund Euch wiederzusehen wäre mir lieber gewesen«.

»So«? fragte Vincent mit etwas sarkastischer Stimme.

»Was denn für einer«?

Mick nahm ihm am Arm. »Bitte Dad, nicht jetzt. Wir können vielleicht nachher in Ruhe reden«.

An seinen Onkel gewandt sagte er: »Danke, dass Du gekommen bist Onkel Howard. Wir sehen uns am Friedhof«.

Howard nickte wortlos, drehte seinen Rollstuhl um und saß kurz darauf wieder auf dem Rücksitz des Taxis.

Mick schloss schnell die Tür und sagte nun: »Dad, es ist schon alles schwer genug. Ich muss mich heute von Mum verabschieden und kann jetzt einfach mit Niemanden streiten. Und nun komm, lass uns auch fahren«.

Als sie am Friedhof ankamen, steuerte Mick den Wagen geschickt zum Eingang und stellte sich auf einen Behindertenparkplatz. Vincent protestierte: »Willst Du ein Knöllchen riskieren«? Mick blieb gelassen: »Erstens ist mir das heute egal und zweitens schaue ich gerade auf Deinen Fuß«.

Dann zog er den Schlüssel ab und stieg aus, ohne auf eine Antwort seines Vaters zu warten. Er öffnete die Beifahrertür und stützte ihn.

Sie sahen zum Eingang der Trauerhalle, wo bereits mehrere Leute warteten.

Als sie nun näher kamen, nickte Vincent nur leicht mit dem Kopf und sie betraten den offenen Raum.

Sie setzten sich in die erste Reihe und betrachteten den mit einem großen Blumengesteck verzierten Sarg.

Vincent begann zu schlucken und sagte in Gedanken: `Hallo liebe Margarethe, da sind wir. Dein Sohn und ich`.

Die Musik setzte ein und kurz darauf hielt der Pfarrer eine bewegende Rede. Immer wieder sprach er auch Mick und Vincent direkt an, aber an beiden schien das Gesagte ungehört vorbeizugehen.

Schließlich trat Mick an das kleine Holzpult und sah sich unter den Gästen um. Seine Augen suchten seinen Freund Fred, der mit seinen Eltern in der letzten Reihe saß und ihn mitfühlend ansah.

Er nickte ihm leicht zu und holte mit zittrigen Händen seinen Zettel aus der Jackentasche. Nun begann er zu schildern, wie er seine Mutter in Erinnerung hatte.

Je länger er redete, desto befreiter fühlte er sich, denn noch nie hatte er in Worte gefasst, was er für sie empfunden hatte.

Als sie schließlich auf dem Weg zum Grab, zwischen den Trauergästen durchliefen, sah sich Vincent vorsichtig um. Er stutzte ein wenig, als er die Kommissare entdeckte, die sich an der Seite aufhielten und gespannt die Leute zu beobachten schienen.

`Was suchen die denn hier`? dachte er einen Moment.

Doch plötzlich blieb er stehen, als ein kleiner untersetzter Mann mit einer Frau auf ihn zukam und ihm die Hand entgegen hielt.

Auch Howard stoppte ruckartig seinen Rollstuhl und sah ihn grimmig an. Es waren Liam und Rosie.

Er räusperte sich ein wenig verlegen: »Hallo Vincent. Rosie und ich haben uns kurzfristig entschlossen zu Margarethes Beerdigung zu kommen«.

»Danke Liam«, sagte Vincent. Er nickte Rosie zu, hielt sich dabei am Ärmel von Mick fest und ging langsam weiter.

Während dessen standen die Kommissare etwas entfernt und beobachten die Trauergäste.

»Sie sind also doch alle gekommen«, stellte Henry fest.

»Naja, dass Howard hier ist, damit konnte man doch rechnen«, sagte Emma. »Aber Liam und Rosie«?

Henry raunte: »Immerhin ist er doch Margarethes Bruder gewesen, obwohl er, als wir ihm die Nachricht vom Tod seiner Schwester überbracht haben, nicht gerade den Eindruck gemacht hatte, dass es ihm nahe geht«.

»Wer sind eigentlich die drei Frauen da an der Ecke«? wollte Emma wissen. Henry überlegte: »Ich könnte mir vorstellen, dass sie mit Margarethe in dem Supermarkt gearbeitet haben. Ich glaube, die links habe ich damals gesehen, als ich bei Jeff Saunders im Büro war.

Ihn selbst habe ich allerdings noch nicht entdeckt, aber es würde mich auch wundern, wenn er hier wäre«.

»Warum denn nicht Sir«? fragte Emma nun.
Henry lächelte wissend: »Das erkläre ich Ihnen später«.

Jetzt stutzte er und sagte leise: »Und da haben wir Miss Hunt, die Sekretärin von Vincent Graham und gleich dahinter steht die nette Lehrerin Miss Wilkinson. Sieh einer an, macht ganz auf mitfühlend und Mitleid, aber den Zahn werde ich ihr in Kürze ziehen«.

»Sagen Sie mal, habe ich irgendetwas verpasst«? flüsterte Emma nun gereizt. Henry nickte. »Ja, so Einiges, aber kommen Sie mit. Wir gehen jetzt einen Tee oder einen Kaffee trinken, dann erzähle ich Ihnen alles. Hier gibt es für uns sowieso nichts mehr zu sehen«.

Sie gingen nun über einen schmalen Kiesweg zum Ausgang. Henry blieb nun doch wieder stehen und sagte grübelnd: »Wir warten, bis sie vom Grab zurück kommen. So lange kann das nicht mehr dauern. Wenn wir alle Patels schon hier haben, werden wir auch noch einmal mit ihnen sprechen, bevor sie wieder weg fahren. Eine bessere Gelegenheit können wir nicht bekommen«.

Emma fragte: »Und dann? Wollen Sie sie etwa hier am Friedhof verhören«?

Henry entgegnete: »Nein, natürlich nicht. Wir laden sie vor. Sie sollen morgen früh aufs Revier kommen, so einfach ist das. Und bis dahin können wir uns unsere Fragen noch mal genau überlegen«. Er zündete sich eine Zigarette an und sah Emma von der Seite an: »Wie war es denn bei Ihrer Mutter? Hat sie sich über Ihre Neuigkeiten gefreut«?

Emma lehnte sich gegen den Dienstwagen. »Ja und nein. Mum kann nicht verstehen, dass wir nicht kirchlich heiraten wollen. Riley hatte aber noch nie einer Konfession angehört, er ist noch nicht einmal getauft.

Aber ich habe damit überhaupt kein Problem. Wir sind uns einig. Wir wollen uns in einem schönen Standesamt trauen lassen und dann vereisen wir«.

Henry lächelte. »Dann machen Sie das doch so und alles ist in Ordnung«.

Emma wiegte den Kopf. »Ja schon, aber ich hätte mir gewünscht, dass sich meine Mutter einfach mal mitfreut und es annimmt, so wie wir das wollen. Schließlich ist es ja unser Tag. Aber das tut sie eben nicht«.

Henry blies eine Wolke in die frische Luft: »Bis zur Hochzeit ist ja noch ein bisschen Zeit. Lassen Sie sie Nachdenken und rufen Sie nach einer Weile am Wochenende an. Vielleicht sieht sie es dann lockerer«.

Emma nickte. «Das werde ich versuchen, etwas anderes bleibt mir sowieso nicht übrig«.

Inzwischen verließen die ersten Trauergäste den Friedhof. Unter ihnen entdeckten sie Liam und Rosie Patel. Henry warf seine Zigarette in den Kies. »Na los Emma, sprechen wir sie jetzt an«.

Sie gingen auf sie zu und blieben direkt vor dem Ehepaar stehen. Henry nickte freundlich. »Guten Tag, können wir bitte kurz mit Ihnen reden? Es dauert auch nicht lange«.

Liam entgegnete kühl: »Was gibt es denn an einem Tag wie heute zu besprechen«?

Er begann: »Ich nehme an, dass Sie heute nicht mehr zurück nach Hause fahren. Ist meine Vermutung richtig«?

Liam nickte wortlos.

»Wir möchten Sie daher bitten, morgen früh ins Kommissariat zu kommen. Wir haben ein paar Fragen an Sie beide«.

Liam sah in ungerührt an. »Meinetwegen. Schließlich haben wir haben nichts zu verbergen, oder Rosie«?

Emma beobachtete sie, die sich jetzt etwas unsicher umsah und dachte: `Wir werden am besten getrennt mit Ihnen sprechen`. Laut sagte sie: »Umso besser Mr. Patel, können Sie gegen neun Uhr da sein«?

Liam vergrub seine Hände in den Hosentaschen. »Ok, gibt es sonst noch etwas, was wir hier am Friedhof klären können«?

Henry trat an die Seite. »Nein, nicht dass ich wüsste. Auf Wiedersehen«.

Er sah ihnen nach und sagte zu Emma: »Ich glaube, Liam kann gar nicht anders. Er ist einfach so. Hoffentlich haben wir bald nichts mehr mit ihm zu tun«.

Als schließlich Vincent Graham, zusammen mit seinem Sohn und Howard den Friedhof verließen und auf sie zukamen, sagte Emma: »Die drei haben bestimmt nichts mit dem Mord zu tun, das sehe ich«.

Henry entgegnete nichts, aber als sie jetzt vor ihnen standen, sagte er: »Unser Beileid«.

Dann sah er Howard an und fragte leise: »Mr. Patel, Sie übernachten doch bestimmt auch in Liverpool? Können wir Sie, bevor Sie zurückfahren, nochmals kurz auf dem Revier sprechen? Wir möchten einfach die Gelegenheit nutzen, auch wenn der Anlass Ihres Hierseins traurig ist.

Sollte es für Sie zu umständlich sein, kommen wir auch zu Ihnen ins Hotel oder die Pension. Je nachdem, wo Sie abgestiegen sind«.

Howard nahm seine Sonnenbrille ab. »Ich wollte sowieso noch eine Woche in der Stadt bleiben und werde heute meine Buchung verlängern.

Wenn Sie mir eine Karte geben, kann ich mich morgen Nachmittag bei Ihnen melden. Wäre das für Sie so in Ordnung«?

Henry antwortete schnell: »Selbstverständlich Mr. Patel«.

»Howard, Du kannst natürlich auch bei uns wohnen, wenn Du möchtest«, sagte nun Vincent. »Ich bin ja im Moment sowieso meistens daheim«.

Howard antwortete etwas zögerlich: »Naja, warum eigentlich nicht? Aber ich kann mich leider nur im Erdgeschoß bewegen, wie man sieht«.

Mick beruhigte ihn: »Kein Problem. Dad schläft zurzeit sowieso im Büro auf der Couch und Du bekommst das Gästezimmer«.

Innerlich war er darüber froh, dass sein Vater gerade jetzt nicht allein war und er musste kein schlechtes Gewissen haben, wenn er hin und wieder unterwegs war.

`Er kann ruhig ein paar Tage länger bei uns bleiben`, dachte er erleichtert.

Howard lächelte ihn an: »Also ok, dann komme ich mit zu Euch und hole heute Abend meine Sachen im Hotel ab.
Vielleicht kannst Du mir ja dabei helfen«.

Mick nickte: »Gerne doch«. Sie verabschiedeten sich von den Kommissaren und gingen zum Auto.

Henry sagte zu seiner Kollegin: »Na also, aber es ist doch traurig, wenn es in einer Familie einen solchen tragischen Anlass braucht, um nach Jahren wieder miteinander zu reden«.

Auf dem Weg ins Kommissariat sagte er: »Da wir so nicht weiterkommen, sollten wir jetzt unbedingt mehr über diesen Zwillingsbruder von Liam Patel herausfinden.

Stellen Sie ein Amtshilfe-Ersuchen bei den zuständigen Ämtern in Norwich zusammen. Wir brauchen einfach neue Fakten. Gestern habe ich zufällig auf dem Heimweg gesehen, dass sich Saunders mit dieser Lehrerin Jane Wilkinson in einem Café getroffen hat. Ich konnte die zwei belauschen«. Emma sah ihn von der Seite an. »Also daher die Anspielungen auf dem Friedhof«.

Henry nickte. »Tatsache ist, dass sie gemeinsam Vincent Graham fertig machen wollen. Jane Wilkinson möchte schnell Karriere machen und sieht sich jetzt schon als potentielle Nachfolgerin von ihm in der Schule. Und Saunders stachelt sie regelrecht auf. Aber bei ihm bin ich, was den Grund angeht, noch nicht ganz sicher«.

Sie hielten nun vor dem Revier. »Kommen Sie nicht mit ins Büro«? fragte Emma. »Später« sagte er.

»Ich habe noch eine dringende Privatsache zu erledigen«. Sie stieg aus und warf die Autotür zu.

Henry gab Gas. Emma sah im fragend nach.

**

Fred Bailey saß mit seinem Vater und dem Tierarzt im Garten. Jedes Jahr wurden alle Pferde vor der anstehenden Reitsaison gründlich untersucht und geimpft.

Von weitem hörten sie nun ein Auto die Einfahrt hinaufkommen. Fred sah hoch. »Dad, hast Du heute noch einen Termin«? »Nicht das ich wüsste«, antwortete er.

Ein Mann stieg aus und kam auf sie zu.
Steve Bailey erkannte ihn. »Hallo Mr. Parker. Kommen sie nur so vorbei oder gibt es wegen Ihrer Tochter etwas zu besprechen? Der Reitkurs beginnt doch erst nächste Woche«.

Henry grüßte freundlich. »Nein Mr. Bailey. Amy kommt wie vereinbart zu Ihnen, aber ich habe eine andere Frage und würde sie deshalb gern kurz unter vier Augen sprechen«.

Steve sah ihn etwas verwundert an. »Wenn es nicht lange dauert, können wir in mein Büro gehen. Wie Sie sehen, habe ich noch mit dem Tierarzt einiges zu klären«.

Henry nickte: »Ich werde Sie bestimmt nicht lange aufhalten«.

»Also«, sagte Steve, nachdem sie sich gesetzt hatten. »Worum geht es denn«?

Henry begann: »Sie bieten doch jedes Jahr diese Schnupperkurse an, den meine Tochter auch vor zwei Jahren gemacht hat. Seitdem ist sie ja mit Begeisterung dabei«.

Steve nickte: »Ja, aber ich habe nur noch zwei Plätze frei und die werden bestimmt bald weg sein.

Für Ihre Tochter ist das aber nichts mehr. Dafür reitet sie inzwischen viel zu gut«.

Henry lächelte zufrieden. »Darum geht es aber jetzt nicht. Ich kenne da ein anderes zehnjähriges Mädchen. Sie lebt allein mit ihrer Mutter. Soweit ich weiß, können sie sich keine Reitstunden leisten. Jetzt habe ich mich dazu entschlossen, für sie die Kosten zu übernehmen«.

Steve fragte: »Das wollen Sie wirklich tun«?
Er nickte. »Ja das möchte ich, aber sie sollen nicht wissen, von wem das Geld kommt. Können Sie Stillschweigen bewahren«?

Steve Bailey hob die Schultern: »Meinetwegen schon. Wie heißt das Kind«? Henry antwortete: »Molly Bennett«.

Er holte nun seine Geldbörse aus der Jackentasche und legte zweihundert Pfund auf den Tisch. »Am besten, Sie schicken Ihr einfach mit der Post einen Gutschein zu«.

Steve nahm das Geld, zog eine Schublade auf und legte es in eine Kassette. »Kein Problem Mr. Parker, wird erledigt, aber jetzt muss ich zurück zum Tierarzt«.

Sie gingen wieder hinaus in den Garten. Henry verabschiedete sich und fuhr davon.

Fred fragte: »Das war doch dieser Kommissar Parker, oder etwa nicht«? Steve nickte: »Ja, genau der«.

»Was wollte er denn«? Steve sah kurz den Tierarzt, der inzwischen aufgestanden war, aus den Augenwinkeln an.

»Das erzähle ich Dir später. Jetzt müssen wir erst mal in den Stall, sonst werden wir heute nicht fertig«.

Sie verabschiedeten sich von ihm und machten sich an die Arbeit.

Als sie am Abend in der Küche zusammensaßen, fragte Fred erneut: »Nun sag schon Dad, was wollte der Kommissar von Dir«?

Steve nahm sich eine Zigarre und zündete sie an «Warum willst Du das eigentlich wissen? Du hast Dich doch bisher nie für unseren `Reitkindergarten`, wie Du ihn immer nennst, interessiert, sondern Dich eher darüber lustig gemacht. Mal abgesehen, dass wir davon ganz gut leben und er eine wichtige Einnahmequelle für unseren Hof ist«.

Er verdrehte genervt die Augen: »Na und? Ich kann doch auch mal über die Zwerge ein bisschen lachen.

Ich wollte das deshalb wissen, weil Mick und sein Vater von diesem Parker verhört worden sind. Und er ließ auch ihr Haus durchsuchen. Ich könnte mir so etwas im Leben nicht vorstellen. Da darf es mich doch wundern, warum er hier so plötzlich auftaucht oder«?

Sein Vater sah ihn ernst an. »Also gut Fred, aber was ich Dir jetzt sagte, muss unter uns bleiben, ok? So habe ich es mit ihm vereinbart«.

Fred nickte. »Versprochen Dad«.

Steve trank einen Schluck Wein. »Du weißt ja, dass seine Tochter Amy seit zwei Jahren bei uns regelmäßig Reitstunden nimmt. Soweit so gut«. Steve machte eine Pause und nestelte ein weiteres Streichholz aus einer Schachtel, denn seine Zigarre war ausgegangen.

Nachdem er nun wieder kleine Wölkchen in den Raum paffte, sagte er weiter: »Parker hat mich nach unseren Schnupperkursen gefragt, was mich anfangs gewundert hat, denn seine Tochter braucht das natürlich nicht mehr.
Und jetzt kommt Parker und hat für ein anderes Mädchen einen Schnupperkurs, der nächste Woche in den Ferien beginnt, cash bezahlt. Außerdem sollen sie und ihre Mutter, die alleinstehend ist, nicht wissen, von wem das Geld kommt. Ich soll ihr einen Gutschein schicken«.

Fred fragte verwundert: »Wer zahlt denn einer fremden Familie einen Reitkurs«?

Steve antwortete: »Keine Ahnung, also ich müsste einen sehr guten Grund haben, den ich vor allem Deiner Mutter zu erklären hätte. Und DCI Henry Parker ist verheiratet. Außerdem kenne ich seine attraktive Frau. Schließlich bringt sie Amy auch manchmal her. Ihn habe ich hier aber auch öfters gesehen«.

»Wie heißt denn das andere Mädchen«? »Das darf ich Dir nicht sagen Fred«, antwortete Steve. »Ich habe es Mr. Parker versprochen und dabei bleibt es. Und keine weitere Diskussion«.

Fred wusste, dass, es keinen Zweck mehr hatte. weiter nachzufragen. Es hatte keinen Sinn, aber seine Neugier war geweckt. Er wechselte nun schnell das Thema.

»Übrigens habe ich meine schriftlichen Prüfungen hinter mir und in zwei Wochen fliege ich dann mit Mick für drei Wochen nach Kreta«.

Steve schüttelte den Kopf. »Warum müsst Ihr beiden denn so weit weg? Könnt Ihr nicht zum Zelten nach Brighton fahren oder eine Bed- und Breakfast-Tour durch Schottland machen«?

Fred sah seinen Vater vorwurfsvoll an: »Dad, nun sei doch nicht so. Warum soll ich nicht, bevor ich hier auf dem Hof fest arbeite, auch mal Urlaub machen?

Und Mick hat dort letztes Jahr ein Mädchen kennengelernt und will sie unbedingt wiedersehen.

Außerdem geht er im Herbst nach London. Wer weiß, wann ich ihn überhaupt wiedersehe. Kannst Du das nicht verstehen«?

»Na dann mach mal Junge, ist schon ok«, brummte Steve versöhnlich.

Er stand auf und sagte: »Ich geh jetzt mal zu Mum ins Wohnzimmer. Sie schaut sich eine Soap an, die gleich zu Ende sein müsste«. Er zwinkerte ihm zu und verließ die Küche.

Fred dachte: `Sobald er im Bett liegt, gehe ich ins Büro und sehe nach, wen dieser Inspector bei uns auf dem Hof sponsert. Wäre ja wohl gelacht, wenn ich das nicht herausfinde`.

Jetzt schaltete er das Radio an und holte sich aus dem Kühlschrank noch ein kaltes Bier.

**

Liz hatte den Nachmittag mit Molly bei Richard im Café verbracht.

Molly staunte, dass ein Stück Schokoladenkuchen nach dem anderen verkauft wurde. Mühevoll hatte sie am Vorabend mit Zuckerguss ihren Namen darauf geschrieben.

»Weißt Du was? Wir verkaufen diese Torte ab jetzt nur noch unter dem Namen `Molly-Kuchen`, sagte Richard zufrieden. Liz lachte nun auch: »Und was ist mit mir?

Schließlich war ich ja wohl auch daran beteiligt«.
» Du hast doch die Torte angeschnitten. Ist das etwa nichts? sagte Richard gespielt überrascht.
»Ach ja und den Erlös bekommt Molly übrigens als Taschengeld von mir«.

»Das musst Du nicht tun Richard, wir haben das auch so gerne gemacht«, sagte Liz. Er zwinkerte Molly zu.

»Ich will es aber so«. Dann nahm er sein Tablett und ging zu seinen Gästen, während Liz an der Auslage die Laufkundschaft bediente.

Molly staunte, wie geschickt sie verschiedenste Eissorten in Waffeltüten schob und die Kaffeemaschine bediente. Und Liz merkte, dass ihr dies Spaß machte und in kürzester Zeit hatte sie auch die Preise im Kopf.

Am Abend sagte sie zu Richard: »Wir müssen jetzt leider nach Hause, schaffst Du das jetzt allein«?

«Natürlich, es ist ja nicht mehr viel los und danke für Eure Hilfe«. Er sah in die Auslage und kniete sich nun vor Molly hin. »Die Torte ist verkauft und hier ist das versprochene Geld«. Er gab ihr zwei Scheine und ein paar Münzen. Molly fragte: »Ist das nicht viel zu viel«?

»Warum denn das? fragte er erstaunt. Die Leute haben schließlich alles aufgegessen«. Molly strahlte und verstaute das Geld in ihrem Rucksack.

Richard sah Liz an: »Ab nächste Woche beginnen die Ferien. Ich habe am Mittwoch das Café geschlossen und würde gerne mit Euch ein Picknick machen, wenn das Wetter passt. Vielleicht kannst Du Dir auch frei nehmen«.

Sie lächelte. »Ich werde morgen mit meiner Kollegin sprechen. Im Rathaus haben ja auch viele Mitarbeiter Urlaub, dann ist auch weniger los. Ich rufe Dich dann an, ja«? Er nahm sie in den Arm. »Na klar«.

Als die beiden im Stadtbus saßen, schaute Molly aus dem Fenster und sagte nichts.

Liz beobachtete sie aus den Augenwinkeln und fragte: »Ist alles in Ordnung«? Molly zuckte mit den Schultern.

Liz stupste sie sacht an. »Du hast doch was«.
Molly schluckte. »Naja, Richard ist ja sehr nett, aber ich dachte eigentlich, dass wir nun bald zu Mick und Dad ziehen werden«.

Liz, die eben noch lächelte, umfasste sie. »Ach Molly, wie kommst Du denn darauf? Schließlich haben wir doch noch nie mit den beiden zusammen gewohnt«.

Molly flüsterte: »Ich dachte eben, dass wir jetzt auch eine richtige Familie werden«.

Liz versetzte dieser Satz einen Stich in den Magen. Wie sollte sie ihrer Tochter erklären, dass sie Vincent endgültig den Laufpass gegeben hatte und bereits dabei war, sich in Richard Cox zu verlieben.

Deshalb sagte sie jetzt erst einmal nichts.
Schließlich stiegen sie aus und liefen wortlos über eine Seitenstraße zum Haus. Liz schloss den Briefkasten auf und ein Umschlag fiel ihr entgegen.

Nach dem Abendessen lag Molly bald im Bett, aber heute wollte sie keine Geschichte hören.

Liz überlegte. `Ich lass sie einfach mal in Ruhe, schließlich ist es für sie ja im Moment auch nicht leicht`.

Im Flur lag noch immer der Brief, Liz hätte ihn fast vergessen. Auf der Rückseite klebte ein kleiner Sticker des Gestüts Steve Bailey.

Sie dachte: `Ein Werbebrief, weil bald die Ferien und damit auch die neuen Kurse beginnen. Gut, dass Molly das nicht gesehen hat. Bestimmt würde sie mir wieder in den Ohren liegen, auch einen Reitkurs machen zu dürfen`.

Gelangweilt riss sie nun den Umschlag auf. Der Besitzer schrieb, dass Molly für nächste Woche fest angemeldet sei. Liz betrachtete den Gutschein. Sie schüttelte den Kopf: »Ich werde Molly nichts sagen, bis ich weiß, was und vor allen Dingen wer dahinter steckt«.

Am nächsten Morgen eilte sie zur Arbeit. Als sie mit ihrer Kollegin im Pausenraum saß, fragte sie: »Lucy, ich wollte nächste Woche frei nehmen, denn Molly hat Ferien. Meinst Du, dass Du die Kantine so lange allein schaffst«? Sie nickte: »Klar Liz, mach ich. Du hast doch sowieso eine Menge Überstunden, oder«?

Liz lächelte: »Ja und ich denke, dass es uns gut tun wird, mal rauszukommen«.

»Was habt Ihr denn vor«? fragte Lucy.
»Wir wollen nach Brighton ans Meer. Um diese Jahreszeit ist es dort sehr schön«.

Lucy stand auf. »Ok, ich weiß Bescheid. Mach Dir keine Sorgen, ich kriege das schon hin«. Sie verließ den Aufenthaltsraum.

Schnell kramte Liz den Brief von Steve Bailey aus ihrer Handtasche und ging zum Münzapparat, der in der Ecke hing. Sie warf ein Geldstück hinein und wählte die Telefonnummer des Gestüts. Gerade wollte sie wieder auflegen, als sich ein Mann am anderen Ende meldete.

»Guten Tag, hier ist Liz Bennett, spreche ich mit Mr. Steve Bailey«? sagte sie freundlich.

»Nein«, antwortete er. »Ich bin sein Sohn, Fred. Kann ich Ihnen vielleicht auch weiter helfen«?

»Ja, vielleicht. Wissen Sie, ich habe für meine Tochter einen Gutschein für einen Reitkurs erhalten und wollte fragen, wieso ich den bekommen habe«.

Fred stutzte und überlegte, was er jetzt am besten sagen sollte.

Er hatte nämlich am Abend im Büro versucht nachzusehen, aber der Schreibtisch war verschlossen.

Unverrichteter Dinge war er schließlich ins Bett gegangen. Jetzt wusste er also Bescheid.

»Wenn Sie einen Gutschein bekommen haben, ist der Kurs auch bezahlt, soviel ist sicher« sagte er.

»Mein Vater verschickt sonst so etwas gar nicht. Wer das bezahlt hat, müssen Sie ihn aber selber fragen. Er ist gerade auf der Koppel und kommt vor zwei Stunden bestimmt nicht zurück«.

Liz grübelte: »Und Sie wissen bestimmt nicht, wer das war«? »Nein, leider nicht«, sagte Fred. »Ich habe keine Ahnung, außerdem macht das Geschäftliche nur mein Dad«. Liz bedankte sich und legte wieder auf.

`Seltsam ist das Ganze schon«, dachte sie. `Aber Molly wird sich bestimmt freuen. Ob das vielleicht Vincent war?

Aber eigentlich weiß er doch gar nichts von ihrem heimlichen Wunsch. Es sei denn, sie hat es ihm letzten Sonntag erzählt`.

Liz wusste nur von Molly, dass Abygail und Daisy auch angemeldet worden sind. `Vielleicht finden die Mädchen dann wieder zueinander. Und hoffentlich bringt sie ihre Mum dorthin und nicht ihr Vater Jeff Saunders. Ich kann ihn im Moment nicht ertragen`. Noch einmal sah sie sich den beigelegten Flyer an. `Toll`, dachte sie. `Ausgerechnet nächste Woche beginnt der Kurs und jetzt muss ich Richard deswegen absagen`.

Doch sie hatte keine Zeit mehr darüber nachzudenken. Schnell band sie sich nun wieder ihre Schürze um und ging zu Lucy, die geschäftig in der Küche umhereilte.

**

Emma hatte den ganzen Vormittag im Büro verbracht, nachdem sie sich die notwendigen Formulare für ein Amtshilfe-Ersuchen beim Finanzamt und beim Jugendamt in Norwich besorgt hatte.

Sie war jetzt fast ein bisschen sauer auf ihren Chef, der sie mit dieser lästigen Angelegenheit scheinbar allein lies und immer erst dann auftauchte, wenn alles fertig war.

In diesem Moment ging die Tür auf und Henry Parker setzte sich gut gelaunt hinter seinen Schreibtisch. »Gibt es frischen Kaffee«?

Sie warf ihren Kugelschreiber genervt auf den Tisch. »Nein, Detective-Chief-Inspector Parker. Es gibt keinen Kaffee, denn ich habe ja von Ihnen genügend andere Aufgaben bekommen, die ich selbstverständlich, so schnell es ging, erledigt habe. Und außerdem bin ich kein Dienstmädchen und auch keine Küchenhilfe«.

Henry sah sie erschrocken an: »Was haben Sie denn? Habe ich etwas Falsches gesagt«?

Emma beugte sich nun wieder über ihre Unterlagen und füllte wortlos weiter die Formulare aus.

Er sagte nun: »Ok, dann besorge ich jetzt zwei Tassen und wir reden«. Er stand auf, verließ das Büro und kam kurz darauf mit den gefüllten Bechern zurück.

»Hier«, brummte er und stellte den Kaffee auf ihren Schreibtisch. Sie reagierte nicht.

»Also, ich glaube, dass ich Ihnen etwas erklären muss«. Emma sah ihn an. »Da bin ich aber gespannt«.

»Ich hatte Ihnen doch erzählt, dass ich diese Miss Wilkinson und Jeff Saunders im Café belauscht habe«.

Ohne ihn dabei anzusehen, fragte sie zurück: »Und weiter«? Henry beugte sich nach vorn.

»Er hat ihr unter Anderem erzählt, dass seine beiden Töchter in den Ferien einen Reitkurs machen, nachdem er erfahren hat, dass Liz Bennett es sich nicht leisten kann, ihrer Tochter Molly so etwas zu ermöglichen.

Sie können es sich schlicht und ergreifend nicht leisten. Saunders natürlich schon und er hat darüber in einer Art und Weise gesprochen und gelacht, dass ich am liebsten aufgestanden wäre und ihm eine Ohrfeige gegeben hätte.

Und deshalb war ich gerade im Gestüt von Steve Bailey, wo auch meine Tochter seit zwei Jahren Reitunterricht nimmt und habe für das Mädchen einen Schnupperkurs gebucht und auch selbst bezahlt.

Es tat mir einfach so leid, sodass ich nicht anders konnte. Sie wird aber nicht erfahren, dass ich es war, der dies finanziert hat. Denn das möchte ich nicht«.

Emma sah ihn nun verblüfft an. Henry Parker war zwar ein verheirateter Mann und Vater, aber dass er so etwas für jemand anderen tat, der nicht zu seiner Familie gehörte, hätte sie ihm nicht zugetraut.

Sie nahm ihren Kaffeebecher und trank einen Schluck. »Dieser Saunders scheint ja einen besonders fiesen Charakter zu haben. Und Respekt

Sir, das hätte ich nicht von Ihnen gedacht, aber ich würde wahrscheinlich das Gleiche tun«.

Henry sah sie fragend an: »Was haben Sie nicht von mir gedacht? Meinen Sie, dass ich kein Herz habe«?

Emma lächelte. »Doch Sir, aber Mitgefühl mit jemandem haben und tatsächlich etwas tun, sind immer noch zwei Paar Schuhe. Oder etwa nicht? Außerdem wäre es wohl eher die Aufgabe von Vincent Graham als Vater gewesen und bestimmt nicht Ihre«.

»Da haben Sie schon recht und es wird eine Ausnahme bleiben«, sagte er ruhig. »Schließlich können wir ja nicht die ganze Welt retten. Vielleicht ist es auch unprofessionell von mir. Schließlich stecken wir noch in Ermittlungen, in die irgendwie auch Liz Bennett involviert ist. Und deshalb bitte ich Sie Stillschweigen zu bewahren, nicht dass das mal gegen mich ausgelegt wird«.

Emma stutzte: »Wieso soll das denn gegen sie verwendet werden«?

Er wiegte den Kopf: »Saunders ist gerissen und wenn er davon erfahren würde, sollte es mich nicht wundern, wenn er mir auch noch eine Affäre mit Miss Bennett unterstellt. So etwas würde mir gerade noch fehlen. Denn selbst wenn man es aufklärt, bleibt in den meisten Fällen trotzdem noch etwas an einem hängen«.

Er sah nun auf die Unterlagen. »Wie weit sind Sie denn, oder kann ich Ihnen dabei helfen«?

Sie drehte das Papier zu ihm und hielt ihm einen Kugelschreiber hin. »Eigentlich brauchen Sie es nur noch unterschreiben Sir. Und dann faxen wir alles nach Norwich«. Henry setzte mit Schwung seinen Namen darunter und sagte mit einem Lächeln: »Sehr gut Detective-Sergeant Reynolds, perfekt vorbereitet«.

Emma sah nun auf die Uhr.

»Sir, ich würde jetzt gern Feierabend machen, denn heute erreichen wir sowieso nichts mehr«.

Henry nickte: »Da haben Sie recht und ich fahre jetzt auch nach Hause. Meine Frau wird sich wundern, wenn ich so früh heim komme. Das ist sie nicht gewohnt«.

Emma ging nun zum Telefax und schob ein Blatt nach dem anderen durch. Schließlich hielt sie den Sendebericht in der Hand. Sie nahmen ihre Sachen und verließen das Büro.

**

Nur mit Mühe hatte Mick nach der Beerdigung den Rollstuhl seines Onkels im Kofferraum verstauen können.

Nun saß er mit seinem Vater und Howard Patel im Auto und fragte: »Habt Ihr eigentlich Hunger? Also ich könnte etwas Warmes vertragen«. Vincent sah Howard an. »Er hat Recht, wir sollten in ein Lokal gehen. Zu Hause haben wir höchstens eine Tiefkühlpizza im Kühlschrank«.

»Mir ist das eigentlich egal«, antwortete Howard. »Ich esse das ganze Jahr unregelmäßig. Aber abgesehen davon war Kochen noch nie meine Stärke«.

»Das ist nicht gut Howard und auch nicht gesund«, sagte Vincent leise.

Howard lächelte zynisch: »Du redest schon wie Margarethe. Sie hat mich immer bekocht, wenn sie kam und mir wohlgemeinte Ratschläge gegeben. Aber gesund werde ich sowieso nie wieder sein. Daran ändert auch meine jetzige Essensgewohnheit nichts«.

Vincent sah ihn betreten von der Seite an und sagte nichts. Warum auch. Mick bog nun auf einen kleinen Parkplatz ein und schaltete den Motor ab.

»Ich habe schon lange nicht mehr chinesisch gegessen und Mum hat es auch sehr gemocht«. Ohne auf die Zustimmung seines Vaters zu warten, stieg er aus und öffnete den Kofferraum.

Schließlich saßen sie an einem Tisch mit vorgewärmten Tellern, heißem Sake und einer großen Kanne Tee.

»Jetzt erzähl doch mal, was Du den lieben langen Tag machst«? fragte Vincent seinen Schwager.

Howard stellte sein Glas ab. »Ich stehe meistens nie vor neun auf. Dann kommt der Pflegedienst und anschließend fahre ich ins Büro«.

Vincent fragte überrascht: »Du fährst ins Büro? Wo arbeitest Du denn«?

Howard grinste: »Im Nachbarzimmer. Da fahre ich mit meinem Rollstuhl hin und arbeite in meinem Home-Office«.

Vincent lehnte sich zurück: »Ach so ist das gemeint. Und was genau tust Du da«?

Howard begann: »Ich bearbeite für Mitbewohner, von denen es im Übrigen eine Menge gibt, Anträge bei Krankenkassen, Therapiemaßnahmen, Zuschüsse für Medikamente und was es sonst noch gibt. Oft bekommen sie nur Ablehnungen, dann lege ich für sie Widerspruch ein. Viele, vor allem ältere Menschen würden sich das gar nicht trauen und so manches hinnehmen, wenn ich das nicht erledigen würde«.

»Wirst Du gut dafür bezahlt«? fragte Mick.
Howard sah ihn an. »Ich habe genug zum Leben, viele andere in meinem Umfeld nicht.

Sie könnten es sich überhaupt nicht leisten, jemanden mit der Vertretung ihrer Interessen einzuschalten und deshalb mache ich das ohne Honorar.

Ich bekomme nur einen kleinen Obolus, mit dem ich die Unkosten für Papier, Stifte und Briefmarken abdecken kann. Reich werde ich davon nicht, aber darum geht es mir nicht. Mit dieser Arbeit fühle ich mich nicht so nutzlos wie früher und meine Mandanten sind sehr dankbar«.

»Davon hat Margarethe mir nie etwas erzählt«, sagte Vincent erstaunt. »Davon wusste sie ja auch nichts.

Wenn wir uns getroffen haben, hatten wir andere Themen«. Sie sahen sich ernst an. Mick fragte nun: »Was denn für Themen«?

Howard nahm seine Tasse und trank langsam einen Schluck Tee. »Sie hat mir von Dir erzählt Mick. Wie groß Du bist und was Du in der Schule machst«.

Jetzt sah er zu Vincent: »Und wie froh sie über ihren Job in dem Supermarkt war. Endlich hatte sie eine Aufgabe außerhalb des Hauses. Daheim hatte sie oft das Gefühl, dass keiner von Euch beiden ihre Arbeit respektiert. Und sie fühlte sich von Dir furchtbar gegängelt Vincent«.

Vincent sah zu Mick und dann wieder zu Howard hinüber und fragte: »Das hat Sie Dir so gesagt«? Howard nickte. »Ja. Und eins noch. Sie war der festen Überzeugung, dass Du fremdgehst.

Ich habe sie immer wieder beschwichtigt, dass das sicher nicht stimmt und sie sich etwas einredet, aber sie war nicht davon abzubringen.

Ich habe ihr auch gesagt, dass sie der Sache auf den Grund gehen soll, aber das wollte sie auch wieder nicht. Vielleicht hatte sie nur Angst vor bestimmten Konsequenzen, die sich dann daraus ergeben würden.

Irgendwann war aber das Thema erledigt und wir haben nie wieder darüber gesprochen«.

Vincent und Mick sahen sich betreten an. Das gerade in diesem Moment das Essen am Tisch auf kleine Stövchen gestellt wurde, kam besonders Vincent wie eine Erlösung vor.

Er schob jedoch den Reis von sich weg und stocherte appetitlos in seiner Pekingente umher, während Mick und Howard inzwischen ihre Teller beluden. Er hatte jetzt keinen Hunger mehr.

»Was hast Du denn plötzlich Vincent? Ist Dir vielleicht der Appetit vergangen, weil es doch stimmt, was meine Schwester mir erzählt hat«? fragte Howard gespielt beiläufig.

Vincent legte sein Besteck auf den Teller und warf die Serviette daneben. Dann sah er zu Mick und wieder zu Howard. »Ja es stimmt. Ich habe meine Frau über zehn Jahre betrogen und ich habe eine Tochter. Sie heißt Molly«.

Howard aß weiter, als hätte er die Wetteraussichten für den kommenden Tag im Radio gehört. Kauend sagte er: »Ich hab es mir doch gedacht. Ein paar Mal wollte ich Dich anrufen und Dich danach fragen, wenn Margarethe wieder einmal unglücklich nach Hause gefahren ist.

Und immer, wenn ich dann den Hörer in der Hand hatte, habe ich wieder aufgelegt, weil ich dachte, dass ich kein Recht dazu habe, mich in Eure Ehe einzumischen«.

»Es tut mir leid«, sagte Vincent leise. Howard sah ihn verächtlich an: »Bei mir brauchst Du Dich nicht entschuldigen Vincent. Das hättest Du bei Margarethe machen sollen, aber jetzt ist es zu spät«.

Er nahm seine Serviette, wischte sich den Mund ab und holte seine Geldbörse hervor. Dann legte er einige Scheine auf den Tisch. »Ich glaube, dass es doch besser ist, wenn ich zurück in mein Hotel fahre«.

Schnell winkte er den Kellner herbei und bestellte sich ein Taxi. Zu Mick sagte er: »Mach`s gut Junge und solltest Du mal nach Norwich kommen, dann bist Du bei mir jederzeit herzlich willkommen«.

Dann drehte er seinen Rollstuhl um und sah Vincent ernst an. »Leb wohl«.

Bevor dieser etwas erwidern konnte, rollte er mit einem Schwung aus dem Lokal.

**

Am nächsten Tag stand Fred schon früh am Morgen im Stall. Er hatte den Rappen auf die Weide gebracht und sich dann den Werkzeugkoffer seines Vaters geholt.

Jetzt reparierte er die Trennwand der Pferdebox. Einen Zimmermannsnagel nach dem Anderen schlug er in die Pfosten und kontrollierte zufrieden die neuen Bretter auf ihre Festigkeit. Schließlich holte er sich noch die Schubkarre und warf frisches Stroh auf den Boden.

Plötzlich merkte er, dass die Pferde unruhig wurden. Erschrocken drehte er sich um. »Mick, bist

Du verrückt? Wenn Du Dich so anschleichst, gehen die Pferde durch«.

Mick war kreidebleich und sah ihn wortlos an. Fred stellte seine Schaufel in die Ecke. »Was ist denn los? Was machst Du überhaupt um diese Zeit hier«?

Mick setzte sich auf einen Heuballen. »Ich habe fast die ganze Nacht nicht geschlafen Mein Vater hat gestern Abend fast eine ganze Flasche Scotch leer getrunken. Das hat er noch nie getan«.

Fred brummte: »Hm, nach der Beerdigung seiner Frau kann ich das irgendwie verstehen«.

Mick schüttelte den Kopf. »Wir waren nach der Beisetzung mit meinem Onkel Howard noch beim Essen.

Er hat uns dann erzählt, dass Mum all die Jahre geahnt hat, dass Dad fremdgegangen ist. Den Blick von ihm kannst Du Dir vorstellen«.

»Und dann«? fragte Fred. Mick holte Luft. »Ja und dann hat Dad auch zugegeben, dass es so war und dass er eine Tochter hat. Onkel Howard hat auf der Stelle sein Besteck weggelegt, bezahlt und ist mit dem Taxi davon«.

Fred sagte nun: »Komm, ich muss den Rappen zurück in den Stall holen. Wir gehen am besten zu Fuß, ist ja auch nicht weit«.

Sie liefen nun beide, die Hände in den Hosentaschen vergraben, langsam über einen Feldweg zur Koppel.

Inzwischen stieg die Sonne langsam am Horizont auf und warf ihre ersten warmen Strahlen auf die frischen, noch mit Tau benetzten Triebe der Sträucher.

Fred sah geradeaus und sagte: »Ich muss Dir auch etwas erzählen«. Fred blieb plötzlich stehen. »Vorgestern war dieser Inspector Parker bei uns auf dem Hof. Seine Tochter Amy reitet nächste Woche im Ferienkurs bei uns«.

Mick hob die Schultern. «Das hast Du mir doch schon erzählt. Und weiter«?

Er räusperte sich. »Er hat für ein anderes Kind den Kurs bezahlt und das soll geheim bleiben. Und auch mir wollte Dad es nicht sagen, deshalb habe ich spät am Abend versucht, in seine Unterlagen zu sehen. Das ist mir aber nicht gelungen«.

»Was hat das denn mit mir zu tun«? wollte Mick wissen. Fred lief weiter: »Am Vormittag klingelte plötzlich das Telefon. Ich ging ran und eine Frau erkundigte sich nach dem Gutschein, den er für das Kind ausgestellt und ihr zugeschickt hatte«.

Er blieb wieder stehen. »Es war Liz Bennett und der Gutschein war somit für Molly«.

Mick machte große Augen. »Was, für Molly? Warum tut er denn das«?

Fred hob die Schultern: »Genau das habe ich mich auch gefragt. Wieso gibt jemand für ein fremdes Kind zweihundert Pfund aus«?

Mick antwortete: »Keine Ahnung, aber was willst Du mir denn damit sagen«? Fred sah seinen

Freund etwas betreten an. »Na was wohl. Könnte es nicht sein, dass diese Liz Bennett außer Deinem Vater auch noch andere Männer hatte? Und was, wenn er Molly s Vater ist und nicht Dein Dad«?

Mick trat einen Schritt zurück und sah ihn ungläubig an. »Fred Du fantasierst. Ich kenne Liz inzwischen und kann mir absolut nicht vorstellen, dass sie so etwas tun würde«.

Fred schluckte. »Hoffentlich hast Du Recht. Aber ich würde der Sache zumindest auf den Grund gehen.

So was macht niemand einfach so, oder es gibt eine andere Erklärung, von der wir im Moment keine Ahnung haben«.

Sie gingen nun weiter und als sie auf der Koppel ankamen, stieß Fred einen gellenden Pfiff aus.

Der Rappe galoppierte auf ihn zu. Fred nahm ihm geschickt am Halfter und öffnete mit einer Hand das Tor.

Wortlos gingen sie zurück zum Hof.
Er fragte: »Was wirst Du denn jetzt tun«? Mick sah ihn an.

»Ich werde nach Hause fahren und es Dad sagen. Dann soll er es klären oder auch nicht. Mal sehen, wie es ihm jetzt überhaupt geht. Nach dem vielen Schnaps gestern Abend wird er mit dem Kopf nicht durch die Tür passen«.

Fred grinste. »Alles klar Kumpel«.

**

Liz kam am Nachmittag von der Arbeit nach Hause und hörte schon im Flur, dass Molly vor dem Fernseher saß.

»Hallo«, rief sie, während sie sich die Jacke auszog.

Dann ging sie ins Wohnzimmer. »Was machst Du denn bei dem schönen Wetter um diese Zeit hier drin? Bis zum Abendessen kannst Du ruhig noch ein bisschen rausgehen. Die Nachbarskinder spielen Badminton. Hast Du keine Lust dazu«?

Molly schüttelte den Kopf. »Nein, ich will nicht«. Liz fasste ihr an die Stirn. »Hast Du Kopfweh, oder fehlt Dir etwas anderes«?

Erst jetzt sah sie, dass sie geweint hatte. Erschrocken kniete sie nun neben ihr und fragte: »Also was ist los«?

Molly drückte ihren Kuschelbär an sich. »Abigail und Daisy haben mir heute erzählt, dass sie nächste Woche in den Ferien wieder reiten dürfen und ich natürlich nicht«.

»Wo ist denn dieser Kurs«? fragte Liz. Molly antwortete schmollend: »Auf dem Bailey-Hof, so wie jedes Jahr«.

Liz stand auf. `Ich werde jetzt Vincent anrufen und fragen, ob er diesen Gutschein gezahlt hat, denn ich muss vorher wissen, von wem er kommt`.

»Ich telefoniere mal und dann reden wir«, rief sie Molly zu. Schnell zog das Kabel in die Küche. Dann tippte sie die Nummer von Vincent ein. Mit heiserer Stimme meldete er sich.

»Hallo Vincent, hier ist Liz. Sag mal bist Du krank? Du hörst Dich so seltsam an«.

Schwer atmend antwortete er: »Nein, ich habe einen Kater, aber langsam geht es wieder besser. Wie kommt es, dass Du mich anrufst«?

Sie begann: »Ich muss Dich etwas fragen. Gestern kam hier ein Brief vom Bailey-Hof an. Darin war ein Gutschein für Molly über zweihundert Pfund für einen Reitkurs. Ich habe deshalb heute dort angerufen, es ist kein Werbegag, sondern jemand hat das bezahlt. Nur ich weiß nicht wer das war. Hast Du vielleicht…«.

Er unterbrach sie: »Wie kommst Du denn darauf? Ich wusste ja nicht einmal, dass Molly darauf steht. Allerdings kenne ich den Hof, denn Mick ist mit dem Sohn des Besitzers eng befreundet«.

Liz grübelte. »Hat Mick womöglich diesen Gutschein bezahlt«? »Das kann ich mir nicht vorstellen«, sagte Vincent. »Er spart gerade jeden Penny für seinen Urlaub. Aber ich kann ihn nachher fragen, nur im Moment ist er nicht da. Warum rufst Du nicht Mr. Bailey an und fragst ihn danach«? »Das habe ich heute Vormittag schon versucht, aber er war leider nicht da. Ich probiere es gleich noch einmal«. Einen Moment schwiegen beide, bis sie etwas unsicher fragte: »Wie geht es Dir sonst«?

Vincent atmete noch immer schwer. »Naja, wie soll es schon gehen? Margarethe ist seit gestern beerdigt und der Fuß tut mir noch manchmal weh. Mach Dir keine Gedanken, ich komme schon klar«.

»Na dann mach`s gut Vincent und grüß Mick von uns«. Sie legte wieder auf.

Sie ging wieder in den Flur, holte ihre Handtasche und zog den Flyer des Reithofes heraus. Schnell schaute sie ins Wohnzimmer. Leise schloss sie die Tür und rief dort an.

Diesmal meldete sich der Besitzer Steve Bailey selbst. Er saß seit zwei Stunden im Büro und ein Telefonat kam ihm jetzt gerade recht, denn den lästigen Papierkram erledigte er nur ungern.

»Hallo Miss Bennett. Sie haben sicher den Gutschein erhalten. Haben Sie noch Fragen zu dem Kurs«?

»Naja, Mr. Bailey«, sagte sie etwas verunsichert. »Ich war sehr überrascht, denn ich kann mir so etwas eigentlich nicht leisten. Ist es denn wirklich so, dass Molly nächste Woche zu Ihnen kommen kann«?

»Ja natürlich und sie bekommt am Anfang ein zahmes Ponny. Mein Mitarbeiter Scully wird es führen, Sie brauchen sich also keine Sorgen zu machen. Ihrer Tochter wird es bestimmt gefallen«.

Sie fragte nun: »Können Sie mir sagen, wer die Kosten übernommen hat«? Steve räusperte sich: »Nein, denn wir haben Stillschweigen vereinbart. Der Mann möchte seinen Namen keinesfalls nennen, aber es steckt keine schlechte Absicht dahinter. Sie können den Gutschein ohne

Bedenken annehmen, das kann ich Ihnen versichern«.

»Er? Es ist also ein Mann«? fragte Liz. Steve Bailey seufzte: »Miss Bennett, machen Sie es sich und mir doch nicht so schwer. Ja es ist ein Mann. Soviel kann ich Ihnen sagen, aber mehr nicht.

Und er meint es wirklich nur gut mit Ihnen und natürlich mit Ihrer Tochter. Kommen sie einfach Montag um zehn zu uns auf den Hof und Molly wird eine Menge Spaß haben. Glauben Sie mir«.

Liz atmete durch. »Na gut Mr. Bailey, ich vertraue Ihnen. Vielen Dank und einen schönen Abend«. Sie stand auf und stellte das Telefon zurück, da klingelte es an der Tür. Sie öffnete die Tür, vor ihr stand Richard mit einem Strauß rote Rosen. »Guten Abend schöne Lady«.

Jetzt schaute auch Molly neugierig um die Ecke und rief: »Hallo Richard. Kommst Du uns besuchen«?
Er nickte und sie lief ihm entgegen. »Komm doch erst einmal rein«, sagte Liz.

Richard nahm sie in den Arm, gab ihr die Blumen und hob Molly hoch. »Na, wie geht's Dir denn und was macht die Schule«? Sie plapperte los: »Es sind noch drei Tage und dann habe ich Ferien. Da kann ich ausschlafen«.

Liz lächelte: »Na ja, mal sehen, denn vielleicht haben wir alle etwas vor«.

Molly sah sie jetzt fragend an. »Musst Du nicht arbeiten Mum«? Sie antwortete: «Also ich habe

Urlaub und am Mittwoch hat auch Richard frei. Wir wollten eigentlich mit Dir einen Tag nach Brighton fahren, aber Du hast ja keine Zeit«.

Molly stotterte: »Wieso denn? In den Ferien habe ich doch nichts vor«.

Liz hielt ihr den Flyer vom Bailey-Hof vor das Gesicht. »Schau mal, was ich hier für Dich habe«.

Molly begann zu strahlen. »Was? Ich darf wirklich zum Reiten«? Sie fiel ihr um den Hals und schluchzte: »Danke Mum«. Liz kamen nun fast selbst die Tränen. Schnell löste sie sich wieder.

»Also gut, dann gehst Du zum Reiten und ich verbringe den Tag mit Richard«.

Er sah sie nun etwas verwundert an. »Hattest Du vergessen, das Molly den Reitkurs macht, als wir über unseren Ausflug gesprochen hatten«?

»Das erzähle ich Dir später«. An ihrer Tonlage hatte er verstanden, dass sie vor ihrer Tochter nicht darüber reden wollte. Schnell sagte er: »Na gut Molly. Wie ist es denn. Zeigst Du mir mal Dein Zimmer«?

»Ja Richard«, rief sie fröhlich. »Komm mit.

Sie gingen nun die Treppe nach oben und Liz sah ihnen lächelnd nach.

**

Die Kommissare Henry Parker und Emma Reynolds waren früh am Morgen ins Büro geeilt.

Sie wollten noch ein paar Fragen besprechen, die sie im Mordfall Margarethe Graham weiter bringen könnten, bevor Liam und Rosie Patel zu Ihnen kamen.

Während Emma ihren Kaffee trank und wieder in der Akte las, sagte sie grübelnd: »Wie ich schon sagte, es ist besser, wenn wir die beiden getrennt befragen«.

Henry sah auf. »Ich schlage vor, dass Sie mit Rosie sprechen. Zu Ihnen wird sie schneller Vertrauen fassen als zu mir«.

»Worüber soll ich eigentlich mit ihr reden? Schließlich geht uns ihre Affäre mit einem anderen Mann nichts an«, überlegte sie.

Henry drehte einen Stift zwischen seinen Fingern. »Ich weiß nicht, ob wir damit weiterkommen, aber wir müssen es wenigstens versuchen. Ich werde mit Liam über seinen Bruder Stuart sprechen. Vielleicht finden wir etwas über sein Verhältnis zu Arthur Patel heraus. Und fragen Sie bitte auch Rosie, ob sie etwas darüber weiß.

Möglicherweise hat sie auch Unterlagen über diese Adoption gesehen, oder Liam und seine Mutter haben mal darüber gesprochen. Was weiß ich«.

Es klopfte an der Tür. Ein Officer kam herein. »Guten Morgen Sir. Da ist ein Ehepaar namens Patel. Sie wollen zu Ihnen«. Henry nickte. «Danke, wir sind gleich bei ihnen«. Sie gingen den Flur entlang.

Angekommen bei Liam und Rosie sagte Henry, während er ihnen die Hand reichte: »Guten Morgen«.

Emma sah Rosie an und lächelte: »Mrs. Patel, kommen Sie doch bitte mit mir mit«.

Liam sah sie erstaunt an. »Was soll denn das? Meine Frau sagt nichts aus, wenn ich nicht dabei bin«.

Henry sagte nun zu Rosie: »Mrs. Patel, es ist nur eine einfache Befragung, die Miss Reynolds macht, kein Verhör«. »Ich möchte aber nichts ohne meinen Mann sagen«, entgegnete sie.

Liam grinste: «Da haben Sie es Mr. Parker. Und jetzt werden wir sofort wieder gehen. Es sei denn, Sie können uns irgendetwas vorwerfen, was uns davon abhalten könnte«.

Henry sah ihn mit ernster Miene an und überlegte fieberhaft. `Nein, ich konfrontiere ihn jetzt noch nicht mit seinem Stiefvater und warte erst einmal die Infos der Behörden in Norwich ab`.

Liam stellte sich jetzt provokant vor ihn hin und fragte:

»Nichts«? Dann trat er zwei Schritte zurück. »Komm Rosie, die Herrschaften haben uns nichts mehr zu sagen. Auf Wiedersehen«. Er nahm seine Frau an der Hand und zog sie hinter sich her.

Emma sah ihnen nach und als sie durch die Drehtür am Haupteingang das Gebäude verließen, sagte sie grübelnd:

»Ich weiß nicht. Manchmal habe ich das Gefühl, als hätte ich ihn schon mal irgendwo gesehen«.

Henry setzte sich auf einen Besucherstuhl im Flur. »Eigentlich mussten wir damit rechnen, dass er so reagiert. Schließlich kontrolliert er doch seine Frau zu Hause auch auf Schritt und Tritt, da wird er es gerade zulassen, dass sie mit Ihnen allein reden kann.

Aber wenn es wirklich stimmt, dass sie eine Affäre hat, muss sie ganz schön schlau sein«.
»Wollen wir uns überhaupt noch einmal die Mühe machen und mit Howard reden? Was kann er uns schon sagen, was wir nicht schon wissen«? fragte Emma frustriert. Henry hob die Schultern.

»Keine Ahnung, aber lassen Sie es uns trotzdem versuchen. Wir fahren heute Nachmittag zu den Grahams, da müsste er jetzt noch sein. Schließlich wollte er ja mehrere Tage hier in Liverpool bleiben«. Sie gingen zurück in ihr Büro.

Emma schaute nach dem Telefax, aber die Anfrage in Norwich ließ im Moment auf sich warten. Keine Nachricht vom Jugendamt und auch kein Ergebnis der Finanzbehörde und der Meldestelle.
Als sie nach der Mittagspause am Haus der Grahams ankamen, stand Mick gerade an der Zufahrt und nahm die Post aus dem Briefkasten.
»Hallo, Sie wollten bestimmt zu meinem Onkel, oder«? Henry nickte: »Ja, richtig«.

Mick klappte mit einem Ruck den Deckel zurück. »Nein, tut mir leid. Er hat doch nicht bei uns übernachtet und in welchem Hotel er ist, wissen wir auch nicht«.

Emma fragte: »Wieso denn das? Hatten Sie etwa Streit? Gestern Nachmittag am Friedhof dachten wir noch, dass Sie und Ihr Vater sich ganz gut mit ihm verstehen«.

Mick ging zur Haustür. »Fragen Sie meinen Vater am besten selbst. Ich weiß aber nicht, ob er wieder fit ist. Er hat gestern Abend ziemlich viel getrunken, aber eigentlich verträgt er es gar nicht«.

Er schloss auf, warf den Schlüsselbund auf einen Schrank und rief:« Dad, wo bist Du? Besuch für Dich«.

Die Kommissare liefen langsam hinter ihm her. Als sie im Wohnzimmer ankamen, sahen sie Vincent mit blassem Gesicht in einem Sessel sitzen und seine Teetasse stand unberührt vor ihm. Mit heiserer Stimme sagte er:

»Ach Sie sind es schon wieder«. Henry nickte ihm freundlich zu. »Wir wollten eigentlich zu Howard, aber Ihr Sohn sagte, dass er nun doch nicht mehr hier ist«.

Vincent sah ihn mit trüben Augen an. »Nein, das ist er nicht«. »Darf man fragen wieso? fragte Henry vorsichtig.

»Wir hatten eigentlich gestern den Eindruck, dass Sie und Howard wieder zueinander finden«.

Vincent schluckte. »Wir sind nach der Beerdigung zum Essen gegangen. Im Lokal hat er mich schließlich damit konfrontiert, dass Margarethe viele Jahre geahnt oder gewusst haben muss, dass ich eine Affäre hatte. Und wie sie darunter gelitten hat«.

Vincent blickte nun auf den Boden. »Ich habe es zugegeben und ihm auch gesagt, dass ich eine Tochter habe. Daraufhin hat er sofort das Lokal verlassen und mir gezeigt, dass ich für ihn ein für alle Mal erledigt bin. Das ist alles«. Henry und Emma sahen sich kurz an.

»Wissen Sie, in welchem Hotel er wohnt«? fragte Emma.

Er schüttelte den Kopf. «Nein, das hat er nicht gesagt«.

Henry stand nun wieder auf. »Dann wollen wir Sie nicht weiter stören. Auf Wiedersehen Mr. Graham«.

In diesem Moment kam Mick zur Tür herein. »Jetzt habe ich aber eine Frage an Sie Mr. Parker«. Henry sah ihn erstaunt an. »Na dann fragen Sie mal«.

Mick sah ihm direkt in die Augen: »Ich war heute Morgen bei meinem Freund Fred Bailey auf dem Hof. Mr. Parker«. Henry erwiderte den Blick. «Und weiter«?

Mick verschränkte jetzt die Arme vor sich. »Tun Sie doch nicht so, als ob Sie jetzt nicht wüssten, worüber ich mit Ihnen reden will«. Nun fragte

Vincent: »Was geht hier vor«? »Fred hat mir erzählt, dass ein gewisser Detective-Chief-Inspector Parker für Molly Bennett einen Reitkurs bezahlt hat«, sagte Mick.

»Wir reden hier immerhin über zweihundert Pfund. Und da fragt man sich eben, wieso jemand so etwas tut.

Ist es reine Nächstenliebe oder gibt es dafür womöglich einen anderen Grund«?

Henry wurde starr vor Schreck. Als er sich wieder gefasst hatte, sagte er: »Mick ich möchte Sie bitten, sich zu setzen, dann erkläre ich Ihnen alles«.

Er erzählte den Grahams nun von seinem belauschten Gespräch zwischen der Lehrerin Jane Wilkinson und Jeff Saunders und sah dabei immer wieder zu Vincent, der reglos in seinem Sessel saß.

Vincent sagte leise: »Liz hat mich heute angerufen und gefragt, ob ich oder Mick diesen Gutschein bei Bailey bezahlt haben. Sie konnte es sich nicht erklären und ich habe ihr noch geraten, Fred Baileys Vater selbst zu fragen.

Ich wusste doch überhaupt nicht, dass Molly gerne einen Reitkurs besuchen möchte«.

Henry sah ihn ernst an: »Was wissen Sie denn überhaupt über Ihre Tochter? Haben Sie sich jemals dafür interessiert, was sie so nach der Schule macht? Und wie ihre Mutter allein mit dem Kind finanziell zurechtkommt«?

»Ich habe Liz damals angeboten regelmäßig Unterhalt zu zahlen, aber sie wollte nie auch nur

einen Penny annehmen«, sagte Vincent entrüstet. »Wenn ich das geahnt hätte, wäre ich doch selbstverständlich dafür aufgekommen«.
Henry sah ihn kopfschüttelnd an. »Mr. Graham, jetzt tun Sie doch nicht so. Liz Bennett arbeitet als Köchin in einer Kantine. Es musste Ihnen doch wohl klar sein, dass sie dort keine Reichtümer verdient und dass sie nur mehr schlecht als recht mit einem Kind um die Runden kommt«.
Vincent stand nun auf, ging zu einem Wandschrank und öffnete ihn. Als er wieder vor Henry Parker stand sagte er: »Hier sind zweihundert Pfund. Den Reitkurs meiner Tochter bezahle ich«. Er hielt ihm die Scheine hin.
»Bitte nehmen Sie das Geld«.
Henry stand auf. »Ok Mr. Graham, ich nehme es natürlich. Und ich hoffe, dass Sie mir nicht böse sind, dass ich mich in Ihre Privatangelegenheiten eingemischt habe. Ich wollte einfach nur helfen«.
Dann ging er zur Haustür und drehte sich noch einmal um. »Sie wissen wirklich nicht, in welchem Hotel Howard Patel abgestiegen ist«?
Vincent schüttelte den Kopf. »Nein, aber ich denke, dass Sie seine Adresse schnell herausfinden werden«.
Die Kommissare verließen das Haus.

**

Als sie wieder im Auto saßen, sagte Emma: »Sir, Sie haben sich meiner Meinung nach ganz schön weit aus dem Fenster gelehnt. Sie sollten das aber bald Ihrer Frau erzählen, bevor es herauskommt und sie es womöglich von jemand anderem erfährt«.

Henry sah sie von der Seite an. »Das ist das erste Mal, dass ich so etwas gemacht habe und jetzt muss ich mich dafür auch noch verteidigen«.

Plötzlich sah Emma nach rechts. »Schauen Sie mal da drüben auf der anderen Straßenseite steht doch Howard mit seinem Rollstuhl an der Ampel«.

Henry gab Gas, fuhr über die Kreuzung und bog in eine Seitenstraße ein. »Mist«, sagte er. »Hier ist Parkverbot.

Los Emma, steigen Sie aus und halten Sie ihn auf. Ich finde Sie dann schon«. Sie sprang aus dem Auto und lief zurück.

Gerade konnte sie noch sehen, wie Howard um die nächste Ecke bog und in der Menschenmenge der Fußgängerzone verschwand.

Keuchend erreichte sie ihn. »Mr. Patel, warten Sie bitte«. Howard hielt ruckartig seinen Rollstuhl an und drehte sich um. »Verfolgen Sie mich etwa? Ich habe nicht vergessen, dass Sie mich noch einmal sprechen wollen, bevor ich zurück fahre und hätte mich schon bei Ihnen gemeldet«.

Emma trat zu ihm hin. »Nein Mr. Patel, natürlich verfolgen wir sie nicht. Wir waren gerade bei Vincent Graham, aber er wusste leider nicht, in welchem Hotel Sie abgestiegen sind. Und jetzt haben wir Sie zufällig an der Ampel stehen sehen. Können wir nicht kurz noch einmal mit Ihnen sprechen und dann lassen wir Sie auch bestimmt in Ruhe«.

Howard sah sich um: »Wir? Wo steckt denn Ihr Kollege«? Emma lächelte. »Er ist bestimmt gleich da, aber er muss erst einen Parkplatz finden. Auch wir Polizisten können schließlich Strafzettel bekommen«.

Howard sah sie an. »Na gut, dann gehen wir da drüben in das kleine Café, ich könnte jetzt einen Tee vertragen«.

Emma nickte. »Ja meinetwegen«.
Sie lief darauf zu und sah erstaunt, dass ausgerechnet Liz Bennett hinter der Eis-Theke stand und die Kundschaft bediente. Sie ging zu ihr hin. »Guten Tag Miss Bennett«.

Liz lächelte. »Ach Sie sind es, möchten Sie vielleicht ein Eis haben? Wir haben drei neue Sorten im Programm«.

Emma stutzte: »Wer ist denn wir? Und seit wann arbeiten Sie hier«? Plötzlich trat Richard neben Sie und fragte freundlich: »Guten Tag, kann ich Ihnen weiterhelfen«?

Liz wandte sich an ihn: »Das ist eine Kommissarin, wir kennen uns seit Kurzem. Ich wollte ihr gerade erzählen, dass ich hier an den Wochenenden nur aushelfe«.

Emma nickte. »Ist schon ok, ich habe mich nur gewundert, Sie hinter der Eis-Theke zu sehen.

Eigentlich wollte ich mit dem Herrn neben mir einen Tee trinken«.

»Kommen Sie doch bitte mit hinein«, sagte Richard freundlich.

Er ging voraus und räumte einige Stühle an die Seite, denn Howard hatte Mühe in dem engen Gang, zu dem um diese Zeit einzigen freien Tisch zu rollen.

Inzwischen war auch Henry Parker bei Ihnen. »Sorry, aber ich musste ein ganzes Stück laufen«.

Er ließ sich auf die kleine Eckbank fallen und sah Howard freundlich an. »Danke Mr. Patel, dass wir gleich hier mit Ihnen sprechen dürfen. Wir werden Sie bestimmt nicht noch einmal belästigen«.

»Das hat Ihre Kollegin auch schon gesagt. Was wollen Sie denn überhaupt noch von mir wissen«? murmelte er, während er seine beschlagenen Brillengläser putzte.

Henry begann: »Wir kommen gerade von Vincent Graham. Bis dahin wussten wir selbst nicht so recht, nach was wir Sie eigentlich fragen sollen. Aber jetzt würde mich doch interessieren, ob Margarethe Ihnen vielleicht konkret bei den Besuchen erzählt hat, dass sie sich von ihrem Mann trennen will«.

Howard sah ihn an: »Nein, das hat sie nie getan. Sie hatte ja nicht einmal den Mut, ihren Mann mit diesem Verdacht zu konfrontieren. Und ich bin ziemlich sicher, dass Vincent eine Affäre zu dieser Zeit auch bestimmt abgestritten hätte. Mr. Parker das Thema ist für mich endgültig erledigt. Fragen Sie mich irgendetwas anderes, denn das ist eine Sache, die mich nichts angeht«.

Henry rieb sich nachdenklich das Kinn. »Mr. Patel, wie Sie wissen, interessieren wir uns auch für den Zwillingsbruder von Liam. Ist Ihnen dazu vielleicht noch etwas eingefallen«? Howard zuckte ein wenig zusammen.

»Was haben sie denn? fragte Emma. »Haben wir Sie etwa mit dieser Frage erschreckt«?

Howard sah sie etwas verunsichert an und seufzte. Henry beugte sich zu ihm herüber. »Nun sagen Sie schon, Sie wissen doch irgendetwas darüber«.

»Letzte Woche Mittwoch bin ich zum Essen in die die Stadt gefahren«, begann Howard. »Das tue ich sonst eigentlich nie, aber ich musste zum Postamt.

Ich saß also in einem Pub und hatte mir gerade eins von diesen günstigen Menüs ausgesucht. Plötzlich ging die Tür auf und Rosie kam mit einem Mann herein.

Erst dachte ich, dass es Liam sei, er war es aber nicht. Der Mann hatte etwas längeres graues Haar und einen Vollbart«. Er machte eine kurze Pause.

»Und dann sah ich die kleine Narbe an der Augenbraue, die ich Ihnen auch auf dem Familienfoto gezeigt habe. Es muss Stuart gewesen sein«.

Emma fragte hastig: »Sind Sie da ganz sicher«? Howard nickte. »Erst war ich es nicht, aber inzwischen bin ich sicher«. Er sah nun Henry Parker an. »Und dann….«.

Henry flehte fast: «Was dann«? Howard schluckte. »Und dann haben sie sich im Lokal geküsst. Die beiden haben eine Beziehung, das konnte jeder sehen«.

Henry lehnte sich zurück, sah ihn an und schüttelte den Kopf. »Wahnsinn«, sagte er nach einer kurzen Pause.

»Glauben Sie, dass Stuart auch in Norwich lebt und wir ihn dort finden«?

Howard hob die Schultern: »Woher soll ich das wissen, aber Rosie hat sicher nicht viele Möglichkeiten, ohne Liam irgendwo hinzugehen oder zu fahren.

Natürlich habe ich mIch auch gefragt, wie es kommt, dass sie sich in aller Öffentlichkeit mit ihm trifft. Aber wie gesagt, auf den ersten Blick meint man, sie ist mit Liam unterwegs«.

Henry atmete tief aus: »Ich bin sehr froh, dass wir Sie doch noch einmal sprechen konnten und danke für Ihre Offenheit Mr. Patel«.

Howard nickte. »Nehmen Sie es mir bitte nicht übel, aber ich möchte jetzt gehen. Und noch etwas. Abgesehen von Mick, möchte ich mit der gesamten Familie nichts mehr zu tun haben und auch nichts mehr davon hören. Auf Wiedersehen«.

Howard stellte seine leere Teetasse ab, drehte seinen Rollstuhl herum und fuhr geschickt um die Tische herum zum Ausgang. Die Kommissare sahen ihm nach.

»Das ist ja ein Ding«, murmelte Henry. »Also wenn das stimmt, ist doch Rosie der Schlüssel, um diesen Stuart zu finden«.

Er sprang auf. »Kommen Sie Emma, wir fahren ins Büro und rufen Callum Smith an. Er kann bestimmt seine ehemaligen Kollegen schnell auf sie ansetzen«.

Sie hielt ihn fest. »Warten Sie mal. Haben Sie eigentlich Liz Bennett vorn an der Theke gesehen? Sie arbeitet seit Kurzem hier am Wochenende«.

Henry stutzte: »Aha. Nein, ich habe sie nicht gesehen und die Sache mit dem Reitkurs ist für mich ohnehin erledigt. Wir haben etwas Wichtigeres zu tun«. Er lief schnell zu Richard und warf ihm einen Schein auf den Tisch.

«Stimmt so«.

**

Nachdem die Kommissare das Haus der Grahams verlassen hatten, saß Vincent seinem Sohn eine Weile wortlos gegenüber. Schließlich stand er auf.

»Ich rufe jetzt meine Bank an und vereinbare einen Termin. Selbstverständlich wird Molly der Unterhalt nachgezahlt«.

»Du meinst aber hoffentlich nicht, dass damit alles erledigt ist, oder«? wandte Mick ein.

Vincent sah ihn an und sagte nun in scharfem Ton: »Was bildest Du Dir eigentlich ein? Was soll ich denn sonst noch tun, kannst Du mir das vielleicht sagen?

Was geschehen ist, ist geschehen. Das kann ich nun mal nicht ändern. Und rede bloß nicht immer so altklug daher. Du weißt schließlich auch noch nicht, in welche Situationen Du später einmal geraten wirst«.

»Also gut, dann mach was Du willst«, zischte Mick. »Ich werde das auch tun. Ich fahre jetzt ins Reisebüro und buche meinen Urlaub. Und in zwei Monaten bin ich hier ganz verschwunden. Ich werde ausziehen«. Mit einem Schwung zog er die Tür hinter sich zu und ging aus dem Haus. Von einer Telefonzelle aus rief er Fred an und saß kurz darauf mit ihm in einem Reisebüro.
Als sie schließlich alle Unterlagen in der Hand hielten, die sie in knapp zwei Wochen in die Ägäis brachten, wurde Mick warm ums Herz. `Endlich ein Lichtblick`, dachte er nun. `Einfach nur weg von hier`.

Auch Fred grinste zufrieden. Mick klopfte ihm freundschaftlich auf die Schulter. Als sie wieder auf der Straße standen sagte er: »Komm Fred, das werden wir jetzt begießen. Manchmal denke ich, dass wir bisher viel zu anständig und brav waren. Du bei Deinem Vater auf dem Hof und ich zu Hause bei meinem Herrn Direktor. Aber heute lassen wir es mal richtig krachen«.

Fred stutzte. »Was ist denn mit Dir los«? Mick zog ihn am Ärmel: »Los komm schon, wir gehen jetzt zum Princes-Dock und lassen uns volllaufen. Wir haben die Prüfungen hinter uns und jahrelang meistens das gemacht, was andere wollten. Jetzt sind wir dran. Ich will heute nichts mehr von Vernunft und diesem bescheuerten `Wenn und Aber` hören«. Sie zogen los.

Als sie einige Zeit später in einer kleinen Bar am Tresen saßen, sagte Fred plötzlich: »Übrigens hat es mich tatsächlich in Physik erwischt. Ich bin durchgerasselt, nur drei Punkte haben gefehlt«.

Er stierte nun in sein Schnapsglas und begann seltsam zu lachen. Mick sah ihn mit glasigen Augen an. »Ich helfe Dir und wir werden zwei Tage durchpauken. Dann machst Du die Nachprüfung mit links. Gleich morgen fangen wir an. Und hör auf zu lachen«.

»Das ist mir heute so was von egal, los wir bestellen noch was«, lallte Fred. Der Barkeeper, der sie schon eine Weile aus den Augenwinkeln beobachtete, sagte: »Nichts da, Ihr beiden habt genug«.

Mick fragte: »Woher willst Du denn wissen, wann wir genug haben? Los gib uns noch zwei Bier«.

Plötzlich tippte ihm jemand auf die Schulter. Langsam drehte er sich um. »Onkel Howard, was machst Du denn hier«? Er lächelte. »Na mit Dir einen trinken, wenn Du willst«. Er sah zum Kellner. «Bitte bringen Sie uns drei Bier an den Tisch. Der Tresen ist für mich zu hoch«.

Ohne seine Antwort abzuwarten, rollte er zurück zu seinem Platz. Fred und Mick sahen ihm nach, schwankten nun zu ihm hin und ließen sich erschöpft auf die Stühle fallen. Jetzt holte Howard eine Schachtel Zigarillos aus der Tasche und steckte sich eine an. »Gibt es einen Grund für diese Eskapade? Ich beobachte Euch nämlich schon eine ganze Weile«. Mick hob die Schultern.

»Nein, warum? Wir tun nur das, was hier fast alle machen. Trinken«. Howard lächelte: »Ja, das sehe ich. Aber ich werde nach dem Bier nach Hause fahren. Wollen wir uns ein Taxi teilen«? Fred nuschelte: »Gute Idee Sir, ich habe genug für heute«.

Howard winkte dem Kellner zu und kurze Zeit darauf, waren sie auf dem Heimweg.

Als sie vor Howards Hotel hielten, lies er sich in den Rollstuhl fallen, den der Fahrer neben die Tür gestellt hatte und gab ihm mehrere Scheine. »Bringen Sie die Jungs gut heim«. Und schon war er hinter der Drehtür der kleinen Lobby verschwunden.

Mick sah ihm nach, aber er konnte heute keinen klaren Gedanken mehr fassen.

Am nächsten Morgen wurde er von einem Durstgefühl geweckt, dass er seit seiner letzten schweren Grippe nicht mehr verspürt hatte und ihm drohte der Kopf zu platzen.

Er drehte sich nun auf den Rücken. `Hatte er gestern wirklich seinen Onkel getroffen und mit ihm ein Bier getrunken, oder hatte er das nur geträumt? Und wie war er überhaupt in sein Bett gekommen`?

Erst jetzt merkte er, dass er noch seine Jeans und den Rollkragen-Pullover vom Vortag trug. Er rappelte sich hoch und sah sich um. Die Sonne schien schon hell durch sein Fenster, es musste also schon fast um die Mittagszeit sein. Im Haus war es absolut ruhig. `Dad scheint nicht da zu sein`, dachte er.

Aber das Hämmern in seinen Schläfen wollte einfach nicht besser werden. Langsam ging er nach unten.

In der Küche lag ein Zettel auf dem Tisch, auf dem stand, dass er in der Schule gefahren war.

Er öffnete den Kühlschrank und holte sich eine Tüte Orangensaft heraus. Gerade als er trinken wollte, klingelte es an der Tür. Er sah auf die Uhr. Es war tatsächlich schon fast ein Uhr am Mittag.

`Die Post müsste doch eigentlich schon durch sein`, dachte er. Er öffnete und vor ihm stand Liz. »Hallo Mick, ist Dein Vater zu Hause«?

Mit geröteten Augen antwortete er leise: »Nein, ich denke, dass er noch in der Schule ist. Soll ich ihm was ausrichten«? Sie trat einen Schritt zurück und sah ihn skeptisch an. »Du riechst ja wie ein

Bierfass«. Er drehte sich zur Seite. »Entschuldige bitte«.
Liz lächelte. »Eigentlich bin ich hier, weil ich Deinem Vater etwas geben wollte«.

Sie holte einen Umschlag aus der Tasche. »Vincent hat mich gestern angerufen und mir die ganze Geschichte mit Mollys Reitkurs erzählt. Ich möchte aber das Geld nicht annehmen. Hier, gib es ihm bitte zurück«.

Dann drehte sie sich um und ging zur Gartentür. «Nichts für ungut und am besten Du schläfst Dich erst einmal aus. Mach`s gut Mick«.

Er ging zurück ins Wohnzimmer und dachte: `Sie hat recht, ich werde mich hinlegen`.
Dann nahm er sich eine Decke und machte es sich auf der Couch gemütlich. Sofort schlief er wieder ein.

**

Die Kommissare waren inzwischen im Büro angekommen.

Henry sah sofort zum Fax. «Immer noch keine Nachricht aus Norwich. Was machen die denn da, schlafen da alle? Wir hatten es doch dringend gemacht, oder Emma«? fragte er aufgebracht.

Sie nickte und nahm den Telefonhörer in die Hand.
»Ich rufe Callum Smith an, er kann uns bestimmt weiterhelfen«. Endlos lang ließ sie es klingeln,

niemand hob ab. »Auch das noch«, rief sie. »Er scheint nicht da zu sein«.

Henry sah auf die Uhr, es war bereits kurz vor sechs am Abend. »In den Ämtern sitzt doch jetzt auch niemand mehr. Was machen wir bloß«?
Unruhig lief er auf und ab. Er sah nun seine Kollegin an.
»Irgendetwas müssen wir doch tun können, verdammt noch mal«.
Plötzlich klingelte das Telefon. Emma hob ab. »Detective-Sergeant Reynolds«.

Am anderen Ende war eine Frauenstimme: »Hier ist Miss Hunt aus dem Sekretariat der Grundschule. Könnte ich bitte Detective-Chief-Inspector Parker sprechen? Es wäre sehr wichtig«.

Emma sah ihren Kollegen an. »Ja natürlich Miss Hunt, kleinen Moment«. Sie hielt Henry den Hörer hin.

Erstaunt nahm er ihn. »Parker. Miss Hunt, was kann ich denn für Sie tun«?

»Sir, Mr. Graham ist heute gegen Mittag ins Büro gekommen, obwohl er ja immer noch krankgeschrieben ist. Eine Stunde später, also gegen eins hat er dann Miss Wilkinson zu sich gebeten. Sie hatten Streit.

So laut habe ich ihn noch nie gehört und sie kam dann weinend heraus. Miss Wilkinson wirkte zwar irgendwie aufgelöst, aber auch so seltsam aufgedreht, ja fast wütend. Es war schon eine komische Situation.

Kurz darauf kam Mr. Graham, als wäre nichts gewesen, noch mal zu mir und hat gesagt, dass er nicht gestört werden möchte. Naja, ich habe dann einfach meine Arbeit weiter gemacht, aber das ist nun über vier Stunden her.

Ich habe angeklopft, aber die Tür ist verriegelt. Was soll ich denn jetzt tun«?

Henry atmete schwer. »Sie bleiben wo Sie sind und wir sind so schnell es geht, bei Ihnen«. Er legte wieder auf und wählte eine Nummer. »Sofort einen Krankenwagen in die Grundschule II in Liverpool. Und beeilen Sie sich«.

Die Kommissare rannten zu ihrem Dienstwagen. Mit Blaulicht fuhren sie durch die Innenstadt und kam schließlich an der Grundschule an.

Emma hatte schnell noch zwei Streifenwagen, die in der Nähe waren informiert, die nun schon am Eingang warteten. Henry rief: »Nehmen Sie ein Brecheisen mit, wir müssen eine verschlossene Tür öffnen«.

Als sie im Sekretariat standen, saß Miss Hunt blass auf ihrem Stuhl. Henry nahm den Stiel und hebelte mit einem Ruck die Holztür auf. Das Schloss krächzte.

Als er den Raum betrat, saß Vincent Graham mit weit aufgerissenen Augen hinter seinem Schreibtisch. Auf dem Teppich war eine riesige Blutlache zu sehen.

»Niemand fast etwas an«, rief Henry. Dann ging er zu ihm hin und betrachtete ihn. »Holen Sie den

Arzt rein, aber ich glaube, da ist nichts mehr zu machen. Vincent Graham ist tot Er hat sich die Pulsadern aufgeschnitten«.

Betreten sahen sich die Kommissare an. Nachdem die Leiche herausgeschafft wurde, sah sich Henry um. Auf dem Schreibtisch lag ein Dokument.

Er nahm es und begann zu lesen. Erschrocken sah er zu seiner Kollegin. »Sie werden es nicht glauben, aber nach diesen Unterlagen ist er auch der Vater von Jane Wilkinson«.

Emma ließ sich auf die kleine Ledercouch fallen und wusste im ersten Moment nicht, was sie dazu sagen sollte. Dann fasste sie sich und sagte: »Jane Wilkinson hat ihn heute damit konfrontiert. Das war zu viel für ihn und deshalb hat er sich das Leben genommen«. Henry nickte. »Ja, so sehe ich das auch. Kommen Sie, für uns gibt es hier nichts mehr zu tun«. Sie gingen zurück ins Sekretariat. Miss Hunt saß noch immer reglos auf ihrem Schreibtischstuhl.

»Brauchen Sie einen Arzt«? fragte Emma mitfühlend.

»Er könnte Ihnen ein Beruhigungsmittel geben und wir fahren Sie dann nach Hause«. Sie schüttelte langsam den Kopf und flüsterte: »Nein danke«.

Henry winkte einem Polizisten herbei. »Sie bringen die Lady nach Hause und fahren Sie bitte langsam, ok«?

Er nickte. »Natürlich Sir«. Sacht nahm er ihren Arm und führte sie hinaus.

Emma sah Henry an. »Wir müssen es Mick sagen. Mein Gott, der Junge hat innerhalb eines Monats Mutter und Vater verloren«.

Er grübelte. »Und wir müssen diese Jane Wilkinson einen Besuch abstatten. Warum hatte sie gerade jetzt das Bedürfnis, es Vincent zu sagen, dass er ihr Vater ist«?

»Fahren wir erst einmal zu Mick«, schlug Emma vor. »Ihm jetzt zu sagen, dass nun auch sein Vater tot ist, wird uns noch schwer genug fallen. Am besten wir nehmen gleich einen Seelsorger mit. Schließlich können wir ihn damit nicht allein lassen. Mit Jane Wilkinson sprechen wir morgen in Ruhe. Sie läuft uns nicht weg«.

Henry ging zu seinem Dienstwagen, während Emma noch schnell im Sekretariat telefonisch die Adresse der Grahams durchgab.

Unterwegs im Auto sagte sie leise: »Arme Molly, es war auch ihr Vater. Schließlich wusste sie es erst seit ein paar Tagen und nun hat sie ihn schon wieder verloren. Gut, dass sie eine Mutter wie Liz hat«.

Inzwischen waren sie dort angekommen. Henry warf die Tür zu und stand nun mit seiner Kollegin vor der Eingangstür. Alles war dunkel, er suchte den Klingelknopf.

»Kommt jetzt ein Arzt oder ein Seelsorger«?

Plötzlich sahen sie, wie von weitem die Lichter eines Autos auf das Grundstück zukamen. Emma atmete auf. »Na Gott sei Dank«. Eine kleine untersetzte Frau stieg aus und fragte: »Bin ich hier richtig bei den Grahams«?

Henry rief: »Sind Sie von der Seelsorge«?
Sie antwortete: »Ja, mein Name ist Dr. Thomas. Ich habe von diesem Suizidfall gehört und soll den Sohn betreuen, sofern dies notwendig ist. Stimmt das soweit«?

Henry nickte. »Ja, wir müssen es dem Jungen sagen und er ist gerade einundzwanzig. Erschwerend kommt hinzu, dass er erst vor ein paar Tagen seine Mutter verloren hat. Wir sollten also behutsam sein«.

Sie sah die Kommissare betroffen an und sagte vorwurfsvoll: »Schauen Sie mal auf die Uhr. Es ist jetzt schon nach zehn und im Haus ist alles dunkel.

Wenn er da ist, schläft er bestimmt. Und wir klingeln jetzt und überbringen ihm die Nachricht, dass sein Vater tot ist. Was glauben Sie wohl, was dann passiert? Sie sagen es ihm, gehen anschließend und ich habe hier die Hölle auf Erden«.

Henry sah Emma an und nickte. »Ja, das sollten wir lassen. Können wir uns dann morgen um acht hier treffen«?

»Selbstverständlich«, sagte sie. »Aber sagen Sie bitte auf dem Revier Bescheid, wie wir es jetzt handhaben, falls der Junge nachts wach wird, seinen Vater vermisst und womöglich bei der Polizei anruft«.

Die Ärztin verabschiedete sich wieder, stieg in ihr Auto und fuhr davon.

Henry sah Emma erschöpft an. »Da vorn an der Ecke ist eine Telefonzelle. Ich rufe schnell auf dem Revier an, instruiere die Nachtschicht und dann bringe ich Sie nach Hause. Es war ein langer Tag«.

**

Mick saß im Wohnzimmer seines Elternhauses und starrte Dr. Thomas noch immer ungläubig an.

Henry Parker hatte ihm so behutsam wie möglich gesagt, dass sich sein Vater am Vorabend das Leben genommen hatte.

`Seltsam`, dachte Mick. `Was ist bloß mit mir los, ich kann nicht einmal weinen`. Die Ärztin setzte sich nun neben ihn. »Wie geht es Ihnen«? fragte sie leise.

Er ging nicht darauf ein, sondern flüsterte: »Warum hat er das gemacht«? Sie antwortete: »Ich habe mir heute Morgen, bevor wir hierher kamen, einige Fakten der Polizei geben lassen«.

Er sah sie von der Seite an. »Was denn für Fakten«?
Sie begann: »Ihr Vater hat vor fast fünfundzwanzig Jahren in London studiert. In dieser Zeit hat er ein junges Mädchen kennengelernt und war mit ihr befreundet.

Ihr Name war Anne Wilkinson. Sie haben sich aber aus den Augen verloren, denn ihr Vater ging nach dem Studium zurück nach Liverpool. Was er wahrscheinlich nicht wusste war, dass dieses Mädchen von ihm ein Kind erwartete. Warum diese Anne es ihm nie gesagt hat, wissen wir noch nicht, aber seine Tochter hat nach ihm gesucht und fand ihn schließlich.

Miss Jane Wilkinson hat als Referendarin ganz bewusst in seiner Schule angefangen. Sie wollte ihm einfach nahe sein, denn während ihrer Kindheit und Jugend konnte sie es ja nicht. Sie hatte nicht einmal ein Foto von ihm.

Zumindest hat sie das auf dem Kommissariat heute Morgen so ausgesagt. Gestern war sie nun bei ihm im Büro, während er seine Post erledigte.

Jane wusste zwar von ihrer Mutter, dass Vincent Graham ihr Vater sein soll, hatte aber keine Beweise. Es beruhte bisher immer nur auf die Aussage ihrer Mutter Anne.

Sie hat irgendwann eine benutzte Tasse ihres Vaters genommen und einen entsprechenden Test machen lassen, der zweifelsfrei belegt, dass er auch wirklich ihr Vater ist. Das Ergebnis des Labors hat sie ihm nun gestern vorgelegt. Und nach allem, was ich von DCI Parker und seiner Kollegin DS Reynolds über Ihre Mutter und einem weiteren zehnjährigen Kind gehört habe, war das wahrscheinlich alles zu viel für Ihren Vater.

Sein Suizid war eine Affekthandlung. Er war allein und alles wuchs ihm über den Kopf. Hätte ihn in dieser depressiven Phase irgendetwas gestört, zum Beispiel seine Sekretärin hätte angeklopft, oder das Zwitschern eines Vogels vor der Schule wäre zu hören gewesen, vielleicht hätte er es dann nicht getan. Aber das ist spekulativ, ich kann es nicht mit Sicherheit sagen«.

Mick sah sie fassungslos an. »Und ich habe also noch eine Schwester«? Die Ärztin nickte. »Ja Mick, Sie haben noch eine Schwester, Jane Wilkinson«.

»Aber denken Sie bitte daran, keiner von Ihnen kann etwas dafür. Sie nicht, die kleine Molly Bennett nicht und auch Jane Wilkinson nicht. Versuchen Sie Ihr Schicksal anzunehmen und vielleicht können Sie, nicht jetzt, aber irgendwann die Tatsache, dass Sie Geschwister haben, positiv sehen. Sozusagen als Ihre Familie«.

Mick lehnte sich zurück und schloss die Augen. »Es ist erst einmal genug und ich möchte, dass Sie jetzt gehen«.

Sie sah ihn durchdringend an. »Meinen Sie, dass Sie jetzt allein klar kommen«?

Mick erwiderte den Blick. »Das muss ich doch wohl, oder«?

Die Ärztin zog eine Karte aus ihrem Koffer, der neben ihr stand. »Hier, unter dieser Telefonnummer können Sie mich Tag und Nacht erreichen, wann immer Sie wollen. Ich werde Ihnen beistehen, so gut ich kann. Haben Sie irgendeinen

Freund, mit dem Sie außer mir reden können, oder jemanden in Ihrer Verwandtschaft, der Ihnen nahe steht«? Er nickte. »Ja, ich habe einen sehr guten Freund und außerdem gibt es noch einen Onkel, zu dem ich Vertrauen habe«.

Dr. Thomas lächelte. »Das hört sich doch gut an und wenn ich Sie so ansehe, weiß ich jetzt, dass Sie das auch schaffen. Bestimmt sogar«.
Sie stand auf, verabschiedete sich und zog leise die Haustür hinter sich zu.

**

Die Kommissare saßen im Büro und hatten nun einen Meldeauszug aus dem Register der Stadt Norwich vor sich, in dem alle dort jemals lebenden Personen mit dem Nachnamen Patel und Prinsloo aufgelistet waren.

Henry schüttelte den Kopf. »Das gibt es doch nicht, dass kein Stuart dabei ist. Hat Stacy etwa ihren eigenen Sohn komplett verleugnet«?

Er sah nun zu Emma, die grübelnd die Stellungnahme des Jugendamtes wieder und wieder las.

Er fragte genervt: »Haben Sie etwas gefunden, dass uns weiter bringt«?

Sie wiegte den Kopf. »Ja und nein. Es gab unter dem Namen Prinsloo vor vierzig Jahren einen Vermerk, bei dem es um Kindesmisshandlung ging.

Das Verfahren wurde aber wegen Mangels an Beweisen eingestellt.

Und der Beamte, der die Unterlagen zusammengestellt hat schreibt hier, dass die Akte in der Registratur so gut wie leer war. Nur ein Zettel lag darin. Er kann uns also in dieser Sache auch nicht unterstützen«.

Henry warf den Meldeauszug wütend an die Seite. »Das ist doch wie verhext. Arthur Patel hat offenbar damals alle Spuren perfekt verwischt. Ich habe im Moment das Gefühl, dass wir der Lösung so nah und doch wieder so fern sind«.

Er stand auf und nahm seine Jacke. »Ich muss jetzt erst einmal weg. Amy`s Reitkurs beginnt heute und ich habe ihr versprochen, sie hinzubringen.

Wenn ich wiederkomme, schauen wir gleich noch mal bei Mick Graham vorbei. Ich hoffe, dass er einigermaßen klar kommt und nicht auch noch Blödsinn macht. Und rufen Sie bitte gleich bei den Kollegen in Norwich an.

Rosie Patel muss umgehend vorgeladen und zu ihrem vermeintlichen Lover befragt werden. Auf Callum Smith können wir jetzt nicht bauen«.

Er eilte aus dem Büro und stand kurz darauf vor seinem Haus. Er hupte und schon kam Amy mit Reiterhosen, Gamaschen und Helm aus der Tür gelaufen.

»Hallo Dad«, rief sie. »Wir müssen uns beeilen, am ersten Tag möchte ich nicht zu spät kommen, denn heute werden die Pferde zugeteilt. Hoffentlich kann ich wieder auf Jack reiten«. Henry lächelte. »Na dann mal los«.

Als sie auf dem Bailey-Hof ankamen, standen schon einige Eltern mit ihren Kindern am Übungsplatz.

Amy stieg aus und lief schnell zu den anderen Kindern, während sich Henry Parker etwas Zeit ließ. Er suchte mit den Augen nach Molly und fand sie schließlich etwas verunsichert abseits mit ihrer Mutter Liz stehen.

Doch nun kam Steve Bailey mit seinem Stallburschen Scully zu der Gruppe und rief: »Guten Morgen allerseits«.

Henry stieg schnell aus und stellte sich hinter seine Tochter, die gespannt auf den Beginn wartete. Der Ablauf des Vormittags wurde erläutert und die Kinder in Gruppen eingeteilt. Scully begann, alle Namen vorzulesen.

Als Henry den Namen Abygail und Daisy Saunders hörte, schreckte er auf und sah sich um. Er kniff die Lippen zusammen, als er Jeff Saunders mit verschränkten Armen auf der anderen Seite des Reitplatzes erkannte, der selbstgefällig seinen Töchtern nachlächelte.

`Na mal sehen, was er macht, wenn Molly Bennett aufgerufen wird`, dachte Henry.

In diesem Moment rief Scully auch schon ihren Namen und zu allem Überfluss war sie in der gleichen Anfängergruppe wie die Saunders-Kinder eingeteilt.

Henry konnte genau sehen, wie ihm das Lachen regelrecht aus dem Gesicht fiel und seine Augen plötzlich schmalen Schlitzen glichen.

Doch dann wurde er selbst blass und schluckte. Hatte er sich gerade geirrt? Er hörte nicht mehr auf das, was gerade erläutert wurde, lief nun geradewegs auf Jeff Saunders zu und blieb dicht vor ihm stehen.

Steve Bailey räusperte sich: »Mr. Parker, das geht nicht. Alle Kinder sollten gerade jetzt konzentriert sein, denn das, was ich zu sagen habe, ist für ihre Sicherheit sehr wichtig«. Henry hatte das Gefühl, das das eben Gesagte einem Echo glich.

Er packte den verdutzten Jeff Saunders am Hemdkragen und schob ihn durch die Menge hindurch an die Seite. Laut sagte er: »Lassen Sie sich nicht stören Mr. Bailey. Mr. Saunders und ich haben leider gerade etwas anderes zu klären«.

Er rang nach Luft, denn Henry hielt ihn fest am Hals umklammert. »Na, wie finden Sie das Mr. Saunders«? zischte er. »Oder sollte ich besser Stuart Prinsloo zu Ihnen sagen«?

Mit einem Ruck ließ er ihn wieder los und stieß ihn dabei so heftig, dass er rückwärts auf den Boden fiel.

Stotternd rief dieser: »Hilfe, ich werde bedroht«.

Henry sah ihn an, dann drehte er sich zu den sichtlich erstaunten Eltern um: »Keine Sorge, ich bin selbst bei der Polizei und werde diesen netten Herren jetzt verhaften«.

Steve Bailey und Scully standen inzwischen bei ihm.

»Halten Sie ihn bitte fest«. sagte Henry. »Ich gehe telefonieren«. Inzwischen war auch Fred gekommen, denn er hatte im Stall gehört, dass irgendetwas los ein musste.

Kurz darauf fuhr ein Streifenwagen vor und auch Emma Reynolds war, so schnell sie konnte, zum Hof gekommen.

Sie wollte die Narbe über der Augenbraue bei Stuart Prinsloo, alias Jeff Saunders jetzt selbst sehen.

Die Polizisten eilten herbei und Henry Parker rief laut: «Abführen«.

Als der Dienstwagen den Hof verlies, sagte Sie zu ihrem Kollegen: »Ich wusste doch, dass ich ihn schon einmal irgendwo gesehen hatte«.

**

Am nächsten Tag saßen die Kommissare, zusammen mit dem Staatsanwalt und der Ärztin Dr. Thomas im Konferenzraum. Am Vortag hatten sie fast drei Stunden Jeff Saunders verhört.

Schließlich hatte er doch im Beisein seines Anwaltes ein Geständnis abgelegt, denn die Beweislage war erdrückend.

Henry sah auf die Uhr. »Sie müssten eigentlich gleich alle kommen«. Jetzt klopfte es an der Tür.
Liz Bennett, Jane Wilkinson und Mick Graham betraten nacheinander den Raum. Als letzter fuhr Howard Patel herein. Er wohnte noch immer in einem kleinen Hotel am Hafen.

Der Staatsanwalt sah über seine Lesebrille in die Runde. »Guten Tag. Ich freue mich sehr, dass Sie alle heute zu diesem Termin gekommen sind. Meine Kollegen von Scotland-Yard und auch ich persönlich sind sehr froh, dass wir diesen Fall in allen wichtigen Punkten endlich aufklären konnten«.

Nach einer kurzen Pause fuhr er fort. »Und wir wissen jetzt auch, wie die Gläser mit dem vergifteten Pesto in die Vorratsschränke der Geschwister Margrethe Graham, Liam und Howard Patel gelangt sind«.

Nun sah er Mick an. »Tragischer Weise haben wir zwei Todesopfer zu beklagen und wir möchten hier, Ihnen Mick Graham, aber genauso seinen Töchtern Jane Wilkinson und Molly Bennett nochmals unser Beileid aussprechen.

Doch nun zu den Einzelheiten. Stuart Prinsloo, alias Jeff Saunders, Zwillingsbruder von Liam Patel, wurde mit drei Jahren zur Adoption freigegeben.

Warum das seine Eltern getan haben, wird gerade noch geklärt. Aber es gibt Hinweise auf Kindesmissbrauch. Dieses zu beweisen wird uns nicht leicht fallen, zumal der Beschuldigte nicht mehr am Leben ist.

Jedenfalls wurde Stuart Prinsloo in eine Familie mit sechs weiteren Kindern in der Nähe von London gebracht.

Der Stiefvater trank und der Alltag in dieser relativ großen Familie war hart. Durch einen Zufall fand er, als er schon erwachsen war Unterlagen, die belegten, dass sein Stiefvater Arthur Patel eine erhebliche Geldsumme an die Familie Saunders überwiesen hatten, um ihn endgültig loszuwerden.

Er recherchierte weiter und erfuhr, das seine anderen Geschwister, offensichtlich wohlbehütet in einer Villa gelebt hatten, nur er selbst nicht. Endlos verletzt und getrieben von Wut und Hass schmiedete er den Plan, alle zu vernichten. Stuart Prinsloo, alias Jeff Saunders wollte sich jetzt selbst zu seinem Recht verhelfen.

Und als er von Norwich nach Liverpool zog, kam ihm der Zufall noch einmal zu Hilfe. Durch sein Engagement in der Schule lernte er die Referendarin Jane Wilkinson kennen. Man kam ins Gespräch. Und er erfuhr, dass Vincent Graham, Ehemann seiner Halbschwester Margarethe, ein Kind vor der Ehe hatte.

Diese Tatsache kam ihm gerade recht. Er wollte einfach alles nutzen und jedem in der Familie, an der er selbst nie teilhaben durfte, schaden.

Doch nun zu dem spannendsten Punkt, die vergifteten Gläser mit dem Bärlauch-Pesto.

Auch wir haben uns lange gefragt, wie sie in die Vorratsschränke aller Geschwister gekommen waren, obwohl nur Margarethe und Howard Kontakt miteinander hatten«. Gespannt sahen sich alle an.

»Die Antwort ist so einfach wie perfide. Jeff Saunders war Marktleiter und Margarethe Graham war eine Aushilfe. Als er irgendwann wusste, wen er vor sich hatte, begann er sein Mordkomplott zu schmieden.

Er hoffte, auf diese Weise sie selbst, als auch Liam, Howard und ihre Ehepartner Rosie und Vincent zu erwischen, ohne dass jemand merkte, dass er etwas damit zu tun haben könnte.

Besonders böse war er übrigens auf seine Mutter Stacy, die ihn vor seinem Stiefvater angeblich nie in Schutz genommen hat. Er wollte jetzt einfach alle bestrafen, die in dieser Familie lebten und nicht weggebracht wurden, so wie er«.
Der Staatsanwalt nahm seine Lesebrille ab und rieb sich die Augen. Dann setzte er sie wieder auf, sah auf seine Notizen und sagte weiter: »Ob sich Stuart Prinsloo wirklich an die Adoption oder den Missbrauch erinnern kann, muss noch geklärt werden, denn zu diesem Zeitpunkt war er gerade einmal drei Jahre alt.

Auf jeden Fall hat er gestanden, dass er einige Gläser im Keller seines Hauses präpariert und dann Margarethe angeboten hatte, von der er wusste, dass sie Vegetarierin ist. Sie hat dieses Pesto probiert und bekanntlich erst einmal nicht gemerkt, dass es ihr schaden könnte.

Jeff hat ihr dann weitere Gläser geschenkt und sie hat das Pesto, ohne zu ahnen, dass es vergiftet war, bei ihrem Besuch in Norwich, ihrem Bruder Howard, als auch ihrer Mutter und somit auch dem Bruder Liam in den Vorratsschrank gestellt. Er hoffte, dass es alle essen und in absehbarer Zeit, genauso wie Margarethe, sterben würden. Wenn das geklappt hätte, wäre er zum Gericht gegangen und hätte sich als einziger leiblicher Verwandter und folglich als Erbe, des Vermögens Patel geoutet.

Nachdem er von Rosie erfahren hatte, dass die verbleibenden Gläser beschlagnahmt wurden und dieser Plan nicht mehr aufging, versuchte er, auf andere Weise den Rest der Familie zu vernichten. Ich möchte aber betonen, dass Rosie nichts davon wusste.

Mit ihr eine Affäre zu beginnen, fiel Stuart im Übrigen nicht schwer. Schließlich hatte er herausbekommen, dass sie mit Liam eine unglückliche Ehe führt. Seiner Frau erzählte er, dass er beruflich nach Norwich fahren muss, was natürlich nicht stimmte. Sie hat noch gestern die Scheidung eingereicht und das alleinige Sorgerecht für die drei gemeinsamen Kinder beantragt

Aber er benutzte auch Jane Wilkinson. Wann immer er konnte, stachelte er sie gegen Vincent Graham auf.

Und er versuchte ständig, geschickt sein Wissen um Liz Bennett und die uneheliche Tochter Molly für sich zu nutzen«.

Der Staatsanwalt machte erneut eine Pause und schloss mit den Worten:

»Das ist das wesentliche Ergebnis der Ermittlungen unseres Detective-Chief-Inspector Henry Parker und seiner Kollegin Detective-Sergeant Emma Reynolds, sowie des Verhörs mit dem Beschuldigten Stuart Prinsloo, alias Jeff Saunders«.

Alle hatten gespannt den Ausführungen des Staatsanwaltes zugehört und sahen sich nun unschlüssig und betreten an. Schließlich stand die Ärztin auf.

»Ich bin Dr. Thomas und arbeite ehrenamtlich für die Liverpooler Fürsorge. Leider bin ich erst seit gestern mit diesem tragischen Fall betraut und war bei Mick Graham, der er es im Moment sicherlich am Schwersten hat. Es ist eine traumatische Situation, innerhalb von zwei Wochen sowohl Mutter als auch Vater zu verlieren«.

Dann setzte sie sich wieder und sah zu Jane Wilkinson:

»Miss Wilkinson, auch für Sie mein Beileid. Ich würde Ihnen aber gerne noch ein paar Fragen stellen und deshalb einen Termin mit Ihnen vereinbaren. Natürlich nur, wenn Sie es wünschen«.

Jane sah sich etwas unsicher um und wischte sich die Tränen, die ihr während der Schilderungen des Staatsanwaltes über das Gesicht gelaufen waren, mit einem Taschentuch weg. Dann schüttelte sie langsam den Kopf und sagte mit heiserer Stimme: »Nein, ich möchte jetzt und hier etwas dazu erklären«.

Mit traurigen Augen sah sie Mick an und dann auch zu Liz, die ihr direkt gegenüber saß.

»Ich habe immer mit meiner Mum Anne allein in einem Vorort von London gelebt. Wir hatten es nie leicht, denn meine Mutter musste schwer arbeiten, um uns beide durchzubringen. Natürlich habe auch ich ihr immer wieder die Frage gestellt, wer mein Vater sei. Aber sie wollte es mir nicht sagen.

Nachdem ich selbst die Schule beendet hatte und bereits studierte, wurde mein Drang ihn zu finden, unendlich groß. Ich begann also auf eigene Faust zu recherchieren. Ohne Erfolg.

Schließlich fand ich in Mum`s Schlafzimmer eine kleine Schachtel, wo sie einige wenige Dinge meines Vaters aufbewahrte. Irgendwann hatte er ihr eine Halskette geschenkt, auf der seine Initialen standen.

Ich habe sie natürlich danach gefragt und sie hat mir gegenüber zugegeben, dass sie sich damals dafür schämte, unehelich ein Kind zu bekommen.

Und er war ja auch schon wieder zurück in Liverpool, als sie sicher war, schwanger zu sein. Meine Mum lebte damals noch bei ihren Eltern und traute sich lange nicht, es ihnen zu erzählen. Es waren eben andere Zeiten«.

Jane machte eine kurze Pause und sah wieder Liz an.

»Sie können bestimmt am besten verstehen, wie sie sich gefühlt hat«. Liz nickte wortlos. Sie fuhr fort:

»Aber nun wollte ich meinen Vater finden. Ich wollte wissen, wie er aussieht, wie er ist und wie er all die Jahre ohne meine Mum und mich gelebt hat. Ich wusste ja nun von meiner Mum, das er in Liverpool sein könnte.

Also bin ich hierher gefahren und habe herausgefunden, dass er Direktor einer Schule ist. Ich war fassungslos, wollte doch auch ich immer nur Lehrerin werden«.

Jane schluckte und sah nach unten. Leise sprach sie weiter: »Naja, nach meinem eigenen Studium habe ich mich dann an seiner Schule als Referendarin beworben und auch die Stelle bekommen. Für mich war es die perfekte Möglichkeit, ihn wirklich kennenzulernen.

Zuerst war ich glücklich, ich dachte ich habe mein Ziel erreicht«. Sie sah nun zu Mick. »Doch als ich ihm schließlich gegenüber stand, war ich enttäuscht. Er war in seiner Art zwar korrekt, aber auch so schroff und unnahbar. Ja fast abweisend. Natürlich bekam ich auch mit, dass er verheiratet war und einen Sohn hatte.

Er lebte mit seiner Familie scheinbar zufrieden in einem schönen Haus, während meine Mum und ich all die Jahre mehr schlecht als recht in einem Arbeiterviertel zurechtkommen mussten.

Und obwohl mir klar war, dass er ja überhaupt nichts von all dem wissen konnte, wurde ich mehr und mehr wütend auf ihn. Im Grunde müsste ich dies meiner Mutter vorhalten, denn sie hat ihm nie eine Chance gegeben und ihm nie gesagt, dass er ein Kind hat.

Und genau in diesem Moment traf ich Jeff Saunders. Er verstand es geschickt, mich in seine Intrigen einzuspannen und für seinen eigenen Rachefeldzug zu benutzen. Aber seine wahren Beweggründe, warum er Vincent Graham vernichten wollte, kannte ich wirklich nicht«.

Wieder sah Jane Wilkinson erst Mick und dann Liz an.

»Ich werde mir das selbst nie verzeihen und entschuldige mich bei Euch«.

Alle sahen sich betreten an. Dr. Thomas unterbrach das knisternde Schweigen im Raum: »Ich danke Ihnen Miss Wilkinson«. An alle gewandt, sagte sie:

»Wer von Ihnen möchte, kann sich selbstverständlich bei uns melden und psychologische Hilfe in Anspruch nehmen. Meine Kollegen und natürlich ich selbst stehen Ihnen dafür zur Verfügung. Unterschätzen Sie bitte nicht, was ein solches Ereignis in einem Menschen, auch schleichend, auslösen kann«.

Jetzt übernahm Henry Parker das Wort. Leise, fast flüsternd bedankte er sich und sagte zum Schluss: »Ich wünsche Ihnen alles Gute«.

Schnell verließ er nun den Raum, denn niemand sollte sehen, dass ihm, dem sonst so kühlen Ermittler, das Schicksal dieser Familie sichtlich an die Nieren gegangen war. Draußen atmete er tief durch.

Dann steckte er seine Hände in die Hosentaschen und ging langsam den Flur entlang. Plötzlich hörte er hinter sich eine Stimme. »Sir? Bitte warten Sie auf mich«. Henry drehte sich um. Emma lief auf ihn zu und blieb nun vor ihm stehen. Er lächelte. »Kommen Sie, wir trinken einen Kaffee und für den Rest des Tages nehmen wir uns beide frei«.

**

Eine Woche später

Mick und Fred standen mit ihren Rucksäcken am Flughafen in London-Heathrow und sahen auf die Anzeigetafel. Plötzlich zog Molly Mick am Ärmel. »Bringst Du mir was Schönes mit«?

Er kniete sich zu ihr herunter und lächelte sie an. »Na klar und ich schreibe Dir von jeder Insel, auf der wir Station machen eine Karte«. Er umarmte sie, da hörten sie eine Durchsage: »British Airways-Flug 3467 nach Heraklion. Mr. Bailey und Mr. Graham, kommen Sie dringend zu Gate sieben«. Sie sprangen auf.

»Jetzt müsst Ihr Euch aber beeilen, sonst geht die Maschine ohne Euch«, rief Liz.

Beide rannten los.
Mick drehte sich noch einmal um.

»Ich bin bald wieder da«.